DAOYI YOUDAO

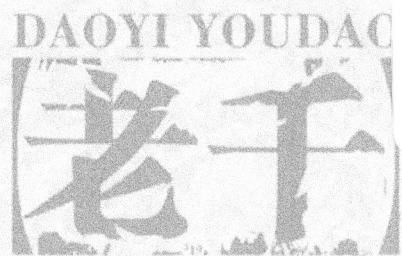

【老千】卷二

何许人 ◎ 著

世纪文景

世纪出版集团 上海人民出版社

　　贪官者，民贼也；奸商者，民蠹也；豪强者，民之虎狼也；其或以智欺愚，恃强凌弱，欺人孤寡，谋人财产，此皆不义之财也；不义之财，理无久享，不报在自身，亦报在儿孙。不义之财，人人皆得而取之。故曰："做阿宝者"，非"千"也，顺天之罚已。

C目录
CONTENTS

第一章　大家来开店 001

"香水是我用矿泉水加食用香精和酒精调的，面膜是用果冻粉做的，鱼子酱精华是用一点精油兑上矿泉水做的，那些日霜晚霜什么的全都是把蔬菜加无糖炼乳用搅拌机打出来的，加了点防腐剂，十天半个月都不会变质，就属买瓶子开销大，连同印制商标一共用了一千块，另外雇人手用了三百块钱，我的营业额是五万六千三。"

第二章　倒霉的警察 011

"你听我说，这个开水白菜可是咱们中华料理中素菜的最高境界。先得熬汤，把老母鸡、宣威火腿、猪腿肉、猪大骨和瑶柱加高山泉水，慢火细熬四个小时，用纱布滤出渣滓，再把猪里脊和鸡脯肉斩碎，剁成肉茸，精肉是红茸，鸡脯是白茸。然后……"

第三章　女BOSS 021

孙莉莎有些失望，这种档次的男人顶多摆摆看相，不足以博得见多识广的贵妇欢心。市场竞争大，好苗子越来越少，手下两员爱将一个出了国，另一个被人高薪挖走，如今真正压得住场子的人几乎没有，这样下去可不行。

第四章　亦步亦趋 030

原本八十万的房子，首付四十万，需要贷款四十万，可经过内部操作后，房价升值变成了两百万。这时候房子已经到手，如果做抵押贷款，一般能打净值的七折，这套房子的净值就变成了一百六十万，可以从银行手里拿到一百一十二万。

第五章　金主任和孙小姐 039

"只要等贷款批下来，咱们就尽快拿到现钱，必须是现钱，不能转账，一旦转账银行就能追查到线索。咱们只要把现钱收好，我就会尽快帮您把工厂申请破产，具体的账目和欠款之类的事情我会提前准备好，银行来查账时，一分钱也找不到。"

第六章　半路杀出个程咬金 046

男人手里的手榴弹掉在了地上，轰地一声，杰米的尖叫倒比爆炸声更响。那不是爆炸，只见浓浓的黄色烟雾不断涌出，很快就遮挡了所有人的视线。

第七章　功德圆满 053

可惜，今天小动画没出现，除开第一张百元钞票是粉红色之外，下面的全都是面额上亿的冥币，纸张光滑，图像清晰，阎王爷冲着她亲切地微笑着。

第八章　目的地：昆明 061

吴老板急了，忙问对面铺里的人，可对方说看那人跟他说话还作揖道别，以为是熟客，出门时又走得落落大方，便没多心。那人已经走远，吴老板也没有办法，只能作罢。《骗经》里的"闹市窃布"，说的就是这回事。

第九章　潜伏 073

转过身去的瞬间，她的手把袖口上的一粒纽扣给揪了下来，趁工作人员不注意，手心朝后一扔，那粒纽扣就滴溜溜地滚到了密封门的门口。

第十章　超级保险箱 083

保险箱是在国外定做的，超厚超大的门闩配备了LECC直径30 mm的实心钢条，外壳是SECC镀锌超硬度合金钢板，内层采用超硬度防火合金碳砂，那把亿万计密钥锁还配备了360度旋转的十字防钻片。这都不是最厉害的，关键是那个超级保险柜不只有这一把锁，另外还有每三十分钟更换一次密码的电子锁。

第十一章　只有想不到，没有做不到 092

一分钟后，一个扭着腰的胖女人撑着伞来到傲龙公司的保镖车外。她敲开车窗，捏着嗓子问道："帅哥，云南印象两百块一条要不要？我男人偷来的，保证正货便宜卖了。"

第十二章　真正的秘密 100

"她去地下室做什么？"周昆保的声音不由自主地凝重了，他心里透亮，一定是这个讨嫌的女人自作主张去了禁区，那些做实验的动物把不知名的病毒传染给她了。

第十三章　大理相见 107

此时，数十家国内视频网站已出现了一个奇怪的视频：史上最虔诚忏悔。视频长度有半个小时，画面中也只有一个男子，另一个问话的人始终没有出镜，该男子喋喋不休地诉说着自己曾去过哪些地方，骗过多少人，用什么伎俩骗的，偷过些什么车，销赃时得了多少钱。

第十四章　不是冤家不聚头 115

老韩不喜欢飞机和火车，前者需要身份证，后者可能留下监控录影，职业老千理想的交通工具永远是远离大众，独自上路。

第十五章　北京一夜 125

贪官者，民贼也；奸商者，民蠹也；豪强者，民之虎狼也；其或以智欺愚，恃强凌弱，欺人孤寡，谋人财产，此皆不义之财也；不义之财，理无久享，不报在自身，亦报在儿孙。不义之财，人人皆得而取之。故曰："做阿宝者"，非"千"也，顺天之罚已。

第十六章　双管齐下 138

每一个赌徒都是精力有限的，不仅是你的对手，还有你自己都一样。能短线翻身就不要玩持久战，时间越长变数越大。而且运气这种东西也有时效，可能一时手风顺，但背时起来也是瞬息之间，切记见好就收。

第十七章　后院着火 154

"二！"又一个数字从女人的牙缝里蹦出来，时间一分一秒地过去，刀刃也越来越勒进唐潇的喉咙。唐潇的低吼让人心乱，李夜的心跳不由自主地加速了，究竟是不是陷阱？

第十八章　老冤家 165

确切地说，贾教授并不算老千，他只是帮古玩圈的大老千做事，但大老千并不看重他，当今社会最不缺的就是专家。

第十九章　大生意 175

"如果我没记错，2004年在郑州日信的拍卖会上一件只有四厘米宽，高也不过六厘米的汝窑鸳鸯水以一千零五十万成交。已经有很多年没有新汝窑瓷器面世了，还有什么宝贝能比这更珍贵的？"

第二十章　插一脚 185

简陋的茅草屋里泥巴墙上满是烟熏火燎的痕迹，腿脚都不齐整的小桌那坑坑洼洼的桌面上却放着六七件透着千年气韵的瓷器，难以用言语形容的釉光把整个茅屋都映得亮堂起来。

第二十一章　国宝珍品 189

王羲之虽不是竹林七贤，但他爱鹅成癖，从鹅的姿态和动作中领悟了不少运笔上的道理，还曾创造了一笔鹅的写法。"双指包管，五指共执"，"其要实指虚掌，钩擫讦送，亦日抵送，以备口传手授之说也。"

第二十二章　横空出世 197

汪锦保躺在他的紫檀罗汉床上懒洋洋地伸了个懒腰。昨晚睡得又沉又香，因为他把那个沉香木盒子放在了床头柜上。都说陈年沉香的香气最是浓郁，果然没错，那历经千年的木头香气浓得连做梦都是香的，果然是好宝贝啊。

第二十三章　真作假时假亦真 204

简单的也许两字，可能是希望也可能是奇迹，每个人都有也许，每个人都有属于自己的奇迹，不努力试试，又怎知不行呢？

番外篇·司徒颖　大小姐之二三事 215

第一章 大家来开店

A

下午，六点，成都市某小区内，一个窈窕的身影奔走在一座座豪宅门前。

天色渐渐黯淡，仅剩的霞光衬托出一个绝美侧面，正是久违的大小姐司徒颖。她拿在手里的并非普通小广告，那印刷精美的宣传单上写着：爱心行动——敬请业主将多余的旧衣叠好放在门口，明早有专人收取，并统一进行清洗和消毒，由××慈善总会送往川北贫困地区。

这是个众所周知的二奶区，在这里收旧衣服是个很不错的选择。频繁地上下楼，司徒颖的额头上已经沁满了汗珠。刚发完最后一张宣传单，手机就响了起来，是老韩。

"乖女儿，你那边怎么样了？"老韩的声音中气很足，无非子的祝由之术的确了得，他的身体已经恢复了不少。

"干爹，您就放心吧，明天我一定赢。"司徒颖脸上洋溢着自信，前次街头骗术PK，她跟单子凯、梁融三人联手竟然还是输了，这次说什么也要扳回来。

"透点消息给你，明天梁融要卖化妆品，你们不会撞车吧？"老韩对干女儿的关照是显而易见的。

"您放心，不会撞车，就算撞车我也能赢他。"司徒颖平时跟梁融关系不错，但她的好胜心不允许妥协。

挂断电话，司徒颖马不停蹄地赶回店里。每个女人都有开小店的梦想，衷心感谢老韩开店PK骗术的点子，虽然只有一天时间，也可以让她好好地过把瘾。

自从上次陆钟以绝对优势赢了街头PK后，已经连续担当了四次正将设局的重任，按照上次的约定，还得再来一次PK，才能决定接下来四次大行动的正将人选。其实梁融和单子凯对由谁设局不太在乎，在意的人是司徒颖，而老韩也认为这种PK有助于提高大家的业务水平，可以长期搞下去。

本打算到了昆明花家庄园才正式开始，没想到他们刚出杭州就被人盯上了。那人技术不错，一直没被大家看到真面目，是白道还是黑道的也不得而知。这种感觉很不好。老韩决定在弄清此人身份之前不急着去昆明，半路改道成都。老韩有位很罩得住的故人在这边，不怕那小子搞鬼。

为了引盯梢的家伙现身，老韩决定提前PK，时限是十二小时，可以用一天的时间各自准备，地点自选，什么生意都可以，晚上结账时营业额和投入的现金综合统计，回报率最高者胜出。

于是这一夜，大家为筹备第二天的开业都忙到很晚，只有陆钟一个人早早回到酒店，陪老韩去吃川味小吃，逛宽窄巷子。

B

这个周末天气不冷不热，春熙路上人满为患，男人们忙着看美女，美女们忙着看衣服，小孩们忙着看好吃的。《道德经》有云：众人熙熙，如登春台。春熙路是整个成都的时尚中心，美女观赏台，也是小吃聚集地，来成都不来春熙路就好比去北京不逛王府井，到上海不上南京路。

邻近太平洋百货的一家服装店今天开张，门前大大小小摆放了二三十个花篮，迎宾小姐在门前笑脸相迎，店内的顾客全是养眼的川味美女，身材一个比一个火辣。在众多美女中，全身黑色打扮的老板娘脂粉未施，只扎最简单的马尾，那种出类拔萃的美却让每个见到她的人都印象深刻。

"这条宝姿的裙子也是八十块？"一位客人对手里的裙子爱不释手。

"这件羊绒大衣也八十块吗？是不是仿单啊……"另一位挑剔的客人也发出了疑问，因为所有衣服都没有吊牌，商标上也有人为破坏的痕迹。

几乎每个客人都有同样的疑问，这家的衣服全都是旁边百货大楼里可以看得到的牌子，价钱却只是人家的零头，着实让人怀疑，可把衣服往身上一套，效果却又不像仿单。

"大家放心，所有的货都是保真，是公司库存的过季款，刚从仓库拿出来，如果买回去后悔了，明天还可以凭小票原价退还，今天是我们开业促销，为了让各位姐妹记得住小店，全场所有衣服都是八十块钱均价，只有一天时间，卖完可就补不到货了。"司徒颖笑容可掬地解释着。美貌也是一种说服力，收银小姐就快忙不过来了，不得不让门口的迎宾小姐帮忙。

这小店不过三四十个平方，足足挤了四五十个人，还有不少人在门口等着进来，试衣间门前更是大排长龙。经常逛街的姐妹们还记得以前那个胖胖的老板娘，记得前两天贴出的转让广告，没想到这么快就换了个美女老板。

与服装店相隔不到二十米的地方，还有家新店同样挤满了人。店铺的招牌跟网上热卖的一家著名的法国植物化妆品商标看起来很像，仔细一看，又有个字母不太一样。护肤品都盛在咖啡色的玻璃瓶子里，很像实验室里用来装化学药品的小罐子，十分特别。

这家店门口的小台子上站着个时髦的胖子，他蓄着夸张的络腮胡，头上是顶有款有型的亚麻色呢帽。此人的耳朵上挂着迷你麦克风，用腔调十足的台湾普通话绘声绘色地示范招牌精油的按摩手法，小舞台的旁边还有张超大海报，画面是此人作为美容大师参加台湾综艺节目的剧照。有人指着海报，说好像看过那期节目，更多人对他的专业身份表示信服。大师特意从围观的人群中找了位皮肤不太好的大姑娘，清亮的精油倒在手上，手心的温度加热，然后均匀地抹在客人的脸上，他的手法干净利落，加上口才极好，淋巴深层排毒之类的专业术语不时轰炸，几分钟后，"路人"黯淡晦涩的皮肤奇迹般变得柔滑细腻，左右脸的明显对比让人不得不啧啧称奇。

示范结束，大师手持该品牌的主打香水对着半空喷出，一股混合了草莓、柠檬、杨桃、水蜜桃的清新芬芳飘散开来，经风一吹香飘百米，更多人被吸引了过来。

"清新之水原价两百八一瓶，今天是本店进驻成都的第一天，为答谢大家的热情，特推出史无前例惊喜价：八十八一瓶，限量一百瓶，先到先得，售完不补。"大师的话说完，台下的女人们已经迅速行动起来，争先恐后地冲进店里。

店里的货看起来更加高档，堆成小山的花水和精油，价格比却网店的还便宜，那些充满了清新水果气息的日霜、晚霜、手霜，更是价格便宜量又足，不买简直都对不住自己。最醒目的展示台上有个晶莹剔透的银盘，里面摆满冰块，冰块上面是些黑褐色的小颗粒，旁边的标示着：阿拉斯加鲟鱼鱼子酱。据说这种顶级鱼子酱在国际市场上的售价是八百美元一公斤，而店内出售的鱼子酱精华液正价两千，今天开业促销只卖两百。这种洋气玩意儿见过的人还真是不多，在精美广告和店员的鼓动下，女人们全都按捺不住了。

没人在乎特价香水究竟堆了一百瓶还是两百瓶，每个人都拼命抢购。看着店内买疯了的女人们，梁融笑得合不拢嘴，终于有了属于自己的化妆品牌，虽然是山寨的，虽然只有一天时间，这种满足感却无与伦比。

距离梁融的化妆品店五十米开外，有家没挂招牌装修也近乎毛坯的门面房。这里连个像样的柜台也没有，地上摆着大堆的纸箱，箱子里什么货都有，耐克运动鞋、阿迪达斯运动服、夏奈尔香水、爱玛仕包包……还有中华烟和五粮液。

几名年轻男子穿着时髦的皮夹克，高高挽起袖子，露出手臂上的刺青，一看就是在街上混的。在他们的头顶上，挂着几张白色的广告纸，上面拙劣的血红色大字在这条和谐的商业街上显得完全不和谐：债主跑路，抵债物资，不计成本，低价甩卖！

没人敢问究竟是哪家的债主，关键是这些东西的价钱的确低得惊人。只卖一百的耐克鞋看起来跟对面专卖店里的新款一模一样，爱马仕、路易威登、夏奈尔包那闪亮的LOGO也甚是喜人，还有成箱成箱的烟酒，全都低于市场价。箱子旁还贴了个小小的广告：送礼佳品。年轻男子们满不在乎地解释，反正那些当官的家里烟酒多得数不清，送两瓶山寨货他也分不出是谁送的，人情一样到位，成本只需一半，绝对是划得来的好事。

这几个一点也不面善的小混混张罗起生意来倒是很卖力，他们的宣传口号也很雷人：贵了你砍我，绝对是真货。便宜是硬道理，光顾的人居然不少，男女老少，买什么的都有。

一个十多岁的小美眉拿着两个包包想找老板再杀杀价，半天才在一大堆纸箱后见到戴着墨镜的老板。这位随随便便坐在角落里的老板，竟然帅得像个大明星，小美眉有些傻眼："老板，我……我想……"

"妹子，你想说什么？"单子凯的母亲是四川人，说起四川话绝对原装正版，见是个小美女，立刻摘下了墨镜，冲她挑了挑眉毛。

"我想买单，一百块是吗？"跟大帅哥四目相接，小美眉被电得心跳几乎停顿，激动地连价钱都弄错了。

"不用一百，只要八十。"单子凯穿着黑色的皮风衣，酷得要命，那双眼睛就像两汪清澈的泉眼，让人一不小心就跌了进去。

当天下午，小美眉又带着她的好姐妹们专程来看帅哥，每个人都买了一大堆便宜货。

C

司徒颖忙到下午五点，店里的货卖得差不多了，她才有空走出去看看别人的生意如何。

梁融店里生意不错，都快五点半了还有很多女人挤在里面，司徒颖连他的面也没见着。单子凯也被一大堆女人包围，没空招呼她，店里的伙计们已经不那么忙了，货只剩下为数不多的几样。顺着这个方向又走了一截路，司徒颖终于看到了陆钟，不惊讶是不可能的，因为他的生意实在是太大了。

营业大厅的面积差不多三百平方米，雇员也有好几十人，清一色的白衬衣黑西装，穿得像售楼小姐。让司徒颖吃惊的是陆钟店门前的巨大招牌：橘子笔记本官方体验店。店内摆放着几十台橘子品牌的笔记本，还有最新款手机，墙上的大海报上写着诱人广告词：史无前例，免费获得橘子笔记本。

司徒颖刚靠近大门立刻有殷勤的促销小姐过来介绍：只要交纳五百块钱押金就能在下周免费领取橘子笔记本一台，免费使用三个月后，在橘子官方论坛上发表使用心得就可以退还五百块的押金。如果是橘子手机，押金更便宜，只要一百八。如果同时试用笔记本和手机，再缴纳六百块钱就能以特惠价参加今年十一月十一日光棍节的特别旅行计划，目的地是国内三大艳遇之都——丽江、阳朔和凤凰，总共六天七晚的旅程，包括所有的吃住行，同行的全都是单身男女。

"这，这都是真的？"这种好事简直跟天上掉馅饼没什么两样，司徒颖当然不信，可眼前这阵势，还有小姐这态度，不容她不信。

"当然是真的，我们是橘子公司在整个华南区最大的体验店了，您看，今天登记申请的人数已经超过四百了，不信我还可以给您看记录。"促销小姐很认真地说。

"不用了，我相信你。"司徒颖嘴上是这么说着，心里却犯起了嘀咕，四百人……每人都交好几百，该不会这次又是他赢了吧？

虽然天色已晚，但店里的客人还有不少，陆钟穿一身笔挺的西装，远远地冲司徒笑了一笑，那笑依然和平时一样，就像太阳从乌云中探出了头，让人眼前一亮。司徒却笑不出来，这一局怕又是输了。

D

夜里十点半，喧闹了一天的春熙路渐渐归于安详，大部分商铺都关门了，司徒颖是最后一个关门的，三个小时前，她把店内衣服的均价改成了五十，一个小时前，这个数字变成了二十。套现才是硬道理，关门前五分钟，最后三件衣服被她以十块钱打包的超低价处理。拿着厚厚的一叠钱，恋恋不舍地关上这个为之奋斗了一整天的服装店，她的老板娘生涯暂时落下帷幕。

酒店房间的茶几上，摆着大大小小的四堆钱，最可观的当属陆钟面前的那堆。不过钱多也不算赢，大家还得进行成本核算，然后跟这堆纯收入进行比例计算，最后回报率最高的才是赢家。

"我以三百块钱的日租金租下了那间正待转租的空门面，店里的货全都是不要钱收来的，花篮也是租的，租金的付款单位我写成了店面楼上的一家私家菜馆，老板不会找到我。添置购物袋用了一百块，另外还买了两百块钱的衣架，请了三个售货员，日薪八十，全部投入是八百四，营业额是两万六千零八十五。"司徒颖亮出手上的对账单，她把开销都记得清清楚楚。

"真不错。"老韩赞赏地冲司徒颖点了点头。

"我的店面没花租金，在网上发现这家老板移民去了国外而店铺要出售的消息后，我就去处理了一下那把锁，反正只用一天，就算被人发现了也不会怎么样。"梁融说起这些也略微得意地抬起了头，今天他可过足了瘾，"那家店本就是卖化妆品的，正好不用装修，我自己做了个木头招牌，买木头用了五十块，另外颜料用了二十块。至于那些货，香水是我用矿泉水加食用香精和酒精调的，面膜是用果冻粉做的，鱼子酱精华是用一点精油兑上矿泉水做的，那些日霜晚霜什么的全都是把蔬菜加无糖炼乳用搅拌机打出来的，加了点防腐剂，十天半个月都不会变质，就属买瓶子开销大，连同印制商标一共用了一千块，另外雇人手用了三百块钱，我的营业额是五万六千三。"

"死胖子，真没想到你一天之内还搞出了品牌，佩服。"单子凯拍拍梁融的肩膀表示赞赏。

"你那边的海报是怎么回事，没听你上过台湾的节目啊。"司徒颖忽然想起了什么来，"还有，你帮那个路人做的精油护理，效果还真不错，你手上那瓶总该是真的了吧，这个也应该算投入。"

"海报简单，用PS，别说是上台湾的节目，上好莱坞电影也小事一桩。那个路人是我昨天找的托，手里的是卸妆油，提前给她化了个粉底偏暗外加雀斑的妆，上台后只要把妆卸干净，露出她本来的好皮肤，看起来就对比明显了。手心里夹块卸妆棉，手法利落点没人看出来。"梁融把玩着手里两瓶没卖完的香水，意犹未尽，"要是我真做个牌子出来，没准能火，女人的钱实在太好赚了。"

"我呢，虽然没你们营业额高，但是，我几乎没花本钱。"单子凯特意提高了声调，得意地晃着头，"昨晚我约了那家空店面的老板打麻将，同桌的还有两个做A货批发的老板，一个做假烟假酒的老板。一开始我使劲输，最后一把才翻本，赢了把大的，不过我没要钱，只要了点货。另外还去找了找在成都开影视经纪公司的老朋友，很顺利地就找到了几个临时演员，跟他们讲好今天是试镜加初选，当然还是偷拍，为电视剧版本的古惑仔选角，有创意吧。为了巴结我，那帮小子还请我吃了午饭，连饭钱都省了，哈哈。"

"你卖的东西全都是假的？"司徒颖记得单子凯卖的香水味道跟真的很接近。

"当然是假的。人家老板都跟我说了，那香水和五粮液都是用十分之一的原版香水、酒水加上矿泉水兑出来的，闻起来是一个味，很多网店早就这么干了。"单子凯懒懒地翻看着手机里十多个川味辣妹的手机号码，打了个哈欠。

司徒颖忽然意识到，如果单子凯零投入的话，那他就可能是赢家了，这个结果可有点突然，她没好气地问起了陆钟："喂，你投了多少钱？"

"零投入。"陆钟早就习惯了大小姐的喜怒无常，不计较她的没礼貌，"那家店的店面是我去年买的，所以不用租金，正好上个星期已经被一家大型通讯公司租下了，制服和设备都是现成的，等下个月员工培训结束就开张。那几十名促销小姐也是免费的，我给人才市场打了个电话，昨天下午面试时已经讲好一天的试用期，择优录取，她们今天一个比一个卖力，收工前我让她们等电话通知。"

"可你不也有海报吗？还有那个巨大的招牌，几十台笔记本电脑和手机，全都是要钱的。"司徒颖刨根问底。

"当然要钱，但不是我的钱。"陆钟耐心地解释道，他昨天去了趟电脑城，以广告策划公司经理的身份找到了橘子电脑的地区总代理。说自己是新公司，想免费帮他们做一次宣传，打打自己的招牌也打打他们的招牌，效果好的话再谈长期合作。那老板听说免费就马上答应了，样机都是他们提供的，还提前为他们预订了工作餐。所以，陆钟没花一分钱。

"不可能，这种免费赠送的促销他们不可能同意。"司徒颖极为质疑，为什么所有事在陆钟面前都轻而易举。

"当然不能跟他们真的说这种计划，我只是加印了一些不干胶贴在他们提供的海报上而已，如果你仔细看的话就会发现，免费的那几个字都是后面贴上去的。印不干胶和旅行社小册子的账单是留的橘子公司地址，所以我真的是零投入。对了，我还得谢谢你呢，是你上次扮空姐玩的那个什么现金换里程的小骗局给了我灵感，今天报名参加旅行社的人还挺多。"陆钟说到这里还认认真真地冲司徒作了个揖。

"可橘子公司的老板不可能不来吧，他到现场不就知道你骗他？"司徒颖还是不甘心。

"他当然会来，不过我告诉他请促销小姐和联络场地都需要时间，活动时间是下个周末。"陆钟微笑着耐心地解释。

"你可真是太狡猾了。"单子凯忍不住说了句。

"一般一般，全国第三。"陆钟笑嘻嘻地点了点头，"其实也是那个老板太不小心，一听说免费就马上点头，都没想要看看公司资历，连我给的是别人的名片也不知道，就算不被我骗，他迟早也要被别人骗，早点吃亏对他也是个教训。"

"可是，你说那家店面是你的，这怎么可能？去年一年你不都跟我们在外面跑吗，根本没来过成都，怎么可能又买铺子又收租？还有，你用自己的店铺做生意，应该算是作弊，干爹，我提议取消他的成绩。"司徒颖就是不满意这个结局。

“大小姐，咱们可没规定不能用自己的资源，不能算作弊吧？现在有种生意叫做房产中介，不用本人到场很多事情也可以进行。告诉你一个秘密，除了成都，其他好几个城市我也有铺子，这可是我的老婆本哦，千万别跟别人说。”陆钟冲司徒颖挤了挤眼睛。

司徒颖脸红了，“切，你的老婆本关我什么事。”

单子凯关切地看着那可观的一堆钱，这个数目直接决定了谁是赢家，“我也得叫你一声哥了，今天一共收了多少？”

“四百多个报名要笔记本的，两百六十个要手机的，还有八十七个要参加光棍节旅行的，总共是三十二万吧，收银小姐不小心收到几张假钞，算起来，只有三十一万多。”陆钟的话一出口，单子凯就长长地舒了口气，他赚的钱跟三十多万比起来还差大大一截。

“这下我就放心了。”单子凯并不想当设局人，费脑子不说还要担最大的责任，相比起来他更喜欢角色扮演带来的乐趣，就像今天白天，被小美眉当成黑道王子的感觉就很“巴适”（四川话，好的意思）。

“好了，现在胜负已分，接下来的四次设局人继续由陆钟担当，大家要好好合作，有意见的话下次PK再努力吧。”老韩看了司徒颖一眼，那意思是他也帮不上忙了，清了清嗓子继续说道，“总有一天你们会退出江湖，到那时，做生意也是个不错的选择，这次的比赛对你们将来会有帮助，看到你们都能赚到钱，我也就放心了。”

“干爹，我要当一辈子老千，一辈子陪着您。”司徒颖撒娇地靠在老韩肩上。

“别说傻话了，你总有一天要嫁人。”老韩的目光徐徐扫过几位徒弟，“天下没有不散的宴席，将来你们发达了，只要还记得我们一起骗过那些贪心的混蛋，我就知足了。”

话还没说完，老韩就一阵猛咳，差点上不来气。

“师父！”

陆钟、梁融、单子凯不约而同地唤了一声，司徒颖更是马上过去帮忙拍背顺气，陆钟忙不迭地去倒水，梁融手忙脚乱地找药，单子凯更是掏出了手机，准备打给120。

“放心吧，阎王爷忙着呢，没这么快来找我。”老韩刚缓过劲来，就掏出一支雪茄点燃，美美地吸上一口，“今天你们都忙着做生意，我也没闲着，跟踪我们的那小子，是个警察。”

陆钟马上拧紧了眉头，自从上次被贾教授跟踪过还拍了照后，他每次计划行动时已经多加了双倍的小心和仔细。

"他现在是停职检查，连佩枪和警官证都上缴了，我也不清楚这小子到底什么来头，究竟想干什么。"老韩面露忧色，这种摸不清底细的人往往就是带来麻烦的人。

"您别担心，明天我们就会知道他究竟想干什么。"陆钟把视线移向窗外，对面楼上的窗帘里有一副很难发现的望远镜，望远镜的后面有双陌生的眼睛。

当晚，成都本地论坛出现了一个很奇怪的帖子：警惕您身边的骗局。内容是提醒市民分辨各类社会团体募捐的真假，以及各种促销猫腻，还有求职者可能会遇到的陷阱。几天后，有人发现帖子里提到的几种骗术在春熙路上都发生过，跟帖越来越多。橘子电脑的总经理也发现事情不太对劲，联系广告策划人电话却怎么都打不通了，等他找上门去，才发现名片上的人和找他谈免费广告的人根本不是同一个……

第二章　倒霉的警察

A

　　司徒颖背着沉甸甸的包去邮局汇款，昨天的收入加起来四十多万，正好可以给川北四个贫困县的孩子们汇去。相比起那些华而不实的衣服，钱的用处更大。

　　她在汇款单上仔细填写着地址，似乎并没注意到身旁穿黑色夹克的高个男子。此人三十出头，渔夫帽下是张周正的脸，瞟到汇款单上的地址后，他愣了片刻。在他的位置可以看到司徒颖那没盖严实的包里一叠叠的人民币，诱人的粉红色触手可及，但他的手紧紧地揣在口袋里，并不动心。

　　邮局人不多，司徒颖很快就办完了手续，拎起空荡荡的包朝对面的商场走去。大事办妥心情不错，她轻快地哼着歌，头也不回。

　　司徒颖东看看西看看，拐进一家出售运动服装的专卖店里，客人不少，店员却不多，她自顾自地看起东西来，眼角余光扫到了那个戴棒球帽的男人，那人赶紧转过身假装看起陈列柜上的东西。司徒颖不以为意，继续看衣服，不一会儿就捧着好几件衣服进了试衣间。再从试衣间里出来时，男人发现她手里的衣服少了两件，心道不好，她又在偷东西。可司徒颖并不急着出去，继续看衣服，还假装不经意地从男人身边经过。两人擦肩而过的瞬间，司徒颖盯着男人的眼睛，毫无顾忌的眼神里分明有着特别的意味，这让男人面色凝重，终于被发现了？为了隐蔽身份也只好继续回避她的眼神，压低了帽檐再次扮作无关的路人。

　　待他再抬起头，司徒颖已经从视线中消失了。她一定是溜了，他条件反射地追了出去，没想到经过防盗门时引发了尖锐的报警声。敏感的店员们立刻围了过来，短短几秒钟内店里所有人都把注意力集中在他身上。

　　"对不起先生，您是不是忘记付款了？"店长的口吻还客气。

　　"一定是弄错了，我没碰过任何东西。"男人尴尬地解释着。

"那请您再从这扇门经过一次好吗，我也希望是弄错了。"店长露出了怀疑的神色。

众目睽睽之下，男人没法拒绝这个合情合理的要求，再从防盗门里经过了一次。尖锐的蜂鸣声继续传出，这一次，店长的脸色马上变严肃了，"先生，请您把本店的东西拿出来吧，不付款是不能带走任何东西的。"

"看不出啊，这人相貌堂堂，穿得也不错，居然偷东西。"

"现在的年轻人啊，不好说啊。"

"人不可貌相呐。"

几位旁观的大妈大婶开始说三道四，嘴里的话很不中听。

"我真没拿东西，不信你们可以去查监控录像。"男人脸红了，他可是抓贼的人，居然被人当贼看。蜂鸣报警器还在扯着喉咙响，就在这时，一个窈窕又熟悉的身影从防盗门经过，男人心里顿时明白了，一定是刚才擦肩而过的片刻，那女骗子把什么东西放在了自己身上。那些骗子从人身上拿走点什么轻而易举，把东西放在人身上也同样轻而易举。现在她正借着自己被困的机会，安全脱身，她身上才真正带着被偷走的东西。

几秒钟后报警器的声音终于停了，可现在说什么也晚了，店长和围观群众都拿看待罪犯的眼神盯着他，再怎么解释也没用了，更重要的是女骗子已经走远，他不仅暴露了自己，被人家玩了还不知道。

男人长长地叹了口气，不得不配合地掏起了口袋，半分钟后，一个没有消磁的钥匙扣从他的裤子口袋里掏了出来。在大家的指指点点中，男人不得不低下头，他的心情坏透了。十分钟后，他垂头丧气地从商场走出来，意外地发现大门前有几个熟悉的身影在等着他。

"仇队长，得罪了，如果不是用这个办法跟您打个招呼，我们也不知道您什么时候才肯现真身。您大人不计小人过，不会跟我计较吧？"陆钟态度好得让人不好意思怪罪。

"原来你们早就发现我了。"仇队长不好意思地笑笑，他不是个小气的人。

"输给我们也不丢面子，我们可是一流的老千，而你未必是一流的警察。"司徒颖一上来就压住了仇队长的风头。

"小颖，怎么说话的。"老韩嗔怪地瞪了司徒颖一眼，话里却没有责怪的语气，看来大家早就计划好要灭灭这位队长的威风，"仇队长从杭州起就一路跟着我们，肯定辛苦了，走，咱们去喝杯茶，摆摆龙门阵。"

老韩主动跟仇队长握手，可仇队长的手迟迟不肯伸出来。刚才司徒颖的话中带刺，他听出来了，这伙老千对自己持敌对态度，虽然他有求于人，可对方毕竟是老千，难道真的要跟他们走到一起吗？难道除了这群老千，就没有可以帮到自己的人了吗？这几天来他一直在考虑这个问题，所以迟迟没有露面。

"如果仇队长不想给这个面子的话，那我们只好就此别过了。大道一方，各走两端，请你别再跟着我们。"老韩索性把后话也说了出来，非敌即友，老千的社交圈没有第三种选择。

仇队长看着老韩的眼睛，那是一双完全不像老千的眼睛，透着难以形容的凛然之气，这双眼睛打动了他，他终于狠下心，做了个连自己也觉得仓促的决定，"好，咱们去喝茶。"

老韩笑了，警察和老千的手就这样握到了一起。

B

仇其，仇队长，重庆某区的经济犯罪侦查大队队长，最近遇到了两桩麻烦又倒霉的事，严重程度已经到了不摆平就没法工作生活下去的地步。

仇其有个很不错的老婆，结婚五年，虽然没孩子但感情一直很好。可就在上个月，他去外地出任务的时候，老婆却跟他离婚了。当时他并不在场，是他老婆找了个跟他长得很像的男人去民政局办的手续。他从外地回家后发现老婆不见了，桌子上却摆着一本离婚证。

按理说不是本人办理的离婚是无效的，可问题就出在这上面。

仇其出的任务是件大案，事关人命，当时他只身一人在命案现场，而尸检报告表明，他办理离婚手续的时间正好就是那个当事人丧命的死亡时间。死者涉及仇其正在调查的一个不良集团，之前有好几次他都跟此人发生过冲突，局里人都知道那人对他恨之入骨，还曾放出话说要杀他全家，这种状况对他很不利。如果仇其坚持离婚的不是自己，就脱不了杀人的嫌疑，这是唯一的不在场证据，可如果他承认是自己离的婚，那老婆就没了。一边是人命关天，一边是自己的老婆，真让人左右为难。就在他犹豫究竟要不要向上级汇报自己没去离婚的时候，调查又有了新发现，在尸体旁找到了一枚烟头，烟头上的唾液经过DNA分析后确认是仇其。可他记得很清楚，当日被人约到那个地方去后，根本没抽过烟。在物证面前这种解释是无力的，上级只好下令暂停他的职务，直到调查结束。可按照着案子现有的进展和错误的物证方向，短期内调查恐怕不会结束。

"你肯定是得罪了谁，这摆明了是有人设计你。"最不爱费脑子的单子凯也脱口而出，梁融也跟着点了点头。

"扔个烟头就可以把杀人嫌疑扯到你身上，看来你在警队里人缘不怎么样嘛，要是你们老大对你有信心，肯定会挺你。"司徒颖嗑着瓜子，不咸不淡地说着。

"话不能这么说，警察办案讲的是证据。再说干我们这行，不得罪人是不可能的。"仇其无奈地垂下头，手里的茉莉香片早已变得冰凉。

"不是什么人都可以得罪的，你肯定是阻着谁的路了，人家要搬开你这个绊脚石。"司徒颖口无遮拦，这句话却说到了仇其心里。

"我这人虽然没多大本事，但要我跟那些人同流合污，我宁可辞职。"仇其气恼地摘下帽子，用力挠了挠头，似乎想把烦恼挠去。

"可你现在，就算辞职也解决不了问题吧？"听了许久，单子凯忍不住也嘀咕一句。

"你知道这件事背后的人是谁吗？"陆钟喝了口茶轻声问道，比起司徒颖的咄咄逼人，他的态度更让人接受。

"如果你们有耐心听我慢慢说的话，说不定能帮我。"仇其的双眼泛着血丝，出事以来他再没睡过一个好觉。

"唉，不知道顺兴的三大炮还是不是那个味道。"老韩没来由地叹了一声，眼睛望着旁边正在下棋的两位老人，就像根本没听到仇其的话。

原本老韩想去顺兴老茶馆吃顿美的，但仇其嫌那里太吵，不是说话的地方，带着大家来到这家藏在文殊院的庙中茶馆。

其实这里也不错，茶是盖碗茶，椅是竹靠椅，再配上两斤板栗一斤瓜子，一下午的时光就在仇其的故事中悄然逝去。虽然收费低廉，但茶师傅格外热情，还能听到隐隐的诵经声，大家都觉得自己变成了正宗成都人。

"老前辈，我知道咱们不是一个道上的人，但我听人说你们是专做好事的骗子，所以，能不能请您帮个忙……"

"我们是老千，不是骗子。"老韩板起脸来强调着。

"对不起，是我错了，您是一流的好老千，能不能帮我这个二流好警察的忙呢？我以我老婆的名义发誓，我从没收过一分钱黑钱，也没包庇过一个坏人，更没冤枉过一个好人，要是这样也不能当警察，我真是……"仇其眼下的确是走投无路了，只能低声下气地恳求着。

看得出来，眼前这个落魄警察的确是个好人，只不过这年头好人不好当，不能怨他。司徒颖也没再说难听的话，大家沉默了，虽然都动了帮他的念头，可俗话说民不与官斗，老千能跟警察斗吗？

"听说荣乐园又重开了，他家的开水白菜我可有几十年没吃过了。"老韩继续顾左右而言他。荣乐园是一家有着百年历史的老店，绝对可以代表川菜的最高水平，纽约有家分店国内却没有了总店，成都的新店是2004年才开的。

仇其还真是木讷，完全没领会老韩的意思。直到司徒颖小声告诉他，请大家去吃顿好的这事就能成了，他才恍然大悟，"您老要是不嫌弃，就让我做个东，请大家吃顿正宗川菜。"

"既然仇队长这么客气，我们要是不答应就是不给你面子了，那就恭敬不如从命。"老韩这才露出了笑脸，心里却暗暗骂道：这小子真是个榆木疙瘩。

C

"我以前只是个片警，半年前才被抽调到这个经济犯罪侦查大队来的。我知道自己不是这块料，就想老老实实当个片警，为街坊们帮点忙。也不知上头是怎么想的，让我去当这个队长，而且一上任就负责大案子。"仇其心里急，刚走进荣乐园的大门就说开了。

"仇队长，不急，咱们慢慢吃，慢慢说。"老韩打着哈哈，先把菜给点了。樟茶鸭、大刀耳片、清蒸雅鱼、自贡香辣兔，当然还有开水白菜，差不多叫了十来样，可他连菜谱都没看，更没问价钱。

仇其有些犯嘀咕，这顿得花多少钱呀，该不会这位老江湖玩自己，吃完就走吧？

"放心，我师父吃好了，什么事都好说。"陆钟看出了仇其的心思，拽了拽他的衣襟。

仇其本就是病急乱投医，能不能医也由不得他了，只好把心放到肚子里，走一步看一步了。菜很快上齐，老韩也不讲客气，大口吃肉大杯喝酒。荣乐园的口味还真是没得说，大家都大快朵颐，只有仇其，心中有事胃口不佳，一杯杯地喝着闷酒。

"仇队长，来，尝尝这开水白菜，今天你买单，要是连这都不吃就可惜了。"老韩吃到七八分饱，便放下了碗筷，反客为主地为仇其添了一碗白菜汤。

仇其对这司空见惯的白菜不感冒，但老韩这么热情他也不便拒绝，只好试着喝了口汤，这一喝之下，居然胃口大开，再细看那骨瓷大碗里，润泽清亮的汤水中的确是最家常的白菜，吃到嘴里居然酥软凝香，尝过满桌的麻辣佳肴后再品这清而不淡回味绵长的白菜，别有一番滋味。

"把你的事说来听听吧。"老韩用清茶漱过口后，照例叼起了雪茄，吞云吐雾起来。

终于肯听了，仇其心头一喜，赶紧放下碗筷，从头说起：从片警变成经济犯罪侦查大队的队长后，他接手的第一个案子就是骗保案。有人举报某保险公司的工作人员串通客户骗保，而且金额巨大，牵涉人命。有个地下集团专门帮人追债，不分昼夜的威胁，还有黑社会的追杀，如果债务人实在还不上，他们就为欠债的人买上一份巨额意外伤害的保险，受益人是债主的名字。再后面的事，不用说也能猜到了，杀人，用保金抵债。

"没有王法了。"司徒颖忍不住拍了桌子。

"我记得有类似的规定，非直系亲属或者赡养关系的人不能成为受益人，这算违规操作，不合规矩。"陆钟想了想，提出了问题。

"按规矩来当然不行，可这帮人有后台，不但保险公司内部，还有我们公检法司系统的上头都有保护伞，查到一半就查不下去了。"仇其无奈地叹了口气，眉头拧成深深的川字。

"听说就连现在汽车险，不给理赔人员红包也很难拿到全额赔偿，里面的水是挺深。"单子凯曾经泡过一个搞保险的姐姐，知道些内部消息。

"我也听说过，如果跟理赔人员关系够铁的话，就算车没事，也可以想办法骗到钱。"梁融曾经黑过一家保险公司的内部网，也看过不少内部消息。

"就连我们队里的同事也跟他们串通一气，收黑钱。我不收钱，他们就劝我睁一只眼闭一只眼，为这事，我已经跟他们吵过好几次了，报告上级也没人管。格老子，我这个当队长的，真他妈窝囊。"仇其的拳头重重地砸在自己腿上，看得出来，他心里窝火得很。

"仇队长，你觉得这开水白菜味道怎么样？"老韩忽然冒出不搭调的一句。

"啊？"仇其没反应过来。

"你听我说，这个开水白菜可是咱们中华料理中素菜的最高境界。先得熬汤，把老母鸡、宣威火腿、猪腿肉、猪大骨和瑶柱加高山泉水，慢火细熬四个小时，用纱布滤出渣滓，再把猪里脊和鸡脯肉斩碎，剁成肉茸，精肉是红茸，鸡脯是白茸。然后用葱姜水拌上蛋白，把红白茸分别搅匀。然后小火把那滤清的汤汁煮开，倒进红茸，顺时针轻轻搅动，让它粘吸汤中的骨渣微粒，茸泥愈细吸得愈干净，搅上十来分钟，那肉茸浮聚成团就捞出来。然后再下白茸，同样继续吸取汤里面的微粒，至少得弄上四回。再把那吸过肉渣的红白茸放进纱布袋，重新回汤，慢火再熬一小时，让那肉鲜味完全融进汤里。最后再用细纱布滤一次，这才得出清亮浓厚的'开水'。这白菜也有讲究，得是秋冬经霜的津白，剥去五层外叶取出菜胆，用牛毛针在叶梗上扎出小孔，用那顶级'开水'淋上菜胆，上笼蒸上一刻钟，梗上的细孔吸饱上汤精粹，蒸出的菜汁又与汤汁相互交融，这道素面朝天却回味无穷的菜才算完工。"原来那全天下最简单的白菜，却有着如此费心费力的做法，老韩吸着雪茄娓娓道来。

"老前辈，您是要教我做菜？我是个粗性子，就算不干警察也干不来这个。"仇其耐着性子听完这一大套，越发迷糊。

"锤子，你就是人家掰掉的白菜叶子，垫背的，等人家把大菜做好，你就该扫地出门了。"司徒颖早就看出老韩想说的是什么，这仇其是直肠子，一句话人家拐个弯说就不明白了。

"没错，他们让我当这个队长就是垫背的。这个案子太敏感，牵涉到很多上头的人，谁也不想得罪人。但案子影响挺坏的，死者家属去北京上访了，不查又不行，所以他们派我来当替死鬼。"仇其虽然耿直，人还不傻。

老韩收起笑脸，严肃地说："我只是想让你明白，一个完美的骗局并不比做'开水白菜'容易。对你目前的处境我表示同情，但你得给我一个理由，为什么要帮你？"

"我看过你们的档案，铲除坏人，挖出幕后黑手，应该也算行侠仗义吧。"仇其憋红了脸，讷讷地说。

"那是你们警察该干的事，不能算理由。"老韩不满意地摇摇头。

"可要是不把这个人找出来，他还会继续害人，还会有更多的人死。"仇其急了。

"老千的工作就是赚钱骗人，你觉得死人这种事跟我们有关吗？"老韩的口气硬了些，显然没有太多耐心。

仇其定了定神，终于摊出最后的底牌："你们可能还不知道，中南五省已经有人在调查你们了，而我们大队资料室掌握的资料是最全的……"

老韩把仇其上上下下打量了一番，他当然有顾虑，对方是警察，揽上这档子事无疑是自找麻烦，可这小子的情况，不帮又看不过眼，最后他不置可否地说："我已经老了，现在这里做主的人是陆钟，你问他吧。"

"道上人都管你叫六哥对吧，六哥，我知道，请你们帮忙不合适，但眼下实在没有能帮我的人了。"老韩的态度不明朗，让仇其心里凉了半截，陆钟是最后的希望。

"师父，仇队长是好人，要是这一关他过不了，世界上就又少了一个好警察。"陆钟说的是心里话，他最见不得好人被坏人欺负，"仇队长跟咱们有缘，我觉得咱们能交个朋友。"

"六哥，这是答应我了？"仇其面露喜色，虽然眼前的年轻人看起来没什么特别，但他听说六哥本事了得，只要他想做的事，还没有做不成的。

"别叫我哥，咱俩谁年纪大还说不准呢。"陆钟和气地笑笑，眼角稀疏的鱼尾纹浅浅地散开，让人格外安心，似乎天大的事到了他手上也会迎刃而解。

D

这顿饭吃掉了仇其一个月的工资，不过买单时他乐呵呵的，拉着大家的手一个一个地握，用力握，这个朴实的汉子并没有太多表达情绪的方式。

从荣乐园出来，陆钟又问了他很多问题，最后所有的答案都指向那个幕后黑手，一个名叫孙莉莎的女人。这女人表面上经营娱乐会所，其实还经营一家财务公司。财务公司为腐败高官们洗黑钱，帮人追债，每宗债务的费用是债务总额的五成，尽管收费不菲，但是找她追债的人还是很多，原因只有一个：只有她能把陈年死账和烂账拿回来。

她的办法很简单也很有效，就是买通保险公司的人，为债主购买巨额意外身故险。因为跟不少高官有关系，所以她的路子总是畅通无阻，很少遇到麻烦。

"既然已经查到这一步了，应该可以断定这个孙莉莎就是害你的人吧。"陆钟脸上看不出什么表情，其实这是他思考问题时最常有的表情。

"局里也需要有人当替死鬼，要不，结不了案。"仇其紧紧地捏着拳头，似乎想拼尽全身力气挥出一记。

"还有没有其他消息，多一份信息就多一份胜算。"陆钟心里已经有一个初步的计划了。

"有件事，我不确定是不是真的。"仇其的目光有些闪烁。

"说来听听。"陆钟早就有预感，仇其还知道更深层的秘密。

"孙莉莎的会所只招待女人，听说里面坐台的都是些男人，你猜贵宾名单里都是些什么人？"仇其有点微微得意，故作神秘地说，"我这个队长也不是什么都没干。"

"该不会都是些领导夫人吧？"陆钟马上想到了其中的奥秘。

"没错，你怎么知道的？"仇其有些懊恼，这可是他调查了很久才发现的秘密。

"你肯定还发现，这些领导夫人都跟孙莉莎关系密切，但她们之间的关系并不能用亲密和感情好来形容。"陆钟微微一笑，继续猜。

"不得了，你怎么全知道？"仇其目瞪口呆，才说了半截话，他居然全都能猜到。

"呵呵，我猜孙莉莎手里有那些领导夫人和她手下牛郎来往的把柄，以此相挟，请那些夫人们帮她的忙，对各位领导施加压力。她最聪明的地方就在于不必直接跟那些贪得无餍又好色的高官打交道，反而建立了有效又特别的关系网。"陆钟继续说下去。

"既然你都知道了，那我就放心了。"仇其打心眼里佩服这位六哥，说到这儿，他压低了声音，"因为我的原因，她手里至少有两百万没收回来。"

"你已经挑明了跟她对着干？"陆钟对这位直性子的警察有种说不出的好感，这年头，像他这样的人已经越来越少了。

"我也不知道算不算挑明，出事前，她的财务公司帮人代收的一笔两百万账款没收上来，就给欠债人买了意外伤害险，结果刚到生效期就出车祸了，现在那人还躺在医院里。这笔钱真到位了，他也拿不到一毛钱，受益方是财务公司，他死定了，我看不过眼，所以没给确认书签字，孙莉莎肯定知道在我这里卡壳了。"仇其说完这番话，把视线投向了遥远的天边，不想让陆钟看到他脸上的无能为力，"停职那天我听同事们说，孙莉莎就算买个杀手干掉我也不超过五万块，我让她损失两百万，肯定死定了。"

"难为你了，一个人是斗不过他们的。"陆钟轻轻地拍了拍仇其的肩。

"斗不过也要斗，我就不信，这世上还没天理了。"仇其眼中有隐约的泪光，这些日子来他受的窝囊气已经太多了。

"说来好笑，你是相信世上还有天理的警察，我们是相信世上还有天理的老千。"这大概是他们之间最大的共同点了，陆钟的眼角弯出灿烂的笑容，"让我们跟这群不讲天理的家伙好好玩玩。"

　　与其坐以待毙，不如主动进攻。经过一番精心策划和准备后，陆钟让仇其带着大家回到了重庆。

A

孙莉莎的会所位于酒吧街附近的临街，门并不大，招牌也不算最醒目，相比周围闹哄哄的热舞吧和KTV，这里显得很低调。但进入紧闭的大门就会发现里面别有洞天，奢华程度超乎想象。只有为数不多的客人知道，这里是整条街上最宰人的销金窟，全城收入最高的男公关也尽在此。更重要的是，没有熟客介绍，就算有钱也不能成为这里的座上宾。用孙莉莎的话说，想被她赚钱还要看看够不够格。

这个下午，仇其敲开了会所大门，他当然不是来消费的，这里的人也知道他是警察，所以没人拦他。不一会儿，有个顶着奇怪发型的妖冶小白脸主动过来招呼："仇队长啊，真是稀客，我们还没到营业时间，您是来……"

"少废话，我要见老板娘。"仇其最见不得小白脸，一把推开他大步往前走。

"您要见董事长啊，我这就去禀报，您慢点走，慢点走。"小白脸被他推得差点摔倒，一溜烟地窜到前面去报信，临走时，他还特意瞄了眼仇其身后的男人。

那是个戴黑胶眼镜的男人。通常戴金丝边眼镜会让人感觉精明，而戴黑胶镜框眼镜则多几分书卷气，这个男人何止是书卷气，简直就是书呆子气，过时的中分头，杵在那儿僵得像根木头。看见他的人都在想，这位已经被停职的仇队长带个书呆子来做什么？董事长脾气可不好，难不成上门送死还带个收尸的？

小白脸赶在仇其前面见到了老板娘，此时孙莉莎正忙，听过禀报后不以为然地从鼻子里哼出一声："停了职的队长能有什么大事，早就玩不转了，让他等。"

"是，那我就请他在隔壁会议室等您。"小白脸毕恭毕敬地欠了欠身，这才退下。

眼下孙莉莎的确有事在忙，忙着对几位应聘的新人进行最后面试。孙莉莎在家排行老三，人称孙三娘，生意做得黑，都说她是孙二娘的妹妹。她年近四十，不漂亮也不苗条，高高的额头上还生着一枚象征着权力欲的黑痣，只有在跟权贵和富豪们交谈时才会露出难得的笑脸。早些年她只是个普通的工人，一直不安分，下海后凭着大胆泼辣和混黑社会的哥哥才有了这家会所。

同样的会所并不只有她一家，能在这条街上做出名声自然有她的办法：定期更新男公关，对所有员工进行规范的培训，还有每周更新的公关热门排行榜。虽说不是正行生意，但孙莉莎花的心血并不比其他人少，效果也就显而易见，女人们在此醉生梦死挥金如土，就连那些被孙莉莎捏住了七寸的官太太也难以抵抗诱惑，骂她恨她诅咒她，却不得不回到这里。

站在孙莉莎面前的有十来个年轻男子，每一个都相貌周正，身份也各有不同，大学生、工人，还有白领和退伍军人。

孙莉莎挑剔的目光在他们身上掠过了一遍又一遍，他们都是经过了好几关挑选留下来的，这里的日薪底薪都有三位数，头牌更达日薪四位数，想赚钱不费力的男人大有人在。

"第一个问题：为什么要干这行？第二个问题：入行后有什么打算？你们好好想想，把答案写在纸上交给我。"孙莉莎叼着一支软中华，不紧不慢地抛出这两个必问题，她见过的漂亮男人多不胜数，容貌在她面前没有绝对优势。

不久，十来份答案被助手送到她手中，一张张看过去她眉头微皱。那些答案都不尽如人意，有几个人的字更是连小学生都不如。孙莉莎有些失望，这种档次的男人顶多摆摆看相，不足以博得见多识广的贵妇欢心。市场竞争大，好苗子越来越少，手下两员爱将一个出了国，另一个被人高薪挖走，如今真正压得住场子的人几乎没有，这样下去可不行。烦躁地翻过一张又一张答案，手里剩下最后一张时她脸上露出了惊喜，潇洒的行书，赏心悦目。

第一个问题的答案是：为了帮妈妈治病。第二个问题的答案是：我要当头牌。

孙莉莎留下了这个要当头牌的男人，让其他人先回去等消息。

"秦仲是吧，说说，你妈得的什么病？"孙莉莎摁灭了烟头，斜着眼看了一下对面的男人，高大却不厚重，身体比例堪称完美，算得上衣架子，可惜他身上廉价的外套就像灰尘蒙住了明珠，要是换个打扮，再好好做做头发，绝对是个拿得出手的男人，孙莉莎在心里对这个秦仲已经有了五分认可。

"乳腺癌，做过两次手术还是扩散了。"秦仲微微低着头，不敢直视孙莉莎的眼睛。

022

"为什么想当头牌呢？看你的样子性格是偏内向的吧，我们的工作就是每天跟人打交道，你似乎不太擅长跟人打交道，你觉得可以胜任这份工作吗？"孙莉莎又细看了一番，这小子的眼神，纯。现如今这种男生可不多见了，阔太太们又都好这口，不错。

"我，我从小到大都是班长，每年期末考试都是前三名。请相信，不论我做什么工作都会做到最好的，我会竭尽全力。"秦仲显然紧张，二十出头的小伙子在阅历丰富的女人面前很难谈笑自如，"我一定会用心学习，请您给我一个机会。"

"不错，有上进心。"孙莉莎对他的好感更甚了，甚至生出几分留为己用的念头，不过她还需要更多地了解这个人，"我看你的简历上写着是大学毕业，专业也不对口，为什么来我们这里找工作呢？"

"以前我爸开过矿，收入还不错，从小到大家里有保姆，出门有司机接送，我都是过的好日子。五年前矿里出了事故，死了不少人，原本关照他的领导也因为被纪委调查帮不上忙，家里的钱都赔了个干净。我爸带着最后的钱跟女秘书跑了，我跟我妈相依为命。"这是家丑，说出来并不光彩，秦仲顿了顿才接着说，"这几年念大学我得自己打工才能凑够学费，那种生活真是……过惯了好日子的人，比穷一辈子的人还痛苦。我做梦都想回到从前那样的生活，好不容易熬到大学毕业，可现在的工作实在是不好找，工资太低的不想去，工资高的人家又瞧不上我。看到你们在网上招聘启事上写的高收入，就想来试试，医生说妈妈的时间不多了，我想让她过几天好日子。"

"如今工作是不好找。这样吧，你先留在我身边，具体做什么我再考虑考虑。只要你好好干，对我忠心，好日子很快会回来的。"就为那句"过惯了好日子的人比穷一辈子的人还痛苦"，孙莉莎对秦仲已经做出了选择，本想带着他四处去看看熟悉情况，可旁人提醒道，仇其还在等着见她。

"那就见见吧，反正也见不了几次了。"孙莉莎冷笑道。

B

"仇大队长，什么风把你给吹来了，今天是来指导工作，还是临时检查呢？"孙莉莎阴阳怪气地打了个招呼，仇其被停职她第一时间就得到了消息，谁让他妨碍自己发财呢。

她心里提防着，这小子又傻又冲动，该不会来找自己报仇吧？

"孙姐，以前的事是我对不住，我错了，求您大人不计小人过放我一马。"仇其压着性子，憋红了脸才把话说出口。

"呦，瞧你这话说的，好像我怪罪你似的。你可没什么对不住我的，别这么客气，你也太见外了。"孙莉莎听出了仇其跟往日截然不同的态度，心里纳闷，看他到底要唱哪一出。

"孙姐，上次因为我让你损失了两百万，对不起。将功补过，我想帮您赚回那笔钱。您要是不嫌弃，我以后就听您差遣，只要在我能力范围之内的，请尽管吩咐。"仇其这番话跟他以往的作风差了十万八千里，孙莉莎简直不敢相信自己的耳朵。

"我没听错吧，仇队长，你能不能再说一遍？"孙莉莎笑了一下，觉得有点意思。

"我要将功补过，帮您赚回那笔钱。"仇其的嗓子有些干涩，让他说出这样的话实在为难，"请您帮我跟上头求个情，给我留碗饭吃。"

孙莉莎愣了一下，继而哈哈大笑起来，笑得前俯后仰，眼泪都出来了，仇其被她笑得很不自在，脸红红地往下说："孙姐，为表诚意，我为您请来了一位资本运作的高手，他有办法让您在一个月内赚到一千万。"

仇其这个人跟那些乱七八糟的同事不同，钉是钉铆是铆，从来不托大，孙莉莎其实很欣赏他，只是收买不了，宁可毁掉。一千万，这个数字够吸引力，孙莉莎止住笑，重新打量起仇其和他带来的那个人，显然，那个书呆子的形象不足以说服她，"就凭他，一千万？"

仇其想解释，却被书呆子一把拦住，"仇其是我发小，我们从小穿一条裤子长大的，他救过我的命，现在他有难我不能不帮。您可以不信我，但不能不信仇其的话。"

书呆子不鸣则已，一鸣惊人，撂下话拉着仇其转身就走。

"慢着。"孙莉莎不得不重新打量起这个来路不明的男人，"请问这位先生在哪里高就？"

书呆子掏出一张名片递给孙莉莎，原来他叫蒋弘，名片上的头衔是某金融咨询公司顾问。

所谓的金融咨询公司跟孙莉莎开的财务公司没多大区别，都是搞违规操作的，孙莉莎不能不多一个心眼，说不定这小子真是玩钱的行家。

就像看透了孙莉莎的质疑，蒋弘接着说："我还是城市大学的讲师，虽然平时都是做的理论研究工作，但我可以保证，我的计划绝对能赚到大钱。"

"是吗，能不能谈谈你的计划。"孙莉莎开始对这个蒋弘身上的书呆子气感兴趣了，她阅人无数，深知以貌取人往往漏掉真神。

迎着孙莉莎那双能看穿皮肉的利眼，蒋弘自信地昂起了头，"全世界跟钱打交道最多的地方就是银行，最有钱的也是银行，只要能把银行游戏的规则玩透就不愁赚不到钱。跟银行金库里数万亿财富比起来，弄个一两千万就像在沙滩上捏走几粒沙子，并不困难。只要把善后的路子理通，就算日后真查出问题，追究责任也是办事人员的不妥，根本不用担心有人报复，所以风险度极低。"

蒋弘最后一句话说到了孙莉莎心坎里，她以特殊的方式收账，虽然能把钱拿到手，但每次都会惹出一连串麻烦。那些胆小的当事人家属还算好办，威胁几次就乖乖收声了，碰上不要命的主就会很难缠。前阵子没注意，漏了一个跑到北京上访，还走运地遇到了媒体人士的帮助，事情全给捅出来了，上面已经派了专人来查，这才打算把仇其扔出来当替死鬼，只要把他送进监狱，就可以把所有事都栽在他头上，最后在里面把他弄死，事情就算有交代了。只是靠山跟她打过了招呼，至少两三年内都不能再用这个办法继续赚钱了。

"孙姐，我兄弟绝对有这个本事，就看你给不给我这个机会了。"仇其见孙莉莎面露犹豫，知道她已经动了心，赶紧趁热打铁。

"瞧你这话说的，咱们一直都是好朋友嘛，警民一家亲。"孙莉莎嘴上虽这么说着，但她也没马上拍板，做生意这么久她只相信自己的眼睛，不相信别人的舌头，要想让她完全信任这小子，还需要更多时间才行。

"孙姐的意思是，咱们可以合作了？"仇其惊喜地问道。

"不急不急，我还从没请仇队长吃过饭，今天说什么也得请你一次，那些事再慢慢谈。"孙莉莎一边说着，已经吩咐下去请二位吃饭。

以前碰到这种饭局仇其总是再三推脱，生怕吃人嘴软影响公务，今天反倒没了顾忌，跟蒋弘一起大大方方地去了。

C

　　吃饭的地方是个很幽静的川味四合院，连个招牌也没有，八成是只招待熟客的私家菜馆。从菜的档次来看孙莉莎是下了本钱的，酸辣海参虫草鸭子葱烧鹿筋，还有几样连名字也叫不出来却异常精美的菜，仇其见都没见过。孙莉莎知道仇其喝酒，还特意上了瓶十八年陈的酒鬼酒，浓郁的酒香让仇其心花怒放，端起杯子就不舍得放手。

　　"孙姐，我真是后悔啊，早跟你混多好，搬起石头砸自己的脚，耽误了你的生意又害了自己。来，我敬你一杯，对不起了！"仇其端起酒杯，恭恭敬敬地敬了一杯酒。

　　"仇队长别见外，以后咱们就是自己人了。"看着曾经的对头这般服帖，孙莉莎很是受用，一杯美酒下肚两朵桃花上了腮，推杯换盏之间气氛融洽了许多。倒是那位蒋老师不太放得开，不论是喝酒还是说话，都透着股酸腐之气，这种人在社会上绝对吃不开。孙莉莎看在眼里喜在心头，这小子虽有点呆气，没准真是个藏在学校没人发现的宝贝，心里动了念头，叫过身边的手下，低声吩咐了几句。

　　酒过三巡，菜也吃了不少，仇其的眼睛却有些红了，截然不同的生活就是这么天差地远，如果不是亲身体会了对方的生活，他永远都不能理解孙莉莎和她那个阶层人的奢侈。不知他在想些什么心事，孙莉莎关切地问了句，仇其把心里话吞下，只说结婚这么多年，从没请老婆去吃过一顿像样的大餐，现在自己吃到这么好的东西，可老婆却不在身边，心里难过。

　　"听说你们离婚了。"孙莉莎假装不知情。

　　仇其没解释，只点点头说："不知道她现在在哪里，要是能再给我一次机会，我一定好好对她。孙姐，你认识人多，拜托帮我打听打听。"

　　"放心，我们做生意的，多少认识几个人。只要你安心跟我合作，还怕没女人吗？"孙莉莎意味深长地笑笑。

　　这顿饭吃完，孙莉莎又请二人去唱歌，仇其和蒋弘都说自己不会唱歌，可孙莉莎却说不用他们唱，有人唱。

　　宝马车把两个有了几分酒意的男人送到了一家灯红酒绿的KTV，仇其看着那金灿灿的大门，还有门前穿得极为清凉的迎宾小姐就打起了退堂鼓，小声对蒋弘嘀咕了一句："这算是腐败了吧？"

这可离腐败差远了，蒋弘忍住笑意，低声道："不入虎穴焉得虎子，她是在考验咱们呢。"

仇其心里一万个不愿意，要不是蒋弘拉着他不松手，肯定要临阵脱逃了。

走过被巨大水晶吊灯映照得富丽堂皇的大厅，楼上是一条条深邃的走廊，每条走廊的两边都是一扇扇紧闭的大门，不乏类似狼嚎的声音从门缝里飘出，加上不时经过的清凉美女，全都让人神经紧张。仇其硬着头皮跟在孙莉莎后面，做戏要做全套，如果第一关都过不了，计划就没法继续了。

虽然算上经常作陪的小白脸杰米和新人秦仲，人也不多，但孙莉莎要了最大的包房，刚一落座，妈妈桑就领着十多位小姐过来了，浓妆淡抹环肥燕瘦各有千秋，唯一的共同点就是全都衣着暴露。仇其当了这么多年的片警，连抓赌抓嫖这种事也没经历过，眼睛也不知道往哪儿看。蒋弘看出了他的心思，小声说了两个字：喝酒。

仇其立刻举起酒杯点了点头，只要喝醉了，就好办了。

"仇队长，你这样可不行啊，你要是玩得不尽兴就是我招待得不到位了。"孙莉莎见二人推三阻四，知道他们放不开手脚，她做主为仇其和蒋弘一人挑了两个小姐，又让三个手下一人挑了一个。秦仲大概也是第一次来这种地方，羞红了脸，连连摇头说不用。

孙莉莎心领神会地笑了，对秦仲的好感更多了几分，"你不用也好，总得留个人倒酒。仇队长和蒋老师是我的贵客，一定要好好招待，让他们尽兴。"

小姐们献媚纷纷，尤其是二位贵客，又是玩骰子又是跳舞，可仇其和蒋弘都不会，战战兢兢地坐着一个劲摆手。这倒把孙莉莎看得笑了，不客气地对小姐们命令道："不把两位贵客哄开心可拿不到小费。"

陪着坐了一会儿，孙莉莎就起身要走，说店里还有事，晚点再过来买单。

D

"董事长都走了，仇队长这下可以放松些了吧？"小白脸杰米谄媚地敬了杯酒，毫不顾忌地把身边的小姐搂得更全面些，"真没想到仇队长会主动来找董事长，今后咱们就是一家人了，还请您多多关照。"

仇其见到这张脸就有种揍他个生活不能自理的冲动，但眼下的情况不能这么做，他只好喝下那杯酒，假装投入地唱起歌，心里直打鼓，歌也唱得跑了调。小白脸见仇其不买他的账，转而把目标对准了蒋弘："蒋老师，您是做学问的人，以后还请多多指教啊。"

"哪里哪里，你太客气了。"蒋弘的脸在酒精的作用下已经红了，他倒是比仇其好说话。

"虽然您是做大学问的，但有些事恐怕您就外行了。"小白脸仗着自己是孙莉莎的心腹，居然摆起了资格。

"愿闻其详。"蒋弘说话透着股书呆子味。

"咱们男人有四大铁，您知道吗？"小白脸洋洋得意看着蒋弘，好像算准了他不知道。

"四大铁？这个我还真不知道，请您指教。"

"四大铁就是：一起扛过枪，一起下过乡，一起分过赃，一起嫖过娼。"小白脸嬉皮笑脸地说完，脸色微变，"现在还没到一起分赃的时候，也没机会扛枪和下乡了，您说要是咱们一起嫖过娼的话，是不是董事长会更放心呢？"

"原来是这意思啊，哈哈。"蒋弘认真听完小白脸的话恍然大悟，要成为孙莉莎的自己人首先得有把柄落她手里。

小白脸的声音不小，在场的人全都听到了这番话，秦仲那个傻小子听完后犯了愁："早知道我也叫个小姐了，大哥，你说董事长该对我不放心了吧？"

呵，这个傻小子。孙莉莎站在一面宽大的镜子后面，听到了秦仲的话后笑出了声，心道：想跟我当坏人，得先坏给我看才行。她出了包房后并没真的回去，而是转到了隔壁的小房间。

这间大包房的镜子是单面玻璃，在另一面可以完全看清里面的人在做些什么，大包房里还装有无线耳机，有同步的声音可以传递过来。这家KTV的老板跟孙莉莎是密切的生意伙伴，她不仅知道这个秘密，还可以随意使用这个包房。经常接待那些特别人物，不留一手可不行。

唱完歌后仇其和蒋弘各自带走了一个小姐去开房。孙莉莎很满意地给了每位小姐小费，她不会想到，蒋弘和仇其给了小姐双倍的小费，让她们在沙发上睡了一晚。

　　第二天一早，眼圈发乌头发凌乱的仇其和蒋弘刚下楼，就看到了在大堂里等候多时的孙莉莎，她对二人的憔悴面容很满意，"仇队长，我想跟你的兄弟谈谈那个计划。"

第四章　亦步亦趋

A

蒋弘的计划听起来很简单：贷款。

当然不会是真的贷款，而是骗贷，这种操作可大可小，国内有不少玩房地产的牛人，都是把房子建好后自己贷款找人买，把房价炒上去再重新出手，一来二去可赚上数亿。怕孙莉莎不理解，蒋弘还举了个例子：比如原本八十万的房子，首付四十万，需要贷款四十万，可经过内部操作后，房价升值变成了两百万。这时候房子已经到手，如果做抵押贷款，一般能打净值的七折，这套房子的净值就变成了一百六十万，可以从银行手里拿到一百一十二万。算来算去都是赚，不过是打个时间差。

蒋弘说他帮上海的朋友这样办过，找个靠谱的朋友假交易，先签好协议，房子的产权不变，但是办理过户手续，卖给对方。对方首付四十万，那么他就可以拿到两百万，除去这套房子之前的贷款四十万，还给朋友首付的四十万外，到手的还有一百二十万现金。这笔钱可以不急着还给银行，用来做其他投资怎么都比在银行赚利息强。而房贷利息是低于抵押贷款利息的，所以这个买卖稳赚不赔，而且实际操作过程中还可以高报房价，只要有够路子的朋友，完全可以套取更多贷款。

"真这么容易？那一千万不是要买很多套房子？还要办很多手续，挺麻烦的。"孙莉莎认识两个温州炒房客，早就对这种赚钱方式感兴趣。

"我只是拿买房子打个比方，骗贷的办法有很多，车贷房贷抵押担保贷款统统可以，关键是有没有路子。只要有路子，赚一千万只是投石问路，真正的玩家口袋里都上亿。"蒋弘口气太海了，这却让孙莉莎有些怀疑。

"仇队长，你这个朋友好像很有本事嘛，他说的都是真的吗？"孙莉莎不信蒋弘，却信仇其，虽然他以前总是对着干，但人品绝对没得说，就连熟悉他的同事也说过，仇其这辈子从没吹过一次牛。

仇其也不回答，只是看着她点了点头。

"是真的，孙姐，光是国有四大银行的不良贷款都是以数千数万亿来统计的，钱拿到手后，只要通过合法的程序申请破产，这笔账就算烂了，谁也不用追，也追不到了。您要是相信我，咱们就先玩把小的，这条道要是能走通，以后的交易可就远不止一千万了。"蒋弘的眼里闪烁着异乎寻常的光芒，说到最兴奋的地方，他身上呈现出与平时判若两人的狂。

这种狂让人联想起偏执的科学家和疯狂的艺术家，通常偏执的这类专家们都不擅长跟人打交道，但在其专业领域有着异乎常人的成就。孙莉莎没受过高等教育，最崇拜文化人，在她看来这种狂不但可以理解，并且值得信赖。

"蒋老师，能不能再谈谈细节，我想了解得更多些。"不论是谁都不会嫌钱多，孙莉莎的瞳孔开始放大，她敏感地察觉到这的确是一条又平又稳的路子。以前听做生意的朋友说起谁谁谁跟银行的领导关系甚好，周围人都投去羡慕的眼光，她那时还不够理解其中的深意。

"孙姐，我干脆把底交给您吧，银行搞信贷的全都是财神爷，碰巧我就有这么一位财神爷干爹。"蒋弘用手指扶正了眼镜，摆出引人注目的姿态。

"那可真是太好了，蒋老师，我第一眼见到你就看出你是个了不得的人物，以后还请多多费心。"孙莉莎满脸堆笑，恨不能马上就让蒋弘开始帮她赚钱，她脑子里一转，马上想到了新的问题，"可是，不买房子的话，我们用什么去贷款呢？"

"房子只是用来做抵押的，只要咱们能找到合适的抵押品，还愁贷不到款吗？"蒋弘略微得意地晃着脑袋，胸有成竹。

"听您的意思，用来抵押的东西已经找好了？"孙莉莎察言观色很厉害。

"没错，我已经相中了这么个地方，足够贷到一千万，但那地方不是我的，您得花点钱去买下来。"蒋弘略微犹豫了一下，不太情愿地说，"其实那地方我半年前就看好了，一直在筹钱，想自己做，但是因为一些个人原因，没搞成。废话我就不多说了，您先考虑考虑，如果想做这单生意就再找我。为了让您放心，第一次合作我不收一分钱，只请您千万帮我兄弟一把，我就这么个好兄弟。"

"蒋老师放心，我孙莉莎虽然是个女人，说话也是算数的。你就把心放到肚子里去吧，以后咱们一起赚大钱。"孙莉莎当即表了态，趁热打铁，她马上提出要去看看蒋弘说的那个地方。

B

想到立刻就做，孙莉莎是个果断的女人。当天下午，蒋弘就把她给领到了自己说的地方，一家位于市中心小巷内破破烂烂的街道工厂。

因为蒋弘事先电话通知过，工厂的负责人带着全体员工站在门口等候着他们的到来。四个瘸子、五个傻子、六个聋子、七个侏儒站成参差不齐的两排，热烈鼓掌，负责人大手一挥，他们就扯着嗓子喊：欢迎领导视察工作。

负责人是个和气的胖子，站在队伍的最前面，一张大圆脸笑成了肉包子，"蒋哥，仇哥，你们来了。这位大姐一定就是领导了，欢迎欢迎，我是厂长，您叫我吴胖子就行。"

胖子非常积极地冲过去跟孙莉莎握手。

"别别别，我可不是什么领导。"孙莉莎被这阵势吓住了，搞了半天就是街道工厂，细细一看，这地方破破烂烂的，连个大门都是歪的，墙头更是生满了杂草，根本就是危房。这跟她心里的预期目标可差了十万八千里，心想蒋弘八成是想拐了老娘来做慈善，这破地方也能贷到一千万鬼才信呢！

"孙姐，这是我表弟。"蒋弘从孙莉莎挑剔的目光中看出了不满，马上善解人意地解释道，"这厂子看起来不怎么样，他们的有形资产和无形资产都很不得了哦。"

站得歪歪斜斜的残疾工人已经开始走神了，尤其是傻子们坚持不了多久，互相打闹着，吴胖子宣布解散，让他们各自回到工作岗位上去，另外请孙莉莎进去喝杯茶，他有东西给她看。

什么无形资产有形资产，这个蒋老师搞得神秘兮兮，孙莉莎带着疑惑走进了那扇貌不惊人的小门。厂里的情况也不比外面好多少，几台五六十年代的缝纫机，连个烫衣服的台子也是用破门板拼的。

这家工厂专门生产技术含量不高的棉内衣，一男一女两套版型已经用了二十多年，虽然厂子小，却还有个自己的品牌：黛安雅。老厂长当年高瞻远瞩请人取了个这么洋气的名字，虽然衣服卖的不怎么样，但他老人家居然想到把这三个字注册了商标。

无形资产就是这个商标，没想到法国还真有叫黛安雅的内衣，人家现在准备进军中国市场，打算花一笔钱把这个商标的使用权给买过去。吴胖子说，具体的价钱还在谈，不过对方的报价不低于两百万。

"老厂长就是我老子，他老人家二十年前只用了几百块钱就注册了这个商标，真是有远见呐。"吴胖子沾沾自喜地说着，说完还摆出了很像那么回事的国际快递文件袋，里面有厚厚一叠合同之类的东西，上面的法文孙莉莎当然看不懂，不过拿在手里分量十足，还有写着法文的印章，看上去挺像那么回事。

"这种事不好说的，人家要这个商标不过是谐音，外国人的牌子只要念出来差不多就行，万一价钱谈不拢，人家还可以换个牌子嘛，中国字多，随便找一个也不是不行。"孙莉莎显然不太满意，露出明显的不屑，"蒋老师，这种东西要是拿去银行抵押贷款，怕是不行的吧。"

"孙姐，你先别急，我还有东西给你看呢。"蒋弘一点也不急，冲吴胖子打了个手势，吴胖子立刻明白了他的意思，从墙角的老式保险箱里小心翼翼地拿出另一叠文件，又走到门口看看附近有没有人，把门窗都关严实了，这才把东西摆到桌上。

土地征收协议！

一行粗粗的黑体字让孙莉莎眼前一亮，赶紧认真地翻看起来。文件是由国土资源局下发的，原来这附近的四条巷子都将被征收，用于兴建新的市民活动中心，而这家街道工厂是老式四合院的平房，光院子就是很大的一块，加上后面闲置的仓库和小礼堂，还有厂房和办公室，差不多有好几亩地。这个地段毗邻市中心，街道工厂又是单位的性质，征收价跟普通民房的征收价不一样，按照文件上说的标准，这块地能得到一千三百多万的拆迁款。

"嘿嘿，我跟我老子一样没读多少书，不像表哥，有本事赚大钱，只能守着这个破厂子混日子了。"吴胖子憨厚地笑笑，露出仰慕表哥的眼神，又压低了声音凑到孙莉莎跟前，"这事您千万别跟人说，现在征收的事还没宣布，只是内部洽谈，我们厂跟附近的榨菜厂两家单位是最先收到文件的，万一走漏了风声，这附近的居民闹起来要涨价，恐怕要拖延很多时间，钱就没那么快到位了。"

　　"吴厂长，既然你有表哥这条路子，又是厂长，为什么不自己赚这笔钱呢？反而便宜我这个外人。"孙莉莎每次做交易之前总会多问几个为什么。

　　"我也想搞啊，但我是厂长，虽说是芝麻大的干部，但账户里突然多出那么大笔钱，也是要犯法的，您知道巨额财产来历不明罪吧，我可不想让仇哥为难。"说到这儿，胖子还认认真真地看了仇其一眼，看来他们也早就商量过了，胖子接着说道，"我老子说小心驶得万年船，我胆小，吃不下这么大块的肉。您是大富大贵的人，您吃肉，我跟着喝点汤就行了。"

　　吴胖子嬉皮笑脸地说着，这话却听着不假，有本事把钱弄到手，还得有本事守着才行。作为小小的街道干部，吴胖子背后没人，是不敢这么干的。

　　"你胆子大不大，我倒看不出，只是吴厂长这碗汤得多少钱呐？还有蒋老师，你说让我买下这里，到底得花多少钱呢？我需要一个确切的数目。"孙莉莎心里打起了小九九。

　　"地皮厂房加商标，加所有的设备和存货，一起六百万就行。银行的一千万到手后，你再给表弟一百万就行了，这笔钱也不光是他一个人得，打发那些残疾人也要一部分，善后也得做好。"蒋弘早就算清楚了，不假思索地脱口而出。

　　"你这碗汤比肉也便宜不了多少，这么一来我就要付出七百万，真正到手的只有三百万呀。"孙莉莎不太满意这个价钱。

　　"不能这么算，钱到手后这块地和这个厂就都归您，政府的征收最迟明年春天就会进行，以您的能力，再把这个赔偿的价钱抬高两成绝对没问题，就算按现在这个价，一千三百万，到时候我直接帮您把厂子申请破产，根据破产法保护，银行就不能再追究这笔钱了，这笔钱就是纯赚的。加上您之前的三百万，这买卖一共最少能赚到一千六百万，还不用交税，最多只要在我干爹那边打点打点。"这么长的话说下来蒋弘不打一个磕巴，看来早就算得清清楚楚。

　　"话虽这么说，可这个征收是明年的事了，赔偿款就更不知道什么时候才能到位。"孙莉莎考虑问题很是周全。

　　"单位赔偿款比居民的赔偿款要早划拨，在财政上都是优先的，这点您完全可以放心。"蒋弘想想又补充了一句，"就算不放心，您肯定也有办法可以最先拿到钱，您的路子海着呢，我知道。"

"呵呵，你可真是会说笑。"孙莉莎被这么一捧十分受用，仔细辨认着文件下方的大红印章，还是不太放心，"仇队长，你说拿着这些东西，真能贷到一千万？"

"孙姐，要是这次你没赚到一千万，我这条命就归你，反正丢了工作又没了老婆，我活着也没什么意思。"仇其把胸脯拍得砰砰响，言之凿凿。

"瞧你说的，我要你的命做什么，再说了，你这条命也不值一千万。"孙莉莎话虽这么说，心里却活动开了。

"钱没了还可以再赚，命没了可就回不来了，我仇其虽然贱命一条，说话也是算数的，请您给我这个机会吧。"仇其的眼中泛着隐隐的血丝，响当当的男子汉如今也臣服在孙莉莎面前。

"七百万不是小数目，我考虑考虑，三天后给你们答复。"孙莉莎做事还是比较稳妥。

C

孙莉莎回到宝马车上，看到车窗外仇其毕恭毕敬地鞠躬挥手，她就忍不住想笑。她喜欢这种感觉，比赚钱还开心，曾经拒腐蚀永不沾的好警察，刚才口口声声说这条命也可以拿去，哈哈，除了她孙莉莎谁还有这样的本事。

"秦仲，你大学毕业，书又念得好，说说看，你觉得这个生意怎么样？"孙莉莎嘴边还有一线笑意，忽然看到了前排副驾驶上刚收的小帅哥，便想听听他的想法。

"董事长，我没做过生意不敢胡说。"秦仲怯生生地回答。

"让你说就说。"孙莉莎对待手下说一不二，从不拖泥带水。

秦仲迟疑了一会儿，鼓起勇气说："我觉得这个蒋老师要真认识银行的人，那就可以做。我爸爸以前也有过银行的朋友，他第一次开矿的钱就是贷款来的，因为跟搞信贷的人关系好，每年只要平一下账就行，利息也只要还一点点，那笔钱足足贷了十五年。我爸说过，借银行的钱做生意就好比借鸡生蛋，稳赚不赔。"

"借鸡生蛋，有道理。"孙莉莎满意地点了点头，忽然想起了什么，转过头问身边那个不男不女的小白脸，"杰米，赵太太有日子没到店里来了，也没给我打电话，我记得她二哥就在国土资源局，不知道能不能打听到点内幕消息，没准那个破工厂真的要征收，对了，她家别墅装修怎么样了？"

"我正想跟您说呢，也不知道哪里得罪了赵太太，她前天打电话让装修公司的人暂停了工程。"杰米汇报起工作来倒是很认真，看得出来，他是孙莉莎的心腹。

"停工了？"孙莉莎脸色一沉，这个赵太太可是公安局二把手的太太，这次局长大人的别墅装修，是孙莉莎出钱请的装修公司，所有材料和工钱，连设计费都是她出的。听说明年二把手要扶正了，能跟这位局长太太更亲密当然大有裨益。

她那边有变，莫非是有新的情况？这种情况可能性太多了：有其他孝敬她的人出现了，比孙莉莎孝敬得更好；也可能政策有变，纪委开始调查了，赵太太为了避风头不得不收手；还有一种孙莉莎最不希望出现的可能，政策没变，也没其他对手出现，而是赵太太终于不想再跟她来往了，谁让孙莉莎要办的事总是一件接着一件，人的忍耐也是有限度的。

短短的一分钟，孙莉莎心里已经百转千回地做过了各种各样的推测，最后她决定主动打个电话过去，探探口风。

"喂，赵太太，是我，小孙啊，好久没过来玩了，最近还好吗……房子装修得还满意吧？什么，我不要太过分？我怎么过分了？赵太太，你是不是弄错了，喂，喂。"

这次通话的效果显然很不理想，孙莉莎耳朵里还回荡着对方极不客气的质骂和用力挂断电话的耳鸣，她可不是一个有涵养的女人，爆脾气上来比男人还厉害："老梭叶子（四川话，不检点的女人），想过河拆桥，做梦！"

"您消消气，千万别气坏了身子，也许是赵太太家里有事，心情不好。"杰米的殷勤劲堪比李莲英。

"不对，这阵子区里扫黄打非，咱们停了几天的生意，我怎么觉得这短短的几天里好多人都对我冷下来了？前天我请陈太太过来打牌她也没来，昨天我去刘太太的美容院她对我也爱理不理，跟以前完全不一样。你说说，这是怎么回事？"孙莉莎越想越不对劲，也顾不得车里还有个秦仲，就把这心里话也一股脑儿都说出来了。

"您听我瞎说一句，女人还是不太靠谱的，一会儿一个主意不说，还小气，喜怒无常，最容易变卦。我这么说可不是针对您啊，您是女中豪杰，跟那些太太们不一样。我是想说跟这帮太太们打交道没意思，您也许真的到了可以考虑改行做做其他生意的时候了。"杰米在成为孙莉莎的私人助理前曾经是她手下最红的头牌，正因为伺候过太多的老女人，所以有了这番感慨。

孙莉莎正在气头上，但心里也同意杰米的话，让一群官太太当靠山本就靠不住。会所的生意虽然很赚钱，毕竟不是正行，绝非长久之计，眼下原始积累已经完成，是时候换条路子走了。原本她对仇其送上门来的买卖还有些摇摆不定，现在，那个戴着眼镜的蒋老师还有那个破破烂烂的街道工厂，在她心里的分量重了许多。

对了，那个蒋老师要是真这么有本事，又何必拉自己入伙呢？难道真的只是为了帮仇其？现在的人大多唯利是图，男人间那种兄弟情好像只在电影里才有的吧？想到这里，孙莉莎冒出一句："秦仲，你晓得用电脑吧？回去帮我在网上查一下，那个叫蒋弘的究竟什么来头。"

D

蒋弘，男，城市大学财经学院国际金融硕博连读，曾以交换学生的身份在美国深造过一年，毕业后留校担任金融系讲师，在专业期刊上发表学术论文多次，是优秀的市场观察员，股市分析员。

秦仲把电脑的显示屏对准孙莉莎，那是城市大学的官方网站，果然，蒋弘的大头照出现在其中的一个页面，旁边的介绍也跟他自己的介绍差不多。

"这小子还算低调，都没说过他是博士，看来是真有点本事。"孙莉莎满意地点了点头。

"董事长，您再看这儿。"秦仲点开了财经学院的BBS，搜索了蒋弘的名字后，跳出好几个相关的帖子。没想到这位为人师表的青年才俊蒋老师，居然跟客户的老婆和自己的学生闹出过绯闻，因为作风问题，他还被学校团委通报批评过。跟帖的学生有几个，时间地点人物样样都有，不像是假的。

"我都没看出来，这小子居然还有这一手，那天晚上他还装得挺正经的。"孙莉莎笑了，她就喜欢有缺点的人，没准这小子还玩过不少女人，赚的钱都用在女人身上了。

"我早就看出来了，他那是闷骚，假正经。"杰米也在一旁讨好地笑道。

"好，闷骚的好，他真要是个油盐不进的老学究，我还不喜欢呢。"孙莉莎愈发满意了，转回头吩咐杰米，"今晚就给仇其打电话，告诉他，我做这笔生意。你叫人把他老婆看好，在这件大事办成之前，千万不能让她跑了。"

"是，董事长，我这就去办。"杰米得令，马上离开了办公室。他没发现，秦仲的视线牢牢地盯着他离去的方向。

第五章 金主任和孙小姐

A

"喂，请问是金主任吗？我是你家对面楼里的陈大妈，我跟你说啊，刚才我买菜回来，从窗户里看见你家卧室里好像有个光着身子的男人啊，很壮的样子，我知道你老婆平时中午才出门上班啊，这个时间段应该不在家，就担心是不是进贼了，特意去物业那里问到了你的电话，告诉你一声，你最好回家去看看。"

汇生银行的信贷部主任金有恒刚刚开完会，就接到这么一通电话。陈大妈是谁不清楚，可能是小区里那种爱管闲事的老太婆吧，重要的不是大妈，而是那个光着身子的男人，还很壮，这让金主任的脑子里乱成了一团麻，全是平时在社会新闻版看到的那种捉奸镜头。新婚太太比他小整整十二岁，娇滴滴的小美女，两人结婚不到半年，年龄差距摆在那里，平时金有恒把太太当菩萨一样供着，生怕她嫌弃自己。知道她爱睡懒觉，他就出钱给她开了家服装店，让她每天都睡到中午才起床，下午才去打理生意。可就算是百般用心千般呵护，也难保太太不会接触到其他男人。

待会儿还有个很重要的客户要来，金主任脑子里乱糟糟的，根本没心思。看看时间，距离预约还有四十分钟，开车回趟家再过来应该来得及。

"小王，我出去办点事，待会儿要是客人先来了就让他们在会议室等我一会儿，我很快就回来。"金有恒心急火燎地扔下话，就冲进了电梯。

就在金有恒离开三分钟后，两位西装革履的客人就来了，走在前面的是位风度翩翩的老人，合体的烟灰色条纹西服，鼻梁上架着精致的金丝边眼镜，而他的满头白发居然专门做了个非常时髦的造型。在他身后帮忙拎公文包的小姐也漂亮得晃眼，黑色的阿玛尼套装搭配爱玛仕大方巾，大方得体。

这养眼的两位走进写字楼时已经吸引了无数人的注意，金有恒的秘书也不例外，当他们站在她的面前，用一口标准的京片子询问时，她差点说错话。

　　"请问金主任在吗？我们预约过的。"美女亮出一张京南公司的名片，微笑着问小秘书。金有恒的预约表上登记的正是这家公司，不过会见时间差不多是半小时后。美女彬彬有礼地解释道，"我们第一次来重庆，怕路上耽误，所以提前出发了，没想到早到了，给你们添麻烦了。"

　　"您太客气了，我们主任……办公室在右边最里面那间……"小秘书忽然记起主任已经出去办事了，赶紧站起身来补充道，"对不起，主任现在不在，请您先去会议室等他好吗？我带你们去。"

　　小秘书把两位贵客送到会议室，还泡好了茶送过去。等她回到办公桌前，忽然发现电脑出问题，屏幕上出现一排奇怪的字符，看起来很像中毒。

　　天啊，还好主任不在，他该不会以为我在上班时间偷看那些乱七八糟的网站吧？小秘书吓得不轻，赶紧打电话给楼下的总台，让修电脑的工作人员上来帮忙。

　　"是谁的电脑出了问题？"一个穿着工装挂着工作牌的胖子很快出现在小秘书眼前，效率还真快，从打电话到他出现最多一分钟。

　　"是我是我。好像是中毒了，能不能请你快点修好，要是待会儿主任回来了肯定会骂我的。"小秘书赶紧站起来，"你们效率可真快，我刚打的电话。"

　　"我正好在隔壁办公室，接到通知就过来了。"胖子随口解释了一句，重新开机，像模像样地检查一番，说需要重装系统，大概半个小时。小秘书愁眉苦脸地叹了口气，没注意到身后走廊尽头，两位贵客走出会议室进入了主任办公室。

　　就在这时，电梯里走出几名衣冠楚楚的客人，其中一位珠光宝气的中年妇女尤为打眼，跟在她身边的几位帅哥个个有款有型，几个人大步流星地朝着主任办公室的方向过去了，走廊里只留下那位女士高跟鞋清脆的嗒嗒声。

　　小秘书心里有些纳闷，这几位很面生啊，怎么随便往里闯呢，忙追过去询问。她话还没说出口，只见跟在中年妇女身边的一位随从停下脚步，掏出一张名片在她眼前一晃，极其阳光地笑了笑："我们是京南公司的。"

　　又是京南公司，到底是做什么的，全都是俊男靓女，连老头都那么帅。小秘书想起昨天主任的特别交代，这家公司的都是贵客，她当然不敢得罪大客户，不敢多问又惦记着还没修好的电脑，赶紧回到自己的办公桌前。

"要是有包红壳子朝天门（重庆烟，红盒装十块），做起事来就舒服多了，也许我可以快点搞定哦。"修电脑的胖子懒洋洋地自言自语。

"师傅，我去给你买烟，请你一定尽快帮我修好啊。"小秘书噘着嘴说。她当然明白这是明目张胆地索要好处，哼，等你把电脑修好了，回头我就写投诉信！

小秘书想起主任离开前难看的脸色，心不甘情不愿地离开了，她并不知道现在那几位贵客此时正在做什么。

B

"孙姐，我这位干爹做事很爽快，只要他看中的生意马上拍板也没问题。但是他手下那位欧阳小姐就不太好对付了，胃口大得很。"蒋弘给小秘书看完名片后，追上了孙莉莎的步伐，"可以理解，阎王好过，小鬼难缠嘛。"孙莉莎在办公室的门前停了下来，瞟了眼蒋弘，"我要做的事，无论如何都要做到。人是你介绍给我的，你可得多用点心。"

"明白。"蒋弘不再多言，收起视线点了点头，然后敲开了主任办公室的大门。

宽敞明亮的办公室里，两米长的大班桌后面端坐一位气度非凡的老人，就连见多识广的孙莉莎见到此人也觉眼前一亮，这位财神爷还真不一般。办公桌上还放着一个银质相框，相框里是这位金主任和老伴的合影。

孙莉莎那双锐眼见过帅哥无数，今天却在财神爷身上流连忘返有些失态了，这样的老帅哥真是少见，就算他不当这个主任，现在改行去拍电影肯定都行。不过财神爷还真是风流，居然敢把小蜜明目张胆地带到办公的地方。

在蒋弘的介绍下，孙莉莎跟金主任就算是认识了，因为双方都已经事先交流过，并不用太多时间解释来意。

"生意上的事先不急，只要你们手续齐全我这里肯定没问题。我也有业绩任务要完成的，要是能把贷款放出去，银行赚你们的利息，我也会有奖金。"金主任倒是平易近人，不像其他的银行信贷科的人那么爱摆谱，动不动就给人脸色看，这让孙莉莎很放心，心想到底是蒋弘的干爹，熟人好办事。

"要早知道小蒋有个这么好的干爹，我早就来拜会您了。"孙莉莎笑逐颜开。

"听小蒋说你手里还有不少生意，你忙你的，这事你交给小蒋就行了，他可是行家，我们这些老一辈还有很多东西要跟他们这些后生学了。"金主任的手指指向蒋弘，眼中流露出无比的信任，"我老伴没生孩子，不过我倒是收了两个好儿女，小蒋是好儿子，这个欧阳也是我的干女儿，好女儿啊，比亲生女儿还孝顺。"

金主任说完，一把搂住欧阳美女的腰，完全不顾忌孙莉莎和她的手下在场。

"哎呀干爹，别让孙大姐笑话我了。"欧阳美女娇嗔一句，挣脱了金主任的大手，有些不好意思，"孙大姐，我跟干爹的感情好，您可别见笑呀。"

"哪里哪里，我羡慕还来不及，我要是有你这么好的干爹，现在就不用这么辛苦自己做生意喽。"孙莉莎一脸的讨好，对二人的关系明白了八九分。

"干爹，您忙着，我们改天再来拜访你。"蒋弘见事情谈得差不多了，起身要走。

"今天我还有点事忙，下次一起吃顿便饭，孙女士，你也一起来哦。"金主任起身送客，很亲切地握了握手。

"干爹，我去送送孙姐。"欧阳美女扭着腰肢晃到孙莉莎身边，亲热地挽起了她的手。

孙莉莎心里高兴，看来这个老财神爷很好摆平，不费一兵一卒也没用一枪一炮。虽然事情有些太顺利了，顺利得超乎想象，不过这么大的银行这么高级的写字楼肯定假不了，要怪，也只能怪自己运气太好了。

一行人走进电梯，欧阳美女依然热情地挽着孙莉莎不放手，电梯门关上之后，她才轻轻地凑近孙莉莎的耳边，用只有她们两人才能听到的声音说："大姐，干爹的规矩您知道吗？"

"规矩？"孙莉莎满脸疑惑，这才明白刚才是高兴得太早了。

"八个点。"欧阳美女笑盈盈，轻描淡写地说，"八发八发嘛，大姐你也觉得这个数字很吉利吧？事前付一半，你们拿到钱后再付一半。"

孙莉莎心里一紧，这也太多了吧，八个点，一千万就是八十万，一千三百万就是一百零四万，我说怎么这么好说话，原来死老头笑里藏刀。

不过条件既然是财神爷提出来的，她也不便马上回绝，更不能在电梯里谈价钱，只好装傻充愣地不做声。好在很快就到了一楼，电梯门开了，孙莉莎顺势而出，对欧阳美女的话，她不说好也不说不好，就像没听到。

欧阳美女也知道好鼓不需重锤，不再多言，只是落落大方地送孙莉莎他们上了车。宝马车远远驶去，小秘书正好急急忙忙地跑回来，手里攥着一包红盒子的朝天门，气咻咻地小声嘀咕：CBD（商务区简称）了不起哦，居然只卖四十五一包的天子烟，害得我腿都跑断。

小秘书跑了两条街才买到朝天门，已经累得头也抬不起来，根本没看到欧阳美女抢在她前面一步进入了电梯，更没看到电梯里还有刚回来的正牌金主任。

C

金主任一回家就发现家里一切如常，娇妻还在床上甜甜地睡着，根本没有什么光着身子的壮男人。尽管白跑一趟，但也终于能放下心回来工作了。

"金主任，你头上好多汗啊。"开头自称欧阳的小美女满脸惊喜，赶紧掏出手绢帮金主任擦汗。没有回避。

"孙小姐，是你啊，你们已经到了？"

"我们也是刚到，见您还没回来我就下来接您了。"欧阳美女，不，现在是孙小姐了，趁势把头靠在金主任的肩上，媚生生地说，"主任，什么时候我们再去唱歌啊？"

金主任本想推脱，但见电梯间里并无他人，也就没有动作了。金主任不是个很随便的男人，对孙小姐的投怀送抱只能采取不迎合不拒绝的态度。

"今晚有空吗？您不说话我就当您答应了，今晚老地方见啊。"孙小姐嘻嘻一笑，捧着主任的脸轻轻啄了一下。

电梯门开了，主任笑眯眯地走出电梯，见到小秘书的位置上空荡荡的，不禁皱了皱眉头，不过孙小姐在旁边，他也就没太在意，先回了会议室，那里还有一位贵客在等他。

"刚有点急事，不好意思，让孙先生久等了，我没迟到吧？"金主任抬眼看了看墙上的挂钟，抱歉地说道。

"您没迟到，是我们早到了。"孙老先生站起身，很潇洒地伸出手跟金主任握了一握。

这次的见面在宾主友好的气氛下进行，生意谈得很顺利。

楼下的孙莉莎刚上了车，马上就对蒋弘抱怨开了："欧阳小姐一开口就是八个点，这可有点太多了，你们该不会是说好了一起来赚我的钱吧？"

"孙姐，这么说可就有点不地道了。"蒋弘推了推眼镜，不满地解释，"您自己说这算不算小生意，一千多万，如果真的一分钱好处都不给人家，人家凭什么帮忙呢？我这个干爹也是去年才认下的，就是因为我给他介绍过两位很大方的客人，他才对我格外关照。不放心的话您也可以去打听打听，现在要在银行贷到现钱有多麻烦，先不说那些手续一层层的审批，就光是那一路的大小菩萨全都得孝敬，费钱不说，还耽误时间，最后就算您全都孝敬到了，能不能办成还不一定，这帮人黑着呢。我干爹虽然明码标价了，但他做事绝对靠谱，答应您十五拿到钱，就绝不会让您等到十六。"

"你说的也有点道理，现在办事是挺麻烦。不过，你下次可得帮我跟他说说，咱们以后要是常来常往的话，价钱可得再少点，我也有一大帮弟兄等着吃饭的。"抱怨归抱怨，孙莉莎明白这条路以后还能不能走下去，关键得看头一遭，听罢蒋弘一席话，她态度好了不少。

"您也说过他们搞银行的全都是财神爷，又有哪位财神爷是不要进贡的呢，就算是灶王爷也得供奉吧？做生意就是一回生二回熟，下次就好办多了。再说我也不是打一枪就换一个地方，还等着跟您赚大钱呢。"蒋弘不愧是老师，说起话来一套一套的。

"既然已经见过人了，你就早点约好吴胖子，把手续给办了吧。咱们一手交钱一手交货，我要速度，明白吗？"这笔钱实在太好赚，孙莉莎生怕夜长梦多。

"明白。"蒋弘听话地点点头，"只要等贷款批下来，咱们就尽快拿到现钱，必须是现钱，不能转账，一旦转账银行就能追查到线索。咱们只要把现钱收好，我就会尽快帮您把工厂申请破产，具体的账目和欠款之类的事情我会提前准备好，银行来查账时，一分钱也找不到。"

"这样做真的没问题？我怎么听着有点玄呢。"孙莉莎杀人放火的事干过不少，但这种技术性含量高的事还真没碰过。

"只要把账做平，做干净，保证没事，您就放心吧，我可是专业的哦。"蒋弘大言不惭地拍了拍胸脯。

"好，你说的最好能全部办到，否则的话，仇其会告诉你我的手段。"孙莉莎的口气变得阴冷，她恢复了本来面目，"对了，从今天起就让杰米和秦仲跟你在一起吧。都是男人也没什么不方便，你们可以同吃同住，需要拎钱箱之类的事情他们也可以代劳。"

"您要监视我？"蒋弘敏感地察觉到孙莉莎的敌意。

"不算监视吧，反正大家以后都要成为好朋友了，这也算深入了解一下你吧。怎么说我也出几百万，而你一分钱风险都不必承担，这样做也是为了保证所有交易都顺利进行，别介意，我做事就爱按自己的办法来。"孙莉莎转而笑笑，又对秦仲说，"好好跟杰米学，我很看好你哦。"

"董事长放心，我一定不辜负您的希望。"秦仲怯怯地看了眼蒋弘，似乎领悟了孙莉莎的用心。那欲拒还迎的眼神，让孙莉莎心花怒放，等到这单生意结束，她可真要把这小子给收了！

第六章　半路杀出个程咬金

A

第二天一早，在杰米和秦仲的陪伴下，蒋弘和吴胖子去了趟银行，孙莉莎的六百万划到了吴胖子的账户上，几个人又去办理了相关手续，并去律师事务所签合同。完事后吴胖子高兴地先走了，说是要回去厂里交代一下，杰米秦仲跟着蒋弘仇其去吃饭，对蒋弘更是寸步不离，就连上厕所都要陪着他去。

"两位帅哥，要不我去跟仇其借副手铐得了，把我跟你们铐在一块儿你们才会放心吧。"蒋弘自我解嘲地笑笑。

"这是董事长的吩咐，我也没办法，还请蒋老师多多理解。"杰米满脸奴相。

离开孙莉莎的视线不过一个上午，杰米就把秦仲当成了小马仔使唤，端茶递水跑腿买烟，除了上厕所不能代劳外其他的事情全都让秦仲去做。秦仲显然面有怨色，却也不敢跟杰米顶着干，谁让他是新人呢。

趁秦仲去帮杰米买打火机的工夫，杰米洋洋得意地对蒋弘说，当年他也是这么过来的。蒋弘对杰米很是反感，但也只好应付着。他眼光不时朝身后的某处看去，半个小时内，已经是第五次了。可杰米问他在看什么，他又目光闪烁地推说没有。

哼，肯定有鬼。杰米已经看出来了，蒋老师的谎撒得差劲透顶，不过，只要不让他离开自己的视线，还怕什么呢？

吃过饭歇了会儿，几个人去了欧阳美女约定的茶楼包厢，一来先看看他们手上用来抵押的文件有没有问题，二来则是收取干爹的一半预付金。干爹说了只要现金，不要银行过户也不要其他的抵押品，方便他洗钱。

"嗯嗯嗯，没问题，资料齐了，干爹那边已经准备好了，明天就可以去办理手续，有他亲自批示，明天下午就可以拿到钱。"欧阳美女熟练地看完文件又打开箱子数钱，"真是辛苦你们了，这么多钱一定很重吧。"

"要不要我们送你回去？一个人拿这么多钱不方便吧？"杰米讨好道。

"不用了，别看我瘦，劲儿大着呢。"欧阳微微一笑，把箱子盖上满意地说，"好了，钱我先拿走，东西你们带好，明天一早就去把手续办了吧。干爹最讲信用，答应的事一定会尽快办好。不过这么快就把钱批给你们其实是违规的，你们收钱的时候可得低调点，最好不要被银行里面的人看见，否则对干爹不太好。"

"没问题，欧阳小姐我送您上车吧，帮我向老爷子带个好。"杰米一脸媚笑，屁颠屁颠地送了出去。

杰米前脚刚出门，一个身穿黑色风衣的中年男人就跟他擦肩而过，杰米眼角余光瞥见了——就是他，整整一上午都跟在他们后面，既不回避也不躲闪，完全不在乎被发现。杰米心道不好，急急忙忙地把欧阳送到门口赶紧跑回去，只见那人端坐着似乎已经说完了要说的话，而蒋弘的脸色非常难看。

"你看着办。"那人见杰米回来并不回避，硬梆梆地扔下四个字就拂袖离去，经过门口时，杰米的身体堵住去路，他斜过肩膀轻轻一撞就走了出去。

"你是……"杰米只觉得那人身上带着股说不出的威严，话到嘴边，迫于其逼人的目光居然咽了回去。

"蒋老师，这人是谁？"杰米目瞪口呆地看着那人离去，可蒋弘面露惧色，迟迟不肯开口。杰米知道蒋弘不买他的账，只好去问秦仲，"小子，你说这是怎么回事？"

"杰米哥，那人是省公安厅的警察，他有枪。"秦仲哭丧着脸，支支吾吾，"他，他要白吃黑。"

"白吃黑？他凭什么！咱们重庆是直辖市，不归省里管。你看看仇其，还是个警察大队长呢，不一样对董事长心服口服。"杰米也不是吓大的，他跟公安局二把手的太太关系就特别好。

"他说，凭这个。"秦仲指了指桌上的一把钥匙。

那是把造型奇特的钥匙。普通的防盗门钥匙大多扁平或呈十字形，这把钥匙的柄是个细细的三棱柱，通体布满了或深或浅的刻度。最奇怪的是，这片钥匙居然是完全透明的，看起来就像小孩子的玩具，可捏在手里才知道它质地十分坚硬。这种异型钥匙当然都是定做的，很难复制。

杰米傻眼了，他从自己的贴身的小马甲口袋里掏出一片同样的三棱柱钥匙，对比这个透明钥匙一看，不论是尺寸大小还是上面的刻度全都完全一样。

"啊！"包厢里传出杰米如同被人踢了要害部位的海豚音。

B

"董事长，你听我说，现在赶紧去银行的保险箱看看那些东西还在不……是这样的，不知从哪冒出个警察，说要白吃黑，要我们把明天就到手的钱全部给他。那人手里居然还有保险箱的钥匙复制品，也不知道他从哪里弄来的，我真是每天都贴身藏着的，绝对没弄丢过。不过没有您的密码，那人应该还拿不到东西。喂，董事长，您听到我说的话了吗？喂，喂……"

杰米的话还没说完，就被孙莉莎狠狠地挂断了。

孙莉莎气冲冲地赶到银行，脸黑得能吓死人，偏偏这时一位满头银发的老太太朝她走了过来，她向左老太太也向左，她向右老太太也向右。老人家腿脚不便，哆哆嗦嗦地挡在面前，孙莉莎恼了，再也不避让，把老太太撞倒在地。在大堂里等待的人们全都盯着她看，有人小声地指责着她的无良。可她连看都不看一眼老太太，旁若无人地继续走向大堂经理。

经理知道她脾气不好，也不敢多问，赶紧把她送去了存放保险箱的金库，乖巧地躲到了门外去。出于保护客户隐私的原则，客户在使用保险箱时银行工作人员不能在旁，以确保输入密码时没有旁人在场，也保证保险箱内存放的东西不被他人看到。

特殊型号的钥匙，十六位电子密码，一个也不能少，孙莉莎心急火燎地打开保险箱的门，拉出一个长长的抽屉，里面存放了一个移动硬盘，还有两本黑封皮的笔记本。见到东西还在，孙莉莎总算舒了口气，这里面放的就是她安身立命的根本。移动硬盘里是数十位高官太太的高清视频，两本笔记本记录的是这几年来她每一笔黑账的交易，这些黑账包括洗黑钱，假保险，还有进贡给高官太太们的每一笔贿金。这个小箱子里是足以撼动整个城市上层社会的秘密，如果丢了，就算她不死，那些人也会活剥了她的皮。

孙莉莎认真地检查了一遍，还好，东西一样没少。走出金库大门时，守在一旁的经理这才敢上前搭句话："东西保管在我们这里您完全可以放心。"

孙莉莎掏出一百块钱扔在自己脚边当作小费，目不斜视地走了出去，她并没发现，自己的衣领旁，多了个小小的黑色东西。

就在相隔她几十米远的地方，银行的大厅里，一位坐在角落里的老太太正在摆弄手机，那是款刚上市不久的智能手机，屏幕上播放着一只保养得当的手按下密码键盘的视频。老太太目送孙莉莎离开银行五分钟后，颤巍巍地站起身来，申请办理开通保险箱的业务。十分钟后，老太太进入存放保险箱的金库。

银行的工作人员离开后，老太太面露微笑，从怀里掏出手机，还有一把透明的三棱柱钥匙。

C

为了防止那个来路不明的警察破坏好事，孙莉莎给仇其下了一道命令，无论如何也要保证那笔钱的顺利到位。为了让仇其老实办事，她把实际上被囚禁多时的仇太太也亮了出来。

这天傍晚，杰米把仇其领到了孙莉莎的别墅。

"仇队长，我托了不少关系才找到你太太，现在她精神状态不太理想，好像受了点惊吓，一定是那些坏人吓到她了。"孙莉莎叼着烟，冷冷地说。

"她为什么闭着眼睛？难道……"仇其看见朝思暮想的太太被一名彪形大汉用轮椅推了出来，轮椅上系着宽边的扣带，太太的手腕脚踝还有腰部全都被锁了起来，不仅如此，她的头也朝后仰着，双目紧闭，好像失去了知觉。

"是睡着了，我看她太累了就让她喝了点牛奶。一定是太想你，这么多天来一直没睡好。不要紧的，我帮你照看几天，让她好好休息，等你把事情顺利办完就马上把她还给你。"孙莉莎说是给仇太太喝了牛奶，其实是怕她逃跑给注射了镇静剂。有了这个秘密武器，孙莉莎就有把握让仇其死心塌地。

"孙姐，您的事我一定办到，但是也请您一定要照顾好我太太。"仇其的牙咬得咯咯响，他深知孙莉莎铁石心肠，即便哀求也无济于事，索性狠下心来，"我这就去找蒋弘，守在他们身边，直到钱顺利地到您手里。"

半个小时后，仇其远远地站在了蒋弘他们的身后，按照孙莉莎的吩咐，他不必现身，而是在暗中阻止那个警察的行动。

这一夜格外漫长，明天就要拿到一千多万了，孙莉莎，杰米，还有仇其都没有睡好。

第二天一早，孙莉莎早早地起了床，把几个事先准备好的帆布袋放进车后备箱就出发了。她的宝马远远跟在蒋弘他们的车后面，手里拿着对讲机，命令七八个手下兵分两路跟踪蒋弘和仇其。就连仇其自己也不知道，他的身后还有孙莉莎的眼睛。

螳螂捕蝉，黄雀在后。孙莉莎做好了两手准备，不论仇其能不能帮她拦住那个该死的警察，她都要把那个家伙给杀了栽赃在仇其头上，然后把仇其的太太送给一个早就觊觎她美貌的领导，她的字典里，从来没有"信守诺言"这四个字。仇其到死都不会知道，就是他的顶头上司跟孙莉莎联手设计的那桩离婚栽赃人命案。

孙莉莎跟仇其保持了大概三十米左右的距离，仇其远远地跟在蒋弘他们身后，那个穿黑风衣的警察也在暗处伺机而动。先去金主任的办公室，然后是银行，杰米陆续打来好几个电话汇报情况，干爹很热情，手续很快办妥当。

等钱倒是用了不少时间，一千多万的现金单单是重量也很可观。干爹很周全地请大家在孙莉莎的车里等，为免引人注目，他会安排押款员把钱箱送上车。

就在孙莉莎离开自家大门五分钟后，一名打扮质朴的外卖姑娘拎着两个大大的食盒敲开了孙莉莎别墅的大门。

"早上好，我是送外卖的，这些都是你们老板娘定的早点。"外卖美女笑得格外乖巧，一边说一边打开食盒的盖给管家过目。东西可真不少，酸辣粉担担面，牛奶豆花还有甜酒汤圆，看上去东西都很正点，最重要的是居然全都很热乎。今天太阳打西边出来了，老板娘会这么大方地主动为大家叫外卖。管家忙了一早上肚子早就饿了，没多想就让她进去了。

外卖美女说自家新开的早餐店就在附近不远，愿意等大家吃完再把碗碟带回去。管家尝了尝味道，都很地道很满意，就让她留了下来。好东西总是吃得特别快，可大家还没放下碗筷，就觉得眼皮沉甸甸的，美女在眼前晃啊晃的，一个变成了两个……

D

等待的时间总是特别漫长，十分钟过去了，押款员还没出现，大家注意力都有些涣散。蒋弘为消磨时间跟秦仲说起了笑话，杰米也因为顺利办完手续而放松了神经。

十五分钟过去了，孙莉莎已经抽完了第三支烟，远远看去那个穿风衣的男人如同雕塑般动也不动。她觉得有些奇怪，那人手里的烟怎么一直没见短呢？抓过望远镜一看，哪里还有什么男人，坐在驾驶位置上的分明是个穿着黑风衣戴着假发的充气娃娃，娃娃手里的烟是用透明胶粘上去的。镜头中，充气娃娃猩红的嘴唇张得很大，好像在嘲笑孙莉莎的后知后觉。真该死，他什么时候跑了都不知道。

"快去找那个警察！"孙莉莎用对讲机吩咐手下，心里却有种很不好的预感，这种半路杀出来的人物多半还是有点能耐的。

又一支烟的工夫过去了，孙莉莎的手下像无头苍蝇一样到处都找遍了，可连那人的影子也没摸着，那辆吉普车里除了那个充气娃娃半点线索也没有。

就在这时，六位穿戴齐整的押款员手里提着一箱箱钱走了出来，孙莉莎赶紧通知杰米："那个人消失了，你抓紧时间，赶快把钱送回去。"

杰米收到消息马上提起十二分精神，押款员走了过来，交箱验钞。这可是在大街上，银光闪闪的钱箱很引人注意力，而且每捆钱都是用机器压好并打好封条刚从金库里拿出来的，杰米没法一一细看，再加上欧阳交代过孙莉莎，务必尽快，他也怕节外生枝，每箱匆匆扫上一眼就赶紧签收了。

孙莉莎在望远镜里看到秦仲打开后备箱，里面只有一个用来盛水的铁桶，几大箱钱刚好放个满当。直到杰米把后备箱锁好，她才长长地舒了口气，赶紧吩咐仇其一路跟上，只有回到她的别墅这事才算了。一路上她还在想，如果那个警察始终不出现该对仇其怎么办？她可是答应了那位领导一定会把仇太太送过去的，都这么久了，人家早就等得不耐烦了。

孙莉莎的别墅在城中一个闹中取静的地段，距离银行不过十来分钟路程，几辆车已经全都到了地方。杰米第一个下车，紧接着就是秦仲，他们得打开后备箱，赶紧把钱搬进去。

事情就出在后备箱。

当杰米把最后一个钱箱拿出来时，一把黑洞洞的枪口对准了他的脑袋。那个让孙莉莎提防了一天的男人奇迹般出现了。

杰米简直不敢相信自己的眼睛，难道这个男人蜷缩在铁桶里？

这怎么可能，这男人的个头绝不会少于一米七五，虽然不胖，但除非他没有骨头，否则怎么能缩进桶里。

可事情真的就这样发生了，那家伙真的就缩在铁桶里。他没穿风衣，身上只一件单薄的衬衣，腰上却绑着奇粗的腰带，不，那不是腰带。

"不想死的话就统统靠边站，我身上有炸弹，要钱还是要命你们自己选，别想跟我玩。"男人亮出了腰间的引线，还嫌分量不够又掏出一枚手榴弹。

男人的出现已经让大家惊呆了，现在这杀伤性武器更是让人恐慌。孙莉莎的保镖虽然个个膀子大胳臂粗，但沉湎酒色胆气早就没了，一看对方玩命全都往后躲，谁也不会真拿命去搏。

没用的废物！孙莉莎暗骂一声，趁那人不注意按下了手中的对讲机："仇队长，该你表演了，你太太还等着你呢。"

仇其从一开始就知道，自己不过是孙莉莎拉来垫背的，她不会真的给他机会，以前没有选择，现在也没有。不论他是否能挽回局面，结局都不会改变，但为了老婆，也为了能把这一切进行到底，必须现身了。虽然当了多年的片警，他并没有忘记当年的训练，躲在大树后面的他乘人不备，一个箭步冲上来就要把那人扑倒，可他忘记了对方也是警察，而且是比他级别高很多的警察，他那几下子根本不是人家的对手。

万一拉了炸弹可不好！杰米反应最快，趁着仇其引开那人的注意，赶紧拉着孙莉莎跑到保镖的身后躲了起来。秦仲和蒋弘愣在原地，吓得不能动弹。

就在仇其和那人撞到一起的瞬间，男人手里的手榴弹掉在了地上，轰地一声，杰米的尖叫倒比爆炸声更响。那不是爆炸，只见浓浓的黄色烟雾不断涌出，很快就遮挡了所有人的视线。

第七章　功德圆满

A

浓烟笼罩视线全无，却没有手榴弹爆炸的惊心动魄。

地上的"手榴弹"像条变形的蛇般不断发出嘶嘶的声音，那是烟雾弹。

孙莉莎明白的时候已经晚了，只听见一团雾气中传出汽车发动的声响，刚才他们乘坐的那辆宝马被开走了。虽然孙莉莎命手下去追，可没人敢贸然前进，毕竟对方有枪。

"咳咳，小心钱箱！"孙莉莎微弱的声音在烟雾中传出，只可惜谁都看不见，每个人都被呛得说不出话。

几分钟后烟雾才稍稍减弱，孙莉莎第一个冲了过去，还好，地上整整齐齐的钱箱一个也没少，连锁也完好无损。孙莉莎这才喘了口气，搂着箱子一屁股坐在地上。

"董事长，不得了，仇其还有那个警察都不见了！"杰米揉了揉发红的眼睛，很快发现了新问题，"蒋老师和秦仲也不见了。"

"没空管他们，先把钱弄进去。"孙莉莎忙着指挥手下，钱最要紧。箱子拎在手里沉甸甸的，很有分量，孙莉莎一进屋就赶紧关上门，开箱子数钱。她实在太兴奋了，根本没注意到屋子里少了许多人。拿着齐崭崭的新钞票，她露出贪婪的笑容，没有什么比数钱更美妙的乐趣了。她拿过一万块像翻书那样翻了一下，如果整扎钱全是新钞的话会看到编码像动画片一样的跳动，那是比好莱坞大片更吸引人的画面。可惜，今天小动画没出现，除开第一张百元钞票是粉红色之外，下面的全都是面额上亿的冥币，纸张光滑，图像清晰，阎王爷冲着她亲切地微笑着。

孙莉莎愣了三秒钟，很快反应过来，把箱子里其他的钱也拿来检查。可惜，每扎都一样，除了表面上的一张是百元钞外，下面全都是冥币。孙莉莎急了，赶紧下令把其他的箱子全都打开——冥币冥币，全都是冥币。

"董事长，这钱全都是HD90的。"一个保镖拿着百元钞对着光照了又照，"水印和金线都不太对，好像是假钞。"

孙莉莎气得两眼喷火全身发抖，"龟儿子！敢骗老娘！跑得了和尚跑不了庙，走，去找那个老不死的算账！"

十五分钟后，她带上一帮打手连同那几箱假钱，气势汹汹地杀回了金主任的办公楼。

"对不起，您没有预约，不能进去。"小秘书认出孙莉莎是京南公司的，跟上次那几位很拉风的帅哥一起来过，低眉顺眼地说。

"滚！"孙莉莎一声狮子吼，震得小秘书差点摔跤，她那张血盆大口简直能生吞活人。

小秘书吓坏了，今天母狮子带来的可不是大帅哥，而是一群凶神恶煞的打手，她连滚带爬逃回办公桌，悄悄按下了保安部的按钮。

这时孙莉莎已经冲进了金主任的办公室，只见一个四十出头的中年男子坐在大班桌前打电话，满脸惊诧。

孙莉莎一挥手，打手们就把办公室围了个水泄不通。孙莉莎把一箱假钱砸在男人面前，"快让那个老不死的给我滚出来！"

"请问您找谁？"金主任吓坏了，赶紧放下手里的话筒，赔着笑脸问这位不速之客。

"还能有谁，当然是姓金的！别跟老娘演戏，你们都是一伙的！"孙莉莎目露凶光，揪着金主任的领带，把他整个人像只小鸡似的拎了起来。

"我，我是姓金，是这里的信贷部主任，可咱们好像不认识吧？"金主任有点发懵，搜肠刮肚也想不起什么时候跟这号悍妇打过交道。

"你是金主任，那我之前见到的老鬼是谁？就在这间办公室里我跟他谈过生意。"孙莉莎也有些糊涂，不过她已经意识到事情不那么简单了。

"我的确是金主任，不信你可以去查，至于你见过的老头我可不知道，对不起，我想您是找错人了。"金主任镇静下来，把话说得尽量婉转。

他的话起了作用，孙莉莎盯着他的眼睛足足看了半分钟，不过就在他以为这悍妇要放下自己的时候，孙莉莎的手却更加用力了，"想骗我，也不看看老娘是谁！我不管你们谁是金主任，反正我跟你们银行签了合同，钱是你们的押款员经手的，你给我睁大眼睛看清楚！这是活人用的钱吗？你以为老娘吃饱了没事跟你玩啊，给我打！狠狠地打！打到他承認为止！"

孙莉莎一声令下，早就等得不耐烦的小混混们立刻响应，可怜金主任被十几个人压在最底下，棍棒交加，眼看就要出人命。

"住手！"小秘书在门口一声大喝，站在她身后的是一群训练有素的保安，两伙人很快打在了一起。小混混们的武器无非是甩棍和棒子，还有几位是赤手空拳，专业经警却配有高压电棒，没过多久，两边的人马就分出了高下。

事情很快水落石出。小秘书说孙莉莎是京南公司的，可孙莉莎根本不知道什么京南公司，后来顺藤摸瓜地查到了金主任为什么要约见京南公司的人的问题上，金主任说，京南公司是一家来自北京极有背景的广告公司，计划承包银行明年所有的业务推广和宣传活动。对方还答应以超优价组织一场《HAPPY重庆行》特别晚会，那位京南公司的孙小姐就是制片人，她还承诺让金主任到时候上台跟著名某歌星合唱一曲。至于当日见面的那位白发老人则是导演，那天约见的内容是相谈业务推广和晚会事宜，对方的条件极其优越，金主任非常动心，已经把这事汇报给了上级，近期可能就要签合同了。

"您不是京南公司的？"小秘书记得很清楚，当日这位彪悍的大姐就是跟那群京南公司的人一起来的。

"什么鬼公司，听都没听过。"孙莉莎说的是真的。

"可您跟他们一起来的啊，你看，这是他们的名片。"小秘书翻出一张名片来，递给孙莉莎。孙莉莎接过一看，该死，上面写的京南公司办公地点居然是自家会所的地址，就连电话也是。

不用说，大家全都被忽悠了，而且还是连环的。

"那位孙小姐约我今晚去练歌呢，我打她手机问问就知道了。"金主任对那位主动又热情的美女记忆犹新，很快电话就接通了，可传来的却不是孙小姐的声音，"对不起，您呼叫的用户正在转移，请不要挂断……"

几秒钟后，孙莉莎的手机响了起来，正是金主任的号码。

"奇怪，怎么是你的手机在响？"金主任还一脸的茫然。

"你说那个女人姓孙，她叫什么？"孙莉莎气得牙痒痒。

"孙莉莎啊，我都是叫她的英文名字LISA。"金主任皱起了眉头，也发现不对。

"你这个脑壳况起的（四川话，脑子有病），这帮老千把咱们都耍了。"孙莉莎气急败坏又无处发泄，就在这时偏又接到了杰米失魂落魄的电话，一大帮警察现在在家等着她，说是要保护自首的污点证人，另外还有一大堆记者守在门口。

孙莉莎当然不会知道，她的宝马车被开走后兜了个圈子就停在纪委门口，车门大开，车身上贴着很大的海报，那是署名为孙莉莎的自白书，上面详细交代了她如何杀人骗保并陷害仇其的全部过程。车的后备箱里还放着一个银色的钱箱，箱子里是内容极其丰富的移动硬盘和两本账本。

B

与此同时，仇其家传出欢声笑语，还有酒杯相碰的清脆声音，在这群人的面前，是一大堆粉红色的钞票，整整六百五十二万人民币。

"不知道那些当官的发现自己被孙三娘给'举报'了会怎么办。"说话的是忙着数钱的单子凯，孙莉莎手下的优质新人秦仲就是他出演的。

"我更想知道孙三娘现在会怎么办？"梁融正在摆弄手上一个黑色的小铁盒。

"她是咎由自取，咱们也算为祖国的反腐工作做了点贡献，只可惜做了好事还没地方说去。"司徒颖欣赏着眼前的一大堆钱，这全是胜利的战果，作为出演了孙小姐和欧阳美女还有外卖美女的重要角色，她这次的戏份可不轻。她在早点里下了分量超大的速眠灵，把孙莉莎留守的保镖们全都放倒后救出了仇太太。

"不管怎么说，这件事算是过去了，谢谢老前辈，谢谢六哥，你们救了我们全家，我敬大家一杯。"仇其高高地举起了酒杯，先干为敬。

"谢谢你们。"仇太太紧紧地挽着老公的胳臂，再也不愿松开，被强迫昏迷了好些天，她的身体虚弱得很。

"为了世界上不会少一个好警察，干杯。"陆钟的眼睛笑成两尾弯弯的小鱼，美酒下肚，眼神更清澈了。

"你们两口子赶快去把复婚手续办了吧，当警察的可不能非法同居哦。"老韩心情好得开起了小两口的玩笑，说完他又语重心长地拍了拍仇其的肩膀，小声提醒，"人家省里来的高手你也别忘了。"

"瞧我这脑子，真是。这位大哥，我居然没敬你酒，真是该死。"仇其赶紧为那位身穿黑色风衣的中年男子满上一杯，"还没请教您贵姓。"

"免贵姓于，于成荣。你不用谢我，还是谢谢韩老大吧。家父临终嘱托，只要是韩老的吩咐，不论天涯海角赴汤蹈火都要在所不惜。"说话的风衣男正是当年上海滩上斧头帮帮主王亚樵的心腹于奎宁的小儿子（于奎宁，详见卷一番外篇）。当年于奎宁带领一班兄弟投奔大后方后，加入了共产党，英勇抗日，解放后官至省级。老韩所说的在四川有很靠得住的故人就是于家的人。

于成荣在省公安厅里干着一份并不起眼的工作，虽然不像哥哥们那样热衷走仕途，却继承了父亲的一身好功夫，尤其是于家家传的柔术。根据陆钟的计划，他把自己藏在后备箱里的铁桶里，为大家最后的撤退成功地上演了一出烟雾大戏。用扎飞的专业术语来说，这算是火彩了，虽然是最最没技术含量的火彩，却足以控制局面。

"你小子的功夫不错，像你爸，想当年我跟你爸缺钱花的时候，常在酒店里玩蛇吞象呢。"老韩所说的蛇吞象，已经流传了数百年。练过柔术的成年人像条蛇一样蜿蜒盘曲藏在箱子里，然后由同伙出面把箱子寄存在大酒店，或是火车或者轮船的货舱内，趁周围无人之时悄然而出，把旁边的箱包里的值钱东西来个大清洗，最后再连人带货一起藏在箱子里，安全脱身。

"不瞒您说，我小时候也偷偷玩过一回蛇吞象呢，藏在箱子里让我哥送我去公安局，后来还偷回了两把枪，被我爸揍了个半死。"于成荣凑在老韩跟前，小声说。

"哈哈，真是有其父必有其子，你居然也当起了警察，真是不可思议。"老韩爽朗地笑了，眼前的这个男人跟当年和他一起闯荡上海滩的于奎宁简直是一个模子印出来的，看到他不由得想起了很多往事。

"对了，韩老大，能不能告诉我你们是怎么弄出那个保险箱钥匙的复制品？"于成荣饶有兴趣地看着梁融手里的小盒子。

"很简单，钥匙是热塑性树脂做的，立等可取。"梁融一边说一边演示着，打开盒子里面是上下两面有弹性的粉红色物质，取一枚钥匙放进去，把盒盖用力盖紧再打开，马上就出现了一个模子，再从一个棕色的小瓶里用滴管吸取一些透明液体，滴进模子里。盖上盖，用力摇晃十几秒，再打开盖里面已经出现了一枚成形的克隆钥匙。

"模版是泡泡糖做的，嚼得我这辈子也不想吃泡泡糖了。"司徒颖揉着已经不再酸楚的腮帮，解释道。

"哈哈，原来如此，据说那家银行金库的所有保管箱锁芯都是特意定做的，没想到被你们这么容易就给破了。"于成荣虽然年逾四十，倒是个直率性子，"对了，你们怎么能请到真的押款员？"

"这个嘛，其实他们都是临时演员，不过穿上那么专业的衣服加上头盔后谁都分不清真假了。"人都是单子凯找来的，当然又是免费的。单子凯没再往深了说，开设假演艺公司的事可不能让这位于大哥知道。

"还是多亏了干爹的好演技，居然在孙三娘的眼皮子底下装摄像头也没被发现。"司徒颖说的是老韩扮演的白发老太，就是他假装被孙三娘撞倒在地，趁两人肢体接触时把一枚微型摄像头别在了孙三娘胸前，这才能把她按下密码的过程全都录下来。只有钥匙没有密码不能打开保险箱，让于成荣故意在杰米面前暴露身份，就是为了制造机会让孙三娘去开一次保险箱。

"这一次大家都很用心，我看你凯子哥的演技是越来越自然了，那个母老虎居然一点也没防备，梁融扮演的吴胖子也很到位，姓孙的居然这么放心就把六百万都划给咱们了，完全没想到那些文件全是假的。那个冒充老大妈打给金主任的电话也是他用变声器打的。"老韩这个当师父的绝不厚此薄彼，表扬完大师兄和二师兄，也没忘了小师弟，"这次的局设得也不错，陆钟，再接再厉！"

虽然那些文件全都是假的，但那家工厂的的确确是大家的。老韩，陆钟，司徒颖，梁融和单子凯，全都是正儿八经的股东。自从上次在福建帮驼三摆平了那件事后，老韩就托朋友找到了这家不起眼的工厂。别看地方小，其实生意还做得下去，再加上工人都是残疾人，还能免去绝大部分的税金。

"哼，干爹，要是我来当正将，肯定比他做得更好。"司徒颖有些不服气，樱桃小嘴�‪撅得高高的。其实这次她也做了许多工作，为了孤立孙莉莎，把那帮官太太们弄得跟她反目，她跟梁融做了不少幕后工作，比如在赵太太家装修时以孙莉莎的名义打电话给装修公司暂停进度。

"不服气，你下次PK的时候努把力，愿赌服输可是全世界所有职业老千的规矩。"老韩也不是不帮干女儿的忙，说完这句话又小声地告诉她，"要不下次试试，请陆钟让让你。"

"我才不要他让呢，我要堂堂正正地赢。"司徒颖心性高，完全不理会干爹的好意。

"仇队长，以后我们再来重庆，你可千万要高抬贵手啊。"老韩拉着仇其的手，用力地握了握。

"前辈，别见外，不嫌弃的话以后就当我是自家兄弟。其实你们都有真本事，不如安顿下来，做点生意，咱们也可以一起去吃吃开水白菜，江湖是跑不完的，钱也是赚不完的。"仇其当警察这么多年来，第一次遇到意气相投又真心佩服的人，没想到居然是一群老千。

"你说得没错，钱是赚不完的，可我们并不完全为了赚钱。再说，我们还有一件很重要的事没完成，得尽快走。"老韩眼中泛起一层淡淡的薄雾，他的时间有限，也不知道那件重要的事究竟还能不能在有生之年完成，"你的同事肯定很快会来找你，我们也要尽快离开，否则你好不容易洗脱了罪名，沾上我们又要多加解释了。"

"就走？这怎么行，我还没有好好谢你们呢。"仇其急了，他是个知恩必报的人。

"不用谢，我们也不是白做的，只要你真能履行承诺，帮我们把你手中的那些资料稳住不查就行。三十年河东三十年河西，说不定哪天我们还得求你帮忙，你别忘了我们就行。"老韩说的都是大实话。

"您放心，我答应的事一定办到。另外我还想告诉您，上头已经开始关注你们了，以后行事，千万小心。"仇其知道自己劝不住这帮牛逼的老千收手，唯一能劝的也只有小心了。

最后一滴酒也被喝光的时候，就是道别的时候。

于成荣跟老韩他们一起走，只不过出门后方向不同。于成荣要回成都向他家老头子复命，而老韩他们要去昆明的花家山庄跟花不毁花不如见面，江相派秘籍的去向，也许能在花家山庄找到答案。

老韩的三个徒弟拎着三个装满了钱的箱子，司徒颖挽着老韩的胳臂，大家热热闹闹地出了门。

　　"前辈，还有很多钱没带上。"仇其发现桌子上还摆着很可观的一大堆钱。

　　"你是个好警察，这钱就算是我们寄存在你这里的吧，遇到有困难的人需要帮助，你就帮我们用出去，做做好事吧。"老韩的规矩是每次战果的百分之三十都要拿去做善事，经过这阵子的交往，他对仇其很放心。

　　"这……您可真是……"仇其又惊又喜，眼圈一下就红了，他没想到这群如假包换的老千居然会有这样的好心。当片警时，每次看到那些五保户和下岗工人的艰难生活，他就恨自己心有余而力不足，现在可好了。

　　惊喜的人不止是仇其。于成荣在回到成都后才发现自己的内口袋里揣着一张五十万的银行本票，票面的背后写着：小子，帮我向你老子问个好。

第八章　目的地：昆明

A

出了重庆，大家没在路上耽误，租了辆保时捷卡宴，风驰电掣朝着云贵高原的中心地带昆明进发。倒不是没钱买车，只是对于行走江湖的人来说租车比买车更安全。一来超速闯红灯之类的，从租车行的假身份证入手很难查到真实身份，二来也可以经常换着开各种新车好车，还不用自己保养，刮着蹭着都不肉疼，省心。

卡宴不愧为顶级SUV，有公路行驶、全时四驱和山地越野三种模式，内饰也无可挑剔，最重要的是它的8缸32气门发动机，最大功率能达到450马力，最高可达时速266公里，在SUV的领域足以傲视群雄。

"开这车真是享受。"单子凯手把方向盘惬意地说。

"那还用说，租金也够买辆国产SUV了，一分钱一分货嘛。"梁融正在摆弄车载电脑。

"不过这车过过瘾就算了，真的买到手贬值起来那可是日出斗金，还不如买点金子钻石什么的保值，咱们也得响应国家号召支持GDP，买车只买国产车。"司徒颖把手伸出窗外，感受着速度带来的清凉。

"师父，趁着现在有空，不如给我们上一课吧。"陆钟最勤奋，这些天来一有空就向老韩请教。

"好，趁现在有空，我就来一段。"老韩清了清嗓子，摆起了龙门阵。

有个生意人姓吴，在苏州闹市开了家绸缎庄，铺子位置好，生意不错。他家的铺子外间营业，内里两间是存货和账房。某日，好几位熟客同来买布，选定之后吴老板带他们去内堂结账，一名面生的客人也跟着熟客进去内间，说有大生意要谈。吴老板正忙，就恭恭敬敬地送生客去外间，请他稍候片刻。此时伙计都在内堂帮忙端茶递水和拿货，账房先生也陪着做账，外间没有别人。此人坐了一会儿，站起身来，凑近通往内堂的门前作了个揖，也不知说了些什么，扛起柜台上的两匹布就出了门，不紧不慢地走了。过了一会儿，吴老板结完账出来招呼这位生客，人已经不见了，连带不见的还有两匹布。吴老板急了，忙问对面铺里的人，可对方说看那人跟他说话还作揖道别，以为是熟客，出门时又走得落落大方，便没多心。那人已经走远，吴老板也没有办法，只能作罢。《骗经》里的"闹市窃布"，说的就是这回事。

"干爹你是在告诉我们胆子还可以更大一点吗？"因了开店PK的落败，司徒颖也开始关注老韩的专业课了，陆钟这么努力，要想超过他就得更努力才行。

"有些人天生就是干咱们这行的，不用教，一上场就知道怎么做，天底下没有骗不到的人。当然，多学几个小骗术只有好处没有坏处。"老韩心情和精神都不错，说完这个故事，接着来了段"明骗贩猪"。

有个福建人，靠贩猪仔为生，某天挑着四只猪仔去附近的村子，半路上经过一段人烟稀少的地段，遇到一个路人，问他猪仔怎么卖。这人觉得奇怪，荒山野岭的，附近又没人家，这人是拿我寻开心吧。路人见他疑惑，就说自己住在附近的镇上，先给他看看货，如果这猪仔好的话就四只都要了，马上可以跟他回去拿银子。福建人心里一喜，要是这人真的买了，自己也不用再走远路去别的村子卖了。高高兴兴地放下挑子，从笼里抓出一只猪仔给那人过目。那人拎着猪尾把它放在地上，还没来得及细看手里一松，猪仔撒腿就跑。福建人心里急，连忙去追。就在他要追上猪仔时，忽然发现那人抱着只猪仔已经跑了，逃走前他还踢翻另一只猪笼把剩下的两只小猪也给放跑了。地上跑着三只猪仔，那人只抱走一只，权衡再三，福建人不得不放弃追那个骗子去抓三只猪仔。

"真不错，如果把猪换成其他东西，这个办法也能行得通。"老韩的绘声绘色，让不太喜欢老段子的单子凯也听得入了迷。

"所以说师父见多识广，就算咱们混农村，也能有饭吃。"梁融回过头来给师父小拍个马屁。

"可别小瞧了农民，他们可是最有战斗力，也是最聪明的人。"老韩对农民一直抱持着敬畏之心，回头看看陆钟，若有所思。陆钟跟单子凯他们的区别就在于，同样的段子，单子凯他们听了，只能学个形似，而他却总能挖掘更深层次的道理。

B

一车人说说笑笑，时间很快过去。离开重庆，经过内江和宜宾就到水富了，水富是云南最北端跟四川交界的地方，最后只要进入昭通，距离昆明也就不远了。

"古时候云南也算边陲，昭通人大多是罪臣被贬发配来的。昭通是滇、川、黔的交界点，物产丰富，景色也秀丽，那些不远千里跋涉来的汉人就在这里定居了。据说昭通人祖籍大多是南京一带。水富也不错，有个全国最大的温泉浴场。"老韩被无非子贴过那两张符后，气闷和疼痛已经缓解了不少，但毕竟年纪上来了，长途跋涉还是辛苦。

"咱们就在水富休息一晚吧。"车窗外天色渐渐暗淡，陆钟早就看出老韩累了，单子凯和梁融轮流开车也很辛苦，就连平时精力最旺盛的司徒颖也蔫了。

这个提议让大家举双手同意。水富是个小县城，人口还不到十万，金沙江就流经县城，卡宴像沉默的兽一般平稳地行驶在盘山公路上，快到大峡谷时坑坑洼洼满地泥泞，到处都在搞建设。山下奔腾着滚滚浊浪的金沙江，路面又湿又滑，好在车性能好，底盘硬扎，虽然有些费劲，最终还是安全地通过了最危险的路段。

一行人风尘仆仆，终于在天彻底黑透之前赶到了那个全国最大的温泉浴场：西部大峡谷温泉。足足三百多亩占地面积，光是露天浴场就占了一百多亩，三五千人同时下饺子都没问题。随处可见清澈的温泉池，池边用天然的石块码着边，天边最后一丝残阳金子般灿烂，袅袅娜娜的白色水汽把一切都变得如梦似幻。

"仙境就是这样的吗？"下车后，梁融揉揉眼睛，呆呆地愣在原地。

"会多几个仙女。"单子凯打趣道。

"我们来了，还怕没仙女？"老韩冲单子凯挤挤眼睛，师徒二人心有灵犀，立刻整理衣襟，准备以倾城之姿降伏所过之处的所有雌性生物。

"师父，加油！我买一百块赌你先泡到妞。"陆钟很久没见到老韩打起精神的样子了，好不宽慰，对老韩来说，美女也只能叶公好龙，就像《闻香识女人》中的那个双目失明还要跟美女跳探戈的老头。

"师父，我也买你五百块。"

"干爹，我买你一千块。"

"师父，我自动投降。"

梁融和司徒颖还有单子凯一个比一个乖巧，谁也不会错过拍老韩马屁的机会。

"你们这帮机灵鬼。"老韩当然知道小的们是在拍马屁，但那开心却是真实的，这把年纪，有年轻人朝夕相伴，还愿意哄自己开心已经很不容易了。

"就像做梦一样，真美。"司徒颖下了车，却不敢走进这片热雾，生怕打破美景。

"还是先去吃点东西吧，大小姐，你还得去买套泳衣，空着肚子光着身子都不能下水。"陆钟很哥们地把手搭在司徒肩上，拖着她一起走入这片如梦似幻的美景之中。

这是一种很奇妙的感觉，扑面而来的是浓重的水汽，周围的景色陌生却又有种仿佛在梦里见过的亲切，耳边是低沉的金沙江江涌声。步入仙境的瞬间，陆钟感觉人间已经很远，距离天堂却还有一段距离。

晚饭很丰盛，水富是云南和四川的交界点，川菜和滇菜还有纳西菜都齐备，这里远离都市没有污染，牛羊吃的是原生态露水草，肉质也与大城市超市里卖的那些完全不同，虽然制作不够精美，口味却很不错。大家早就饿了，菜一上来便都放开了吃，这时旁边的包厢里却传来一番格外引人注意的谈话。

"大师，钱我取来了，听您的话没告诉我女儿。"一个五十岁上下的妇女压低了嗓门，带着浓重的昆明腔。

"放心吧，只要心诚，你女儿就有得救。这一万块钱不是给我的，是用来做法的，要给菩萨看看你的诚意嘛。看，我用这张画了灵符的红纸把钱包好，待会儿你再去买瓶好酒，咱们就出去做法。做完法钱还你，我一分都不要。"一个男人操着标准的普通话回答。

"大师，真的只要做法就会没事？我老公，还有我女儿……拜托您了。"

"不必客气，你来治皮肤病，我来采药，能遇到也是缘分，帮你这个忙也是为我自己积阴德。去买单的时候顺便把酒也买回来吧，就选最贵的，准没错。"

"行，大师您先吃着，我去买酒。"大婶一步三回头地离开了包厢。

隔壁包厢里的陆钟忍不住探出头来，看着她的背影，又看到隔壁桌上那叠红纸包着的钱，皱起了眉头。大家一听就听出来了，男人玩的是掉包骗的老一套，几千年来这套把戏万试万灵。老骗子肯定准备了一包同样的红纸包，待会儿当着事主的面做戏一套，然后趁机掉包，最后看的时候是真钱，还到她手里的就是废纸了。

"败类还真多。"单子凯有些感慨。

"都什么年代了，也不玩点新鲜的。"司徒颖忙着吃菜，不耐烦地说着。

"没天良。"梁融也看不下去了，那位大婶打扮得很朴素，家境肯定一般。

"师父，要不要帮忙？"陆钟很担心，那位可怜的大婶显然是为了女儿才这么做的，这让他想起了去世的母亲。

老韩看了大家一眼，认真地点了点头，"明天就到昆明了，最好不要暴露身份。"

C

一刻钟后，大婶小心翼翼地捧着瓶国窖，跟在一个穿黑色中式褂子的老头身后，来到了游客稀少的别墅区度假村角落里。这瓶酒的价钱顶得上她做半个月保洁了，心疼得紧，可大师交代过的她又不敢不听。这里有块不大的草坪，草坪后是黑黢黢的山，酒店区和温泉区有灯光映照，亮如白昼，忽然转到这么个阴森森的地方很有点不适应，大婶下意识地缩紧了身子，打起十二分精神。

老头像模像样地掏出盏古香古色的风水罗盘，在草地上走来走去，连掐带算地表演一番，最后在对着月亮的方向站定，从怀里掏出张八卦图铺在地上。再把那一万块用红纸包住的钱先拿出来给大婶过目，然后摆在八卦图正中，又掂出几支线香点燃，将国窖打开，倒了些在八卦图四周，浓郁的酒香和着那线香很有点诡异。

老头装腔作势地表演了一番，念念有词做起法来。这把戏虽然老套，但唬起人来依然有效，大婶虔诚地跪在八卦图前，双手合十祈祷许愿。十分钟后，做法完毕，老头边收拾东西边对大婶说："放心吧，我已经把念力注入这些钱里面了，您拿回去放在闺女的枕头下面，让她睡满三个晚上，她身上的厄运就可以化解了，你们全家也会化险为夷。"

"真是太谢谢大师了，您真是大好人呐，帮这么大的忙也不收钱，这可让我怎么谢您……"大婶满脸的歉意。

"不用客气，我们修行的人就是要行善积德，怎么能收钱呢？真想谢我就把这瓶酒给我吧，哈哈。"老头道貌岸然地笑笑，已经自己把酒给揣在了怀里，"对了，这钱三天内都别打开，否则念力散失，工夫就白费了。"

"好好好，我一定照办。"大婶憨厚地点头，把红纸包放进口袋。

"做法要消耗我很多的精力，我得回房休息了，告辞了。"老头得了好处就要开溜。

"您这就走？您住几号房，回头我带着闺女上门谢您去。"大婶念念不忘报恩。

老头哪里肯留，赶紧脚底抹油，找了个借口飞快地朝着另一个方向走掉了。不快点离开的话，待会儿要是被发现给的是一包废纸可不妙，农村妇女犯傻时挺好糊弄，但犯起横来他这把老骨头也不一定能对付。

老头只顾低头看路，没发现旁边一对妙龄男女忽然窜了出来，夜色的掩映中，看不清两人面孔，只听他们嘻嘻哈哈地打闹着，大概刚躲在山上的树丛里偷情出来。一个不留神，女人跟老头撞了个满怀。

"哎呀，对不起啊，真是对不起，没撞着您吧？"女人还挺有礼貌的，身边的男人虽然搂着她的腰，但也关切地凑过来看老头有没有受伤。

老头穿着布鞋的脚被女人的高跟鞋踩了个嘎嘣脆，疼得脸都白了，但他心里有鬼，不愿停留，只好强忍着疼连连摆手，"没事，没事。"

女人和男人也不愿给自己找麻烦，飞快地离去。见他们走得远了，老头才嘶嘶地疼出声来，脱下鞋袜一看，脚背上已经紫了一小片。他揉着脚叹了一口气，唉，报应来得还真快。

"大爷，您怎么坐地上啊？"一位带着工作人员胸牌的年轻男子发现老头后立刻走了过来，"您没事吧，来，我扶您站起来。"

"没事，没事。"老头一看是工作人员赶紧忙着穿鞋袜，他本来就不是这里的住客，只不过溜进来骗人而已，在被人发现之前最好赶紧走。

"大爷，这是您的东西吗？"工作人员手指着老头屁股后面，一包红纸包着的东西正好落在地上，乌漆抹黑的差点看不清。

"是我的，是我的。"老头更紧张了，赶紧捡起来往怀里揣。

"您可得小心点啊，晚上掉了东西可不太好找。"工作人员也不多说，只是轻轻地在老头肩上拍了一下，以示提醒。

"我没事了，你忙去吧。"老头身上冷汗都出来了，捂着怀里的红纸包，一瘸一拐地朝后门狂奔。走了几步就发现不对劲，先是手臂使不上劲，紧接着这种乏力感蔓延至整个上半身，最后连一双腿也有些发麻了。

刚才那块草地黑得邪乎，该不会是见鬼了吧？老头急出了一脑门子汗，可两条腿像灌了铅一样怎么也抬不起来，他绝对不会知道这是中了陆钟的"五百钱"，被他轻轻地一拍就中招了。这次陆钟下的绵力比上次在南平用在钱渝身上的多了五成，虽然老头当时没感觉出来，但要完全恢复正常至少要三天时间。这三天内，他是不能再骗人了。

与此同时，老韩跟梁融来到那位正往回赶的大婶面前："您请留步。"

"您是？"大婶只觉面前穿一身白衣白裤还满头白发的老头有种说不出的仙风道骨，怎么看怎么比刚才那位大师更大师。

"想请您看看您口袋里的东西。"老韩一口的标准京片子。

"这……您怎么知道的？敢情您也是高人？这我不能动啊，动了高人的法力就要散掉，刚才的法就白做了。"大婶还执迷不悟。

"我知道您的红纸包里有一万块钱，但现在那一万块钱已经没了，不信的话，您可以用手摸摸。"老韩的声音有种说不出的力量，叫人不得不按他说的去做。

大婶思忖了一会儿，虽说大师是做过法的，可一万块钱对自己来说实在是巨款，是她所有的积蓄，要是真的没了，那可……大婶把手伸进了红纸包，那是一叠很粗糙的东西，完全没有百元大钞的手感。心里咯噔，忙把红纸包掏出来，哪还有钱的影子，里面是一叠被裁成钞票大小的黄裱纸。

"您被骗了。"梁融忍不住告诉大婶实话。

大婶双腿一软，一屁股坐在地上，那是她做保洁攒了好几年的积蓄。

"别急，您的钱没丢。"司徒颖远远地喊了一声，单子凯也跟她在一起，刚才就是他俩扮成情侣，撞了老头一下，把他兜里的钱给弄了出来，然后陆钟假扮成工作人员，趁其不备，把一叠假钱扔在地上。

陆钟一溜小跑过来，把个红纸包塞到大婶手里。

"这是……你们可真是大好人呐，你们一定是公安吧。谢谢，谢谢了。"大婶破涕为笑，赶紧从地上爬起来，接过钱对着这帮明星般耀眼的人物使劲鞠躬。

"我们可不是公安。您以后要小心，下次可就没这么好的运气了。"司徒颖左手挽着老韩，高高地举起右手，伸出两根手指晃了晃。

D

身下是冒着腾腾热气的清泉，身后是茂密的芦苇，耳边响着金沙江的低吼，夜风清澈，带来一丝丝舒爽，神仙所在也不过如此。按说帮大婶解决了问题，陆钟该放下了心里的石头，可泡在热气腾腾的温泉池中，他仍然有种难以形容的不安，总觉得还会有事发生。老韩说他天生就是当老千的料，是因为他不仅有那份聪明，还有这份天赐的直觉。

同样是天赐的直觉，单子凯的直觉就是美女的三围和罩杯大小，他的火眼金睛能从一大堆充斥着各种填充物的泳衣下看出谁是真材实料，谁又是后天嫁接。他跟老韩凑在一起，一边喝着小酒一边交流着经验。

"以前看美女是要扒开泳衣才能看到肉，现在的比基尼啊，要掰开肉才能找到泳裤了。"老韩叼着雪茄，惬意地吐了个烟圈。

"所以啊，师父您千万要好好保重身体，没准过几年中国流行天体浴场了，满沙滩全是不穿衣服的女人，那叫一个养眼。"单子凯拖过漂在水面上的木托盘，倒上一杯小酒送到老韩手边。

"今天的美女不算多，你们看谁综合得分最高？"就连梁融也对此类的话题产生了兴趣。

"那还用说，当然是我了！"司徒颖从水中一跃而出，月色映衬下，白皙的肌肤如细瓷一般，一头黑发松散地盘成圆髻，鬓角处垂下几缕，更添妩媚，傲人的身姿只消稍微亮亮相就吸引了浴场百分之九十七的眼球。

之所以说百分之九十七，是假设大浴池附近一共有一百个人的话，那么就只有三个人的眼睛没看司徒颖。其中一个就是陆钟。另外就是正在池边谈话的两位，一个是裹紧了浴巾的瘦弱女生，一个是帅气男子，看起来两人很不搭。

两人应该不熟，陆钟留心到那名帅哥用一种格外热情的口吻在跟瘦弱女生套近乎，他似乎想请女生帮他做件事。那女生不过二十出头，貌不惊人，身上的泳衣也是廉价的大路货，大概是不习惯暴露皮肤，在帅哥面前把浴巾裹得严严实实。过了一会儿，女生点了点头，然后就跟在帅哥后面一起走了。

"喂，你为什么不看我？"司徒颖很生气，心道莫非是天天待在一起他审美疲劳？自己的魅力怎么也该比那个小女生强，更何况身上这件豹纹泳装还是高叉的，光是那双长腿也够这个混蛋看上好一会儿的了。

"小声点，跟我走。"陆钟完全不理会司徒颖说什么，一把拉过她跟在那两人后面。

那名男子把女生带回了酒店，两人上了楼。司徒颖被陆钟拉着坐在大堂里等，被进进出出的男人们盯着看不要紧，最重要的是刚从温泉池子里出来又吹了凉风，鸡皮疙瘩都出来了，还连打了三个喷嚏，万一待会儿鼻涕泡也冒出来，那可就不美了。

"走吧，难不成你还想等到人家出来问问价钱？"司徒颖当然知道陆钟不是那种男人，但她现在脾气上来了，想到什么就说什么。

"再等等，我觉得那个男的不是好人。"陆钟假装没听出司徒颖的不耐烦，把自己的大浴巾为她披上，"师父他们要泡妞，你夹在里面算怎么回事，还是安心地跟我待会儿吧。"

陆钟很少有这么贴心的举动，这让司徒颖心里泛起丝丝甜蜜，不仅火气顿消，还耐着性子乖乖地陪着他。大概十多分钟后，女生依然裹着浴巾从电梯里出来，她手里多了一个黑色的礼品袋。

陆钟拉着司徒颖跟在女生身后，直到走出酒店范围又回到温泉区后，他才上前问道："姑娘，请问刚才那位先生是不是请你帮他带东西？"

"是啊，你们是？"女生回过头，紧张地看着面前这对陌生的俊男美女。

"姑娘，能不能让我们看看他让你带的东西？"陆钟微微一笑，很有礼貌地问道。

"你们是什么人？"女生依然不解。

"小芸，给他们看看吧，他们都是好人。"刚刚被陆钟他们救下一万块的大婶出现在身后，正感激地看着两位年轻人。说来也巧，她就是这位女生的妈妈。大婶有关节炎，小芸听说温泉对关节炎很有帮助，就用攒了大半年的奖金带她来泡温泉。

既然妈妈都这么说了，小芸就没再多想，打开袋子给陆钟他们看了一眼，那不过是几包最普通的本地特产火腿。高原上的猪都是放养的，云腿闻名全国，那个男人自称是昆明人，现在在酒店工作，问到小芸是昆明人，就托她帮自己带些回去，还付了一百块钱作为报酬。

"姑娘，你最好把这些东西还回去，就说自己还要去另外的地方，暂时不回昆明。"陆钟仔细看了看那些火腿，又拿在手里掂量了两下。

"为什么？"小芸皱起了眉头。

"相信我，这袋东西不会只是火腿那么简单。"陆钟指着火腿上一处不明显的刀痕说。

"里面是什么？"大婶敏感地察觉到了事情的严重性。

"我也不知道，也许是大麻，也许是迷幻药，还有可能是海洛因。"陆钟已经发现手里的东西跟真正的火腿重量有些许差别，虽然那火腿是用胶袋真空密封包装的，但包装袋上什么字也没有，自己加工完全有可能。

"啊！"小芸吓得把袋子扔到了地上，原来自己差点就要帮人家运毒了，这要是被抓到，可是要判重刑的。

司徒颖这才明白陆钟为什么要跟着这个女生，心内一宽，柔声道："还是去还了吧，那些人很复杂的。"

"别怕，这样的事在云南每天都有，你就假装什么也不知道把东西和钱还回去，然后明天搭早班车离开，只要东西不少，他们不会找麻烦的。"陆钟捡起袋子，把火腿放进去，又把袋子塞回小芸的手中。

大婶陪着小芸去把东西还了，果然跟陆钟说的一样，那人听她说自己有事要去别的地方就没多说什么，也没找她麻烦。陆钟和司徒颖守在楼下，见她们母女安全出来才彻底放心。

"谢谢你们，恩人，告诉我你们叫什么名字。"大婶激动地看着眼前完全陌生的两位年轻人。

陆钟摇摇头，"不用客气，今后出门多加小心，别再被人骗了。"

说完话，陆钟就拉着司徒颖离开了，走出很远，他还能感觉到背后两束目光的注视。

"你怎么不说咱们的名字叫雷锋？"司徒颖没心没肺地开着玩笑，心里却对陆钟的古道热肠更佩服了。做好事这简单不过的三个字，有些人想想而已，有些人说说而已，真正想到又去做却不说的，全世界也没多少。

E

大概是做了两件好事，陆钟一夜无梦，睡得格外踏实。第二天一早，大家早早出发，赶到昭通吃早点，然后朝着昆明方向进发。从昭通开始，这一路逐渐山青水秀花色宜人，不知道是不是因为海拔较高的原因，天色蓝得澄明。

花家山庄在滇池东面的金马峰后，站在山顶可以看到前方是烟波浩渺的滇池之水，后方是漫山遍野如云似霞的山茶花，连见多识广的老韩也为之感叹，这里跟天堂没什么两样。

下山后车就不能再往前开了，由花径步行进入一片花海之中，两棵巨大的山茶花树下，便是花家山庄的大门。

老韩敲开了那扇巨大的雕花大门，出现在大家面前的是一条由各色爬藤月季组成的长廊，长廊之外是一个巨大的花园，随处可见各色玫瑰山茶和栀子，还有别处少见的木香和香竹，高高低低连绵成片，恍如花海，比花更美的还有流连花丛的一对对蝴蝶。

"天啊，我已经开始羡慕这位花不如前辈了。"司徒颖被鲜花和蝴蝶深深地吸引，行走江湖那么多年，她还从没见过谁家有这样规模和质量的花园。

花不如就端坐在客厅里，已经摆好了一壶花茶。见到老韩的第一眼就笑了，嘴角浮出两枚精致的酒窝，醉得死人。

单子凯也算阅人无数，在花不如面前却目瞪口呆。梁融在娱乐圈做化妆师时也跟不少大牌女明星打过交道，也忍不住低声赞叹。就连最挑剔的司徒颖，也深深地叹了口气，她这辈子从没觉得哪个女人能强过自己，这个概念在她见到花不如的第一眼时被瞬间打破。

如果一定要用一个形容词在花不如的身上，那就是完美，完美得无懈可击。

"好标致的妹子，你这个干妹妹我可认定了。"花不如声如银铃，同为极品美人，自然惺惺相惜。

"好姐姐以后可要罩着我。"司徒颖乖巧地应着。

"好妹妹，我可是干哥哥哦。"花不如忽然换成了男声，吓了司徒颖一大跳，赶紧松开手，盯着花不如上上下下看起来。

不仅是司徒颖，除了老韩外，陆钟、单子凯和梁融也全都吓了一跳，一个个瞪圆了眼盯着花不如。

　　"别猜了，他是货真价实的男人，也是比女人还女人的男人。"大家的反应早在老韩意料之中。

　　PS：请各位看官注意，日后在旅游区或者机场车站遇到陌生人，请求帮忙带东西回家或者出钱请你把某样东西送回去的话请一定拒绝。

　　您可能永远不会知道陌生人的真实身份，也不会知道自己帮忙携带的可能是会给您带来麻烦和牢狱之灾甚至危及生命的东西：文物、古董、毒品。在国外，还有可能会是恐怖组织用来制造武器的放射性原料，等等等等，一切皆有可能。

第九章　潜伏

A

花家曾经赫赫有名过，花在峦前辈跟老韩交情匪浅，花家祖传的拍花技术至今在江湖上无人能出其右，那还是解放前，花在峦与年纪尚幼的老韩曾联手在上海滩和京城做过好几笔大买卖。混乱的年代中花在峦无意救了一位被土匪抢去的大小姐，两人日久生情，后来大小姐成了花太太，两口子浪迹天涯，直到解放后才在昆明定居。

故事有些狗血，但在那个朝不保夕的时代，这种事情的确发生过很多。

再后来，花太太生下一对双胞胎，老大像爹老二像娘。花在峦抱着两个儿子，老大生得健壮，花在峦决定日后把花家的本事全传给他，取名花不毁，望他日后行走江湖不忘家规，拍花只用在正途，绝不破坏女子的清誉。花太太见老二生得如花似玉，像自己一样漂亮，哭起来又"嘤嘤"的很娇气，就赐名花不如，虽是男孩，却从小做女儿打扮，还学过几年花旦。长大后，二子各有所成，花不毁留在国内行走江湖，花不如却跟着爹娘去了美国，后来在拉斯维加斯做反串艺人，小有名气，他回国才半年，目前正着手一家娱乐城的建设。

待老韩把花家的基本情况介绍清楚，花茶已喝过两轮。不是老韩啰嗦，而是他跟花家人渊源太深，当年跟花在峦的合作，还有上次在福州请花不毁出手拍了无良律师邹天明，花家人在江湖上知道的人并不太多，但其地位却是无人能够替代的。

"对了，不毁呢？怎么没见他。"老韩说得口也干了才想起正主居然不在，这一趟他可是冲花不毁来的，段七说他知道秘籍下落。

"您大老远的来看我们，我得先听您把话说完不是？"花不如撩了把头发，仪态万方地又给诸位添上茶，这才不紧不慢地说，"我哥他，被人绑架了。"

"绑架？"大家都以为自己听错了，因为花不如的口气就像在说出门逛街那么清淡，只有老韩和陆钟看出来花不如眼里的担心，只是他的优雅不容许自己失态。

"没错，就是这几天，一帮人闯到这里来把他带走了，说是让帮忙去拿件东西。"花不如自己端起杯子喝了一口，眼睛却看着门外，仿佛哥哥随时会归来。人的本事大了，打主意的自然也就多了，花家的名声虽然知道的人不多，但也不是全无人知。

"这种事以前也有过，可是凭着不毁的本事，应该不难脱身。"老韩知道花不毁的本事，曾经他被人用枪指着头，也安然脱身过。

"这次带走他的人很厉害。"花不如叹了口气，"好像是开药厂的，也不知给大哥吃了什么东西，让他中了毒，每天必须吃他们提供的解药，否则就会全身疼痛。"

"原来是着了道。"老韩眼中流露出担忧。要制作拍花的药粉和药水，花家人对药物是有一定研究的，尤其是中草药，其专业程度绝不会比一个半吊子中医教授水平差。能把花不毁弄到中毒还不能解的话，对方的确有两把刷子。

"已经三四天了，也不知大哥怎么样，我花了很大工夫才打听到那帮人的地址，您能帮帮忙吗？"花不如面露忧色。

"放心，你和不毁是我看着长大的，我绝不会袖手旁观。"老韩说完，朝陆钟看去。虽然他口头答应了，但真正能办事的，还是这帮徒弟们。

"前辈请放心，我们一定尽最大的努力，帮您救出不毁前辈。"陆钟自打见识过花不毁的本事后，对他十分钦佩。更何况他知道师父此番的来意，得不到秘籍，老韩死也不会瞑目。

"好姐姐，我还是觉得这样叫你比较亲切。别担心，干爹和六哥答应帮忙，什么问题都能摆平。"司徒颖看到花不如眼中有盈盈的泪意，忙递过一张纸巾。

"你就是外面传说的六哥？"花不如轻轻地拭了泪，一双妙目上上下下地打量起陆钟来。

"您是前辈，千万别这么叫我，叫我六弟吧。"陆钟赶紧端起茶，不好意思地敬了花不如一杯。

"虽然我回国时间不长，但也听说了不少你的事，你小子不错，我哥的事拜托你了。"花不如赞赏地点了点头。

"事不宜迟，还请您把那些人的情况介绍一下，说得越详细越好，咱们尽早安排，尽早行动。"陆钟不经意地露出自信的微笑，他的笑，让人心安。

B

听完花不如的一席话，陆钟觉得绑架花不毁的那帮人大概是想让他去做一件事，一件难度很大又很危险的事。可那帮人不是黑社会，是开药厂做生意的，做生意的人会让花不毁去做什么呢？

花不如不知道，陆钟他们更不可能知道，想得到答案，只能自己去找。花不如查到的唯一线索，就是那帮绑走花不毁的人开的车，车牌号属于一家名为傲龙生物的制药公司。有了地方就不急了，只要顺藤摸瓜，总能找到正主。

言谈间，花不如已经备好了一桌酒菜，虫草汽锅鸡、金钱云腿、红烧鸡枞、芜爆松茸、香茅烤鱼，全都是云南大菜。大家边吃边谈，饭还没吃完，陆钟已经安排好了摸底的行动。

当天下午，梁融将一封电子公函几经周转，最后以一家权威机构的名义发送到了傲龙公司的公共邮箱。公共邮箱的密保设置通常不会很复杂，用解码软件黑进去并不难，准备修改公函的收件时间时，他发现该邮箱跟大多数公司的公共邮箱一样，塞满了没有及时查看的信件，至少十天半个月不会有人注意到这封公函。

几天后的早上，一辆黑色别克商务车停在傲龙制药厂大门前，车上下来一男一女，男的鼻梁上架着金丝边眼镜，女的也戴了一副黑胶框眼镜，头发束成一个利落的马尾。两人都生得十分标致，着深色的西装，派头十足地站在大门前，面对保安半是质疑半是试探的目光，女的打开公文包，掏出一份盖了大红印章的公函递了过去，严肃地说："我们要见负责人。"

保安定睛一看，立马打起十二分精神，赶紧用寻呼机通知队长，虽然他背过身去，还刻意压低了嗓门，但两名来客还是能听清，他说的是：有北京来的领导视察了。

几分钟后，厂门大开，几位看起来很像管理阶层的干部急匆匆地走了出来。打头的是办公室主任，一见面就热情握手顺便自我介绍："让你们久等了，我姓程，办公室主任。二位怎么不提前打个电话，我们好去接机。"

"我们早就发过电子公函给贵公司，但一直没有接到回信，可能是我们级别不够高，贵公司不够重视吧。"说话的是那名男子，他和女同事掏出工作证和公函给主任过目，表情严肃。

嘀，口气还真大。程主任瞟了一眼工作证，男的叫白峰羽，女的叫雷雯君，都是直属国家药品监督管理局的特派员。再一看那份公函，盖着大红公章还有领导的亲笔签名。两位特派员都生得眉清目秀，可惜，那个雷雯君虽然漂亮，但脸上那股拒人于千里之外的冰冷让人很不舒服。

特派员，这三个字可不简单，虽说官不算大，但权力绝对比地方上的大，很多问题的处理上甚至可以直接越过地方乃至省级有关部门。再看这两位的派头很首都，说话的腔调也相当首都，虽然都还年轻，但特派员的身份应该不假，如今提拔年轻骨干是全国政界的潮流，当真不可貌相。

"你们怎么做事的？太不像话了！"程主任厉声怒斥，一名女下属吓得赶紧检讨："我这就去查。"说完话，拔腿往办公室里跑。

雷雯君扶正鼻梁上的眼镜，轻蔑地扫一眼众人："我们接到举报，有人说你们公司的产品存在严重的质量问题，如果这次通不过检查，你们就等着停产整顿吧。"

听完这话，程主任意识到问题严重了，脸色都变了，忙打了个手势，暗示手下人赶紧去通报董事长，自己则赔着笑脸，毕恭毕敬地把二位迎进了大门。也不知是有意还是无意，雷雯君昂着头走在最前面，白峰羽却慢了几步跟主任走成一排，主任忙塞了一包软装的云烟印象到他手上。

"好东西，一百三一包吧。"白峰羽原本严肃的脸松动了些，把烟开了封，拿出一支叼在嘴上。同样从北京来，也同是一个单位，他跟雷雯君的硬梆梆截然不同，显得很好说话。

"小意思，不成敬意，您要喜欢回头我拿几条给您抽抽。"能当办公室主任的都是八面玲珑的老油子，这位程主任自然也一样，简直见缝就钻。

"客气，一看您就是个明事理的人。"白峰羽压低了嗓门，脚下走得更慢了，"小雷最近刚失恋，心情不太好，你们要理解。我呢，是代表上头点名派来的，当然也知道上头跟你们董事长关系不错，所以这次的检查也会帮你们兜着点，不过呢，也要看你们董事长的配合程度。"

"明白，明白。我们一定会好好配合。"主任乐开了花，有了这话他就放心了。每年省里市里还有区里下来好几拨人检查呢，全都被他伺候得没有二话，北京过来的倒还是第一次。他心里还犯着嘀咕，搞不好这两个小年轻商量好的，一个唱红脸一个唱白脸，还不是为了好收钱，下到基层的任务可都是肥差，只要让他们揣满口袋，应该没问题。

"虽然是突击检查，但报告还是得写，这几天，就麻烦你们了。"白峰羽把该说的话说完，摆出公事公办的态度，咧嘴一笑。

"瞧您说的，千万别见外，都是自己人，需要什么尽管说。"主任马上领会了他的意思，很亲热地拍了拍他的肩膀。

雷雯君雷厉风行，连茶都不喝就直接进入了生产区，并打开摄录机拍摄工人们生产的实况，认真的样子还真像那么回事。白峰羽不跟雷雯君一路，他要检查的是办公区，药品检查是否规范，各种文件是否执行到位，等等等等。虽然刚才跟主任说话时嘻嘻哈哈的，但工作起来也有模有样。

程主任见此情景心道，这才第一天，总要摆摆姿态。他刚回到办公室，准备亲自跟董事长通个气，还没坐稳就接到了女下属的报告，公司邮箱里的确有一封前几天就发来的公函，因为工作人员的疏忽，忘记看了。

原来的确是自己人的疏忽，主任这才松了口气，但心里还是觉得这两位不速之客有点怪怪的，来得实在突然，但他一时也不知打电话给谁才好，国家药监局？难道去问人家为什么派人下来检查？还是去问到底是谁投诉自己？那可是国家药监局，自己这个地方制药厂在人家面前只能算孙子和爷爷的关系，孙子能去找爷爷的茬吗？当然不行。他喝了杯茶压压惊，最后还是拨通了董事长的电话，怎么招待和孝敬这两位来自首都的特派员才是目前最重要的问题。

雷雯君在厂区内走来走去，四处巡视，如果不是身后跟着两位工作人员，她的行动要方便许多。在最后一栋厂房的角落里，有一扇钛合金造的密封门，她好生疑惑，这厂房都是平层，用不着电梯，转头问那后面的两个尾巴："这里面是什么地方？"

"呃，下面是地下室，也是实验室，是不对外开放的。"工作人员赶紧解释。

"开门，我要进去。"雷雯君用的是命令的口气。

"对不起，这个我们不能做主，涉及商业机密，必须董事长同意才行。"工作人员低声劝道。

"我说，我要进去。"雷雯君不耐烦了，板起脸来厉声道。

"请您别为难我们了，别说是我们进不去，就连公司的高层领导也进不去，必须得指纹加董事长的密码卡才行。"另一名工作人员赔着笑脸，小心翼翼地说。

雷雯君狠狠地瞪了他们一眼，扭头走了。转过身去的瞬间，她的手把袖口上的一粒纽扣给揪了下来，趁工作人员不注意，手心朝后一扔，那粒纽扣就滴溜溜地滚到了密封门的门口。

C

当晚，傲龙公司的董事长周昆保在邦克酒店贵宾厅招待两位来自首都的特派员，满满一桌大菜，基本上酒店最贵的菜全都搬上了桌，陪吃的也全都是公司高层领导。

没想到雷雯君根本不领情，一上来就让服务员给上两个小菜，一青菜一豆腐，对那些大菜根本都不点筷子，从头到尾都是横眉冷对，周昆保和程主任的热脸算是贴到了冷屁股上。

"雷小姐，是不是这些菜不合胃口？您爱吃什么，咱们可以换。"主任见董事长脸色不好，赶紧上来圆场，虽然他很不喜欢这位难以沟通的小姐，但表面上还是要过得去。

"我说你们这么紧张，是不是心里有鬼啊？"雷雯君抬起下巴翻了翻白眼。

"雷小姐误会了，我们只是略尽地主之谊，检查的事您该怎么办就怎么办，报告该怎么写就怎么写，我们保证配合工作。"周昆保四十多岁年纪，皮肤黝黑却显得很有涵养，虽然心里早就火冒三丈，但表面上却是古井不波。

"请我们来吃大餐，谁知道是不是想拖延时间调虎离山，私底下再抓紧时间销毁那些见不得光的东西。"雷雯君依然不领情，黑口黑面。

这话说得可就太不给人面子了，周昆保的脸色都变了，现在可是在他的地盘上，第一次有人敢这么跟他说话。白峰羽赶紧在桌子下拽了拽她的衣服，还用眼神示意她少说两句，没想到她不知好歹，把筷子一扔柳眉倒竖，"干什么你，还让不让人吃饭了？"

"看来雷小姐今天心情不太好。"周昆保到这时候了还端得住，不气也不恼。

"哼！"雷雯君干脆把碗筷一推，站了起来，"我吃饱了，回去工作了。"

高跟鞋的声音消失在走廊里，白峰羽满脸歉意地跟大家解释："小雷是高干子女，脾气是大了点，还请诸位多多包涵。"

"白先生，辛苦你了，有什么需要尽管提。"周昆保早听过程主任的消息，这位姓白的好对付得多，正好现在那个碍眼的女人走开了，他拿出一张二十万的支票推到白峰羽面前。

"董事长真是客气，客气。"白峰羽一点也不讲客气，很自然地把支票揣在了口袋里。

所谓落袋为安，通常是说钱到了自己的口袋里就会心安，但现在周昆保和程主任反而是看到钱落在这位特派员的口袋里，心里觉得踏实多了。如果他不肯收只有两种可能，要么就是嫌钱少，要么就是问题的确棘手，不便帮忙。现在可好，在座的几位陪客都看到他如此坦然地收下了钱，便把心放到了肚子里，加上那个高干雷女走了，也不用再绷着神经，可以大口喝酒大块吃肉。

这小子收了钱就一定会办事吗？周昆保不动声色地打量着白峰羽，看起来彬彬有礼还帅得过分，说话也很圆滑，但他最信不过的就是这种男人。公司当然是有问题，而且是大大的问题，没问题自然不怕上头来查，更不用给这家伙钱还要装孙子了。私底下，他吩咐程主任一定要对这两位特派员多加留心，密切注意他们的动向。

这顿饭吃了很久，白峰羽似乎根本不在乎雷雯君的离去，反而跟周昆保大谈北京那边的形势，谁谁谁有可能会被提拔，谁谁谁正在被调查。虽然那些大人物周昆保完全不熟，但每个名字搬出来都能威震八方，加上白峰羽口才极佳，那些领导们的八卦被他说得天花乱坠，这顿饭便吃得越来越有意思了。这小子大概是收了钱心情好，一时兴起，还跟大家划起拳来。在座的十来位全都是"酒精考验"的老战士，几番输赢，然后轮番敬他，又被他打了个通关回敬过去。最后老战士们吐的吐趴的趴，他还能眼不花腿不晃地自己上厕所，就连周昆保都对他的酒量佩服有加。

这顿晚饭足足吃了两个钟头。

D

就在雷雯君和白峰羽登上傲龙公司的商务车朝着酒店开出后，一胖一瘦的两名年轻男子穿着傲龙厂的厂服从旁边的围墙处一翻而入。

不用说，胖子是梁融，瘦的就是陆钟。

司徒颖扮演雷雯君出场时，胸前的胸针其实被梁融改装过，藏了枚黄豆大小的无线摄像头，进厂后大致的路线和地图已经在她巡视过后被绘制了出来。现在梁融手里拿着一个类似MP5一样的小机器，进入厂区后他开启了电子屏蔽器，二十米范围内的所有摄像头全都黑屏，根据屏幕上的坐标，很快找到了合金门的门口。

司徒颖扔下的那粒纽扣也有高科技，是个定位器，梁融手里的就是信号接收机。这时候工厂已经下班，就是晚班工人们也得吃晚饭，全都离开了厂房。梁融认真地检查过那个指纹扫描端口后露出了自信的微笑，"真没想到，这么贵重的金属门居然配置这种低级的指纹锁，天助我也。"

"能搞定吗？"陆钟看了看时间，那些工人吃饭最多不超过一小时，七点半以后就会有人来上班了。

"小意思，以前我在公司上班时就做过指纹模，同事帮忙打出勤，我可以多睡半个小时。"梁融不愧为专业人士，一边说着，一边取下了背后的一个箭袋似的长背包，掏出一卷透明胶递给陆钟。

十分钟后，陆钟带着一截印有两枚指纹的透明胶赶了回来，这是他从董事长办公室里的马桶抽水按键上复制下来的。地上已经摆出的几样东西，琼脂，天然橡胶母，硬币大小的铁盒几个，袖珍焊枪，一保温杯干冰，蜡烛一截，碳粉一小袋，发胶一小罐，另外还有皮老虎（注1），剪刀锥子镊子和超细砂纸。

先把碳粉小心地撒在指纹上方，然后用皮老虎吹去上面浮着的一层，因为指纹粘在透明胶上，有纹路的地方黏性会变弱，吸附的碳粉明显比旁边的要少许多，指纹旁边的空白处则比中间要稍微高出一些。做好后，均匀地喷一层速干发胶，保持硬度。再把琼脂和天然橡胶母一起放进硬币大的小铁盒，加入水，用镊子夹住铁盒让焊枪对着烧。一会儿的工夫，琼脂和橡胶母融在了一起，这时候再把铁盒放在干冰上，冷凝。干冰的成分是二氧化碳，只会挥发，不会留下气泡和水珠，不用多久，一块类似硅胶隐形胸罩的软绵绵肉乎乎的圆形胶体出现了。趁着尚未冷却，戴好手套轻轻取出，把它用力按在透明胶上的指纹模里，再次放在干冰上，待其完全冷却后，一枚成形的指纹模就出现了。小心地剪成手指大小，再用锥子整理一下个别不通顺的小纹路，最后用砂纸细磨一遍，就大功告成了（注2）。

说来容易，梁融真正动起手来也用了差不多半小时。因为取到两枚指纹，所以指纹模做了两个，不过搞定了指纹模之后，还得拿到周昆保的密码卡才行。

司徒颖离开酒店后以最快的速度赶回了药厂，她临走经过周昆保身边时，把手伸进了他挂在椅子上的西装内袋里。她手指修长动作敏捷，再加上出手时连头都没偏一下，没有人发现她的动作。她赶回工厂的时间卡在工人们来加晚班之前十分钟，正好赶上梁融要打开那扇门。

密码卡被插入，液晶屏上显示出需要核对指纹，梁融小心翼翼地把指纹模粘在手上，轻轻按上去，绿色的识别激光扫过，屏幕上出现了红色的不符字样。谁也没有说话，空气里弥漫着紧张，如果行动失败，至少要等到明天才能有机会再次行动了，多一分钟就多一分危险。

梁融深吸一口气，换上另一枚指纹模，对准扫描端口再次按下。绿光再次闪过，一秒钟后，绿色的"通过"二字出现了，大家全都松了口气，梁融和陆钟击掌相庆。

"啪嗒"一声，大门开启，门缝中露出刺眼的紫色光线。

"是紫外光灯，看来下面是需要消毒才能进入的区域。"梁融拿出两副护目镜，递给陆钟一副。

"我得先走了，你们小心点。"这张卡的作用已经完成，司徒颖还得马上赶回酒店把密码卡交给单子凯，趁着酒席散场前，放回周昆保的口袋。

"多加小心。"陆钟不放心地看了她一眼，毕竟这次打交道的不是善茬，司徒颖还要扮演跟周昆保对着干的角色，实在危险。

"万一我也被他们抓了，你可要对我负责哦，这个局是你想出来的。"司徒颖嗔道。

"真是肉麻，反正我们都不要负责，到时候我们就用陆钟去把你换回来，你别怪我们狠心。"梁融也开起了司徒颖的玩笑。

时间紧迫，周昆保随时可能发现密码卡不见了，司徒颖得尽快赶回去，临走时，她带回眼镜，恋恋不舍地回过头，看到陆钟和梁融的身影消失在那扇钛合金门后。忘了从什么时候起，她开始为陆钟担心，现在，谁也不知道那扇门后会隐藏着什么。

注1：

皮老虎：一种清除灰尘的工具，因早先的皮老虎是皮革做的所以叫皮老虎。最简单的款式由一个塑胶气囊与一根细长的气管组成，气囊具有伸缩性。用力挤压皮囊时，皮囊内部的空气就会通过细长的气管快速喷出，从而起到除尘的作用。

注2：

此法可以自行操作，简单方便，但这只是投机取巧的小伎俩，倘若看官您想升值加薪，最好还是在工作上多用点心，毕竟有付出才会有回报。

第十章　超级保险箱

A

经过大门后的消毒区，眼前就是更衣室了。长长的玻璃衣柜中挂满了白色防护服，旁边的架子上还有随手可以取用的口罩和手套。陆钟和梁融各自换上一套，从头到脚都裹得严严实实，也好，这么一来就看不出谁是谁了。

进入另一扇大门后才发现，眼前是条狭长的走廊，走廊两旁是一间间安装了玻璃墙体的工作室和实验室，一些同样穿着白色工作服的人还在仪器旁工作，大部分人则去了走廊尽头的房间里吃晚饭。到处都是叫不上名来的大小仪器，如果不是知道这里是制药厂，陆钟还会以为自己走进了美剧中的秘密基地。

走廊呈口字形，每走一截就会拐个弯，用了一刻钟，陆钟已经和梁融转了个遍。虽然两人都穿着防护服，但胸前没有这里的工作证，差点被人识破。

就陆钟反应快，赶紧到旁边的工作室拿了一叠文件在手里，碰到有人面对面地走过来，他就假装不小心把文件弄到了地上，拉着梁融蹲下去捡文件。

"小心点！"其中一个人经过他们身边时用很严厉的语气说道。

两人只好赶紧点头赶紧收拾文件，大气都不敢喘，更不敢抬头。

"你说我们要是被发现了，会不会被抓去做人体试验？"梁融紧张地看着那两人走得很远了，才压低了声音问陆钟。

"别说傻话了。"陆钟心里也没底，好在脸上用口罩遮住了，梁融看不出他的表情。梁融的担心其实也就是他的担心，这算非法闯入，万一被人发现了可不得了，对方下狠手的话关起来做试验品，肯定也没人知道。

此地不宜久留，既然没发现花不毁的线索，得尽快离开。两个人兜来兜去，好一会儿才转回紫外光灯消毒区域，看到了那扇合金密封门。

合金密封门打开了，可外面并不是工厂，而是一间没见过的很大的房间，看来还是走岔道了。不是实验室，也不是工作室，面积可能超过一千平方，像手臂粗的钢架直通屋顶，架子上密密麻麻地塞着大大小小的铁笼，笼子里关着各式各样的猫狗、鸡鸭和鸟类，到底有多少只，陆钟也没法说。

敏感的动物们嗅到了陌生的气味开始吠叫，好在密封门有半尺厚，隔音。陆钟和梁融情不自禁地朝前走，想看看里面有没有另一条出路。隔着口罩，动物特有的腥臊味不算太浓，看得出这里的卫生状况很不错。

"这些动物都是用来做实验的吧。"陆钟注意到每个笼子前都有一张卡，记录着笼内动物的进食睡眠和体温。"我看是。"梁融也有些被镇住。

这里动物的数量十分惊人，不过最多的还是猫和狗。金毛，大丹，拳师，斗牛，吉娃娃，萨摩耶，牛头梗，拉布拉多……几乎所有种类的狗全都能在这里看见，还有少量獒和圣班纳之类的大型犬。猫的种类虽然比狗少些，但也不乏纯种猫。

有些猫狗看起来格外兴奋，甚至还有些焦躁，不停地在笼子里踱着步子，拼命地摇动尾巴，嘴边还流出白色的唾液。有些猫狗则格外慵懒，趴在笼子里动也不动，就连陆钟他们经过，也懒得翻翻眼皮。

"这么快就来收碗？我可还没吃完。"一个男人的声音从角落里传出。

顺着声音看去，那是个最大号的笼子，不，应该说是牢房，里面足足有二十来个平方。一个男人正端着碗饭在埋头吃着，几乎全是饭，菜很少，他却吃得很香。陆钟看清那人的脸后，乐得笑出了声："花大哥，终于找到你了。"

陆钟拉下口罩，摘下防护镜，露出招牌微笑。隔着铁栏杆，陆钟看得清花不毁的脸，福州一别不过数月，他瘦了许多，腮帮布满胡渣，眼圈泛着青紫，一定很久没有好好休息过了。

"是你们？"花不毁抬起头来，简直不敢相信自己的眼睛。

B

"快进来，门没锁，那帮人除了送饭不敢在这里多留，怕得病，这些动物全都是用来做实验的。"花不毁一推门，门居然就开了，这让陆钟很吃惊。

　　花不毁身旁还有一张不算小的桌子，桌上摆着一扇保险柜的门。没错，只是一扇门，两尺见方，不是真正的保险柜。桌面上还放着一大堆专业工具，迷你伸缩摄像头、手钻、耳麦之类各种各样的东西。

　　"前辈，他们要你开保险箱？"梁融看到那些工具后马上就明白了。

　　"没错，他们让我去偷样东西。"花不毁笑嘻嘻地说，好像说的不是自己。

　　"难道他们也知道你是拍花高手？"陆钟注意到花不毁的手臂上还有多处针孔。

　　"其实我有一份正式职业，我的开锁公司在公安局是备过案的，正当生意，在本地也算小有名气，大概就是那点微不足道的名气让他们找上了我。"花不毁轻轻地摇着头，脸上是无奈的微笑。

　　"原来如此。"陆钟估计连老韩也不知道花不毁还有另外一门开锁绝技，江湖中人实在深不可测，"可是，为什么您没拍他们呢？按您的功力，应付那几个小子不算难事。"

　　"我的饮料中被下了毒，当天晚上就不太舒服，他们冲进我家时我正迷迷糊糊地洗澡，连衣服都没穿，没机会把药弄好。"人在江湖防不胜防，花不毁说完轻轻地叹了口气。

　　"天哪，如果我没看错，这把应该是S&G公司（注1）的犹太人系列拨码盘式机械锁，码盘最多能配置23个数码标识，再加上AB码，还能组合0到9排列使用，最多可以拥有1.48亿组有效密钥。"梁融眼尖，一下就看出那扇保险柜门不简单。

　　"什么意思？"陆钟只觉一个又一个数字从耳边飘过，让人迷糊。

　　"意思就是，能把这锁打开的人差不多能自己开家公司卖保险柜了。"梁融为了学习撬锁曾拜过师，也算内行。

　　"老弟眼光不错，对方的保险箱是在国外定做的，超厚超大的门闩配备了LECC直径30 mm的实心钢条，外壳是SECC镀锌超硬度合金钢板，内层采用超硬度防火合金碳砂，那把亿万计密钥锁还配备了360度旋转的十字防钻片。这都还不是最厉害的，关键是那个超级保险柜不只有这一把锁，另外还有每三十分钟更换一次密码的电子锁，开启前必须用老板手里的接收器接收到瑞典发过来的预设密码才能打开。"花不毁回头看了看那扇紧闭着的仿制门。

　　"他们给你多长时间？"陆钟知道世界上没有打不开的锁，对于真正的高手来说最关键的就是时间。

"十五分钟，还包括通过那个地面铺设了激光探测报警系统的房间，据说从门口到保险箱距离二十米。"花不毁脱口而出，想必这个数字一定被他放在心头。

"怎么听起来就像要拍《谍中谍》一样。"陆钟不太理解，一家医药公司，搞这么复杂干什么？

"这是不可能完成的任务。"梁融听完花不毁的介绍，更加为他的处境担忧。

"理论上来说，世界上没有不能完成的任务，因为办法总比问题多。"花不毁虽然笑容里透出几分无奈，但他和陆钟一样，相信这个世界存在奇迹，只是目前火花还未在脑海产生。

"这么重要的保险箱里，藏着什么？"陆钟开始对整件事情好奇。

"是疫苗，一种致命病毒的强效疫苗，刚刚研制成功，如果上市至少能让傲龙公司的股票上涨三个涨停板。这帮人说对方公司派了商业间谍来卧底，他们还来不及复制就被对方偷走了。"能让股票涨三个涨停板的宝贝，的确值得他们大费周章把花不毁请来。

"听说，他们给你下了药？"陆钟眉头微皱，想起了更重要的事来，救人不难，难的是保证他身体没事。

"没错，中毒后我验了血，应该是化学药剂加上少量毒品还有中草药提炼的成分，很复杂，需要每天注射相对应的解药克制，否则体内的残留失去控制，我可能会神经系统受损全身瘫痪。"没想到花不毁承受着如此巨大的压力，还能谈笑风生如若常人。

"大哥对药物颇有研究，难道自己不能解？"上次在福州跟花不毁合作后，陆钟对他的实力极为钦佩。

"能，只是最快也要一个月，而每天都需要他们的解药才能压制住毒性，必须把疫苗拿来才能交换解药，所以即便他们不锁我，我也走不了。"花不毁指了指空荡荡的铁门闩。

"原来如此，看来要解决的问题是两个。"陆钟若有所思。

"你该不会是想帮花大哥把疫苗给偷出来，还要把他的毒给解了吧？你一定是疯了。"梁融不敢相信自己的耳朵，在他看来，要破那个亿万次的机械锁就已经够伤脑筋的了。

"我没疯，我只是知道世界上一定存在能同时解决这两个问题的办法而已。"陆钟自信地笑笑，虽然他还没想到答案，但他知道这只是时间问题。

"姓陆的，你太不了解保险箱了，那种超级箱子给我一个月的时间，每天花上十八个小时大概我能破，但十五分钟，绝对不可能。"梁融摇着头，做了个绝对不可能的手势。

"胖子，说说看，给你一个月你会怎么做？"花不毁对梁融的话挺感兴趣，没准能给他新的灵感。

"我会去找个超级钻头，在箱子顶上打个洞，然后把黄豆一粒粒放进去，再倒进水，加点生长激素。种子发芽的力量是可怕的，据说能把头盖骨顶开，没准这样能把那箱子给撑开。不过，也可能先把里面的疫苗瓶子撑破。"梁融半开玩笑地说。

"瓶子装在一个圆柱形的密封罐里，由液氮低温保存，密封罐就算摔在地上也不会破，如果能找到一个钻得开超合金材料的钻头没准你的办法行得通。"花不毁拍拍梁融的肩，若有所思。

"原来那瓶子不怕摔，好！咱们的任务就只剩下一个了，找到那个超级钻头！"陆钟忽然福至心灵，眼中绽出兴奋的光芒。

"你不会真的觉得放点豆子进去就能把保险柜给顶开吧？"梁融看着他奇怪的表情，摸不着头脑。

"山人自有妙计！"陆钟神秘兮兮地冲大家眨了眨眼睛。

C

两天后。

夜已经很深了，早就过了加班时间，工人们像工蚁一样离开厂区回到宿舍休息，会议室里，还有一个人在伏案工作，从后面看去，两边堆积如山的文件和档案随时可能倒下把那个纤细的身影掩埋。连在一旁监视的中年女人都打起了瞌睡，她面前摆着杯喝了一半的菊花茶，耷拉着脑袋发出轻微的鼾声。卖力的"雷小姐"还是百无聊赖地在翻阅着，不时抬起手看看时间，她早就知道这些文件都被处理过，再花时间也找不出破绽，不过现在，她好像在等什么。

灯闪了两下忽然灭了，连空调的运作声也停了，看来是停电了，偌大的楼里静得吓人。好在那个打瞌睡的女人呼噜声更大了，似乎没了灯光反而睡得更踏实。"雷小姐"轻手轻脚地把椅子挪了挪，高跟鞋脱下来拎在手里，站起身，悄悄朝外面走去。

应急灯已经开启，走廊被照得一片惨白，"雷小姐"从口袋里掏出一枚LED耳挂式照明灯，转身走向走廊的另一端，那边没有应急灯，黑麻麻的一片，一粒LED超强灯头足够照亮面前一米左右的范围，而且不引人注意。

她小心翼翼地来到一扇门前，取出胸前的天使吊坠，轻轻翻折了两下，天使踮起的脚尖就脱离了坠子，变成了开锁的最佳工具。伸进锁孔里摆弄了几下，门锁啪嗒一声响了。"雷小姐"悄无声息地一闪而入，两米宽的大班桌上摆着周昆保的照片，原来这里是董事长办公室。"雷小姐"第一件事就是先把电脑打开，再把窗帘拉上。

董事长办公室里是有备用电源的，就算全城都停电这里也不怕，这点"白峰羽"早就打听清楚了。

开机后，"雷小姐"登陆了自己的MSN，然后设置远程控制把电脑交给了一个名叫黑米的联系人。黑米就是超级黑客艾米，只跟极少数信得过的客户合作，虽然大家合作过好几次了，但没人知道他是男是女，也没人知道他究竟是黄皮肤还是白皮肤，每次梁融跟他联系他都使用了N个服务器代理转接，根本找不到真正的IP。

屏幕上飞快地跳出一个又一个画面，一个又一个文件夹被打开又被关闭，网络那端的艾米手速超快，已经开始搜索起隐藏和加密的文件夹了。"雷小姐"只觉眼花缭乱，根本来不及看清屏幕上的显示就已经从一个画面跳进了另一个画面，过了好一会儿，画面最后停留在一个黑白对话框上，屏幕上出现了十个空格，看来是加密文件，需要密码才能进入。艾米尝试了一次又一次，可每次都以失败告终。

一阵沉闷的振动声传来，"雷小姐"的手机响了，一条短信刚刚收到：风紧，扯呼。这条有上千年历史的江湖切口，意思是：危险，赶紧走人。

是"白峰羽"发来的短信，今晚他一直跟周昆保在一起，看来时间不够了，要抓紧时间撤离。"雷小姐"给艾米发了个信息，可艾米回复再等一分钟，他要在这台电脑里留下木马和后门。

说是一分钟，可"雷小姐"足足等了三分钟。艾米的工作不能打断，她也看不太懂艾米究竟留了几个木马，心里急啊，直到额头上沁满了因紧张而冒出来的汗珠，艾米才终于下线，接下来就是关机，并且把窗帘恢复原状。

忙不迭地把窗帘拉开，门外忽然响起了一阵急促的脚步声，"雷小姐，雷小姐，你在哪儿？"

声音从门缝里传进来，是那个打呼噜的女人，一定是醒过来发现停电了，又没见她的身影很着急。"雷小姐"下意识地把身子藏进落地的窗帘里，万一那女人闯进来，也不会马上看到她。喀喇喀喇的声音响了起来，那个女人在扭门把。幸亏"雷小姐"做事稳重，一进门就在里面反锁了，没有董事长的钥匙是进不来的。

楼下传来汽车防盗锁开启的声音，"雷小姐"从窗口一看，周昆保的凯迪拉克回来了，后面还跟着辆商务车，几个男人余兴未了地说说笑笑，朝着办公楼走来。周昆保的别墅就建在厂区后面，一来方便他节约时间上下班，二来也便于监督工作。

"雷小姐"有些着急，万一门口的女人还不走她只能跳窗了，穿着西装一步裙，可不方便。

黑暗中忽然传来刺耳的手机铃声，"我在仰望，月亮之上"，第三句还来不及唱出就被掐断了，门口女人的声音带着诌媚："董事长，我还在呢，你说雷小姐？她好像上厕所去了，刚停电了，我现在就去找找看哈。"

女人肯定是怕董事长怪罪，马上朝走廊另一端的盥洗室走去，躲在窗帘后面的"雷小姐"这才松了口气，临走时还不忘在那张夸张的大班桌下留了一枚窃听器。出门后，她不紧不慢地回到会议室，摆出最悠闲的坐姿，等待那个女人回来的闲暇还用手机发出一条短信：轮到你了。

D

"白老弟，你今晚可是大杀四方啊，那些小姐全都被你迷晕了，大哥我也佩服啊，咱们再接再厉，玩个通宵！"

"周总，我不会玩昆明麻将，你们可得多让着点哦。"

"来来来，程主任，你给介绍一下，我得去上个厕所才行。"

"没问题，白老弟，咱们昆明麻将很简单的，不能吃，只能碰，平胡必须自摸不能点炮，起手先开最后两张……"

客厅里谈得热闹，很快传来全自动麻将桌的洗牌声。周昆保冲进了自家的卫生间，今晚喝了不少酒，为了解酒又喝了不少茶，一肚子水，早就想来泄洪了。他急匆匆地关上卫生间的门，冲到马桶边就半眯着眼睛稀里哗啦起来，小腹内压力渐渐减轻，周昆保惬意地打了个哆嗦，懒洋洋地把拉链拉好，冲水，来到洗手盆边洗手。直到这时，周昆保才感觉卫生间里有些异样，猛一抬头，镜子里映出一张被酒精刺激得通红的脸，在那张脸旁边，还有一张略显苍白的陌生人的脸。

"谁！"周昆保猛然回头，这才发现身后的浴缸旁边居然坐着一个大男人。

"我是谁不重要，重要的是我能帮到你。"男人脸上泛出沉着的微笑，好像这里不是周昆保的别墅，而是他的地盘。

"你？帮我？"周昆保可不是吃素的，做生意之前也曾在老家山村里以好勇斗狠闻名。他飞快地摘下墙上挂着的藏刀，雪亮的刀刃出鞘，刀锋直逼对方的喉咙。

谁知男人轻快地侧身，迅速躲开了刀锋，男人的手轻轻地拍了一下周昆保的肩，依然是笑："就这样招待来帮你的人吗？"

就在男人的手触到肩膀的瞬间，周昆保只觉整条手臂都麻了，尺把长的藏刀掉在了地上，他瞪着一双血红的眼睛惊讶地看着眼前这位陌生人，"你到底是谁？"

"我是花不毁的朋友，是来帮他的，也是来帮你的，只有我能搞定那个超级保险柜。"男人收起了笑脸，认真地看着周昆保的眼睛。

周昆保心内大惊，莫非这小子见过花不毁，否则他怎么会知道自己要他去搞那个保险柜？他尽量克制着不让对方看出端倪，故作镇定地说："不管你是谁，帮我做事就要按我的规矩。"

"愿闻其详。"男人高高地抬起头，并不把周昆保放在眼里。

趁着对话的片刻，周昆保已经来到了门口，猛拉开门，唤了一声外面的保镖。外面的人见到厕所里还藏着个陌生人都很意外，马上有人过来用身体挡在周昆保前面。就连在外面准备打麻将的白峰羽也凑了过来，张望着问这人是谁。

"白老弟，来来来，董事长一点家务事，很快就能搞定，咱们还是先玩两把试试手气。"程主任见周昆保脸色不对，赶紧把特派员拉到一边。

周昆保底气足了许多，盯着面前的男人，分明比自己年轻至少两轮，可他的那种泰然自若显得比自己还老到，这种感觉让人郁闷。

五分钟后，一杯貌似清澈的茶水被周昆保端在手上，杯口还冒着隐约的热气，"喝下去，我就让你帮我。"

这话听起来不合逻辑，周昆保心里透亮，如果这小子是真有心来帮花不毁的江湖中人，就该讲义气喝下这杯有毒的茶跟花不毁共生死，如果这小子是对头派来的或者白道上的卧底，那他肯定不敢喝，自己也正好找到借口让他滚蛋。

周昆保真没想到，这家伙居然二话不说，端起杯子就把茶给喝了下去，这下轮到他有些意外了，这年头还真有讲义气的男人？

"小子，你叫什么名字？"周昆保不禁对这个送上门来的男人产生了好奇。

分明喝下的是茶，可男人的表现却好像喝下的是酒，而且是那种度数极高的醇酒，略显苍白的脸迅速变红，眼皮也开始打架，不过几分钟，整个人就像喝醉了一样坐立不稳，但他脸上露出了异样的微笑。

那双朦胧的醉眼让周昆保心里发毛，这小子究竟在笑什么？

半小时后，陆钟被送到了花不毁身边，有人给他和花不毁注射了解药。

注1：S&G：1857年著名的Sargent & Greenleaf公司在美国成立，之后成为世界最著名的制锁及保险柜厂商之一。1818年，英国CHUBB公司成立，为世界上第一家专业制造保险柜的公司，如今已是行业泰斗。1925年法国FICHE-BAUCHE公司成立，亦属业内翘楚。

市面上的保险柜采用的密码方式大致有：机械类、电子类、刷卡式、指纹类以及遥控密码箱等，其优缺点如下：

1. 机械密码性能最为稳定、耐用，无需电源。但操作麻烦、修改密码需要专业人员。

2. 电子密码操作快、修改密码简单。但其稳定和耐用性不如机械密码，使用解码器能破解，停电或者电池耗尽就不能开启。

3. 卡式锁可以用自己的银行卡来开保险柜的门，但卡的保管需谨慎，需防盗防磁防复制。

4. 指纹锁保密性强，易用，但对手的干湿度要求较严，对手指放的位置的识别也有要求，同一手指输入前和开门时放的位置不同也可能导致识别失败，且需谨防指纹复制。

第十一章　只有想不到，没有做不到

A

两天后。

防切割手套，全封闭防护面罩，隔音耳罩，3G上网手机，氯化油，蓖麻油，硝酸甘油，钛合金群钻，切割机，锡箔纸，渔网，小号水龙头，伸缩水管，花家山庄的主卧室衣柜里灰色的钓鱼马甲……

"你确定他们需要这些东西？"程主任看完手上的奇怪采购目录，质疑地问。硝酸甘油可以用来做心血管急救药，但也是极度危险的易爆品。

"没错，他们说一样也不能少。"手下人毕恭毕敬地站着，想了想，又凑近程主任的耳边轻声说，"他们还说，东西齐备的话，最多三天就可以动手了，有百分百的把握。"

"好吧，就照他们说的去买。"程主任挥挥手，不耐烦地将下人打发走，忙换上一副虚伪的笑脸，跟坐在他对面的白峰羽攀谈起来，"咱们刚说到哪儿了……"

"刚说到小雷的前男友，那小子可是……"白峰羽不动声色地笑笑。

当晚，一大堆奇怪工具被装进大箱子送到了傲龙公司地下室里的秘密囚笼。周昆保在程主任的陪同下，全身上下被厚实的隔离服包裹着，亲自下到地下室检查二人的准备工作。

"二位，这件事只能成功不能失败，就算被抓住，也不能说出我们之间的关系，否则的话，不仅你们两人都要死，就连你们的家人也全都要死。听清楚了吗？"周昆保的声音闷在口罩中，听起来瓮声瓮气。

"你们就准备好解药等着我们凯旋吧。"陆钟的口吻就好像对方只是请自己做件微不足道的小事而已。

"小子，好大的口气。可以请教尊姓大名吗？"周昆保心里一直在怀疑，这小子不是不知天高地厚的疯子，就是真有本事的大能人。

"你当然可以问，我也可以不说。"陆钟与花不毁对望一眼，爽朗地笑了。

"你先别得意，我们已经请了六哥过来帮忙。你们吃江湖饭的，这个名字应该听说过吧，要是敢耍我们，就等着六哥来收拾你吧。"程主任得意地说。

"六哥？"陆钟还真有些意外，什么时候又冒出一个六哥？

"害怕了吧，过两天他就到了，你好好等着。"程主任只当他是害怕了，更加得意。

一行人留下两套黑色的美式特警作战服和靴子，就离去了。

等到他们走远，花不毁忽然担心地问了一句："兄弟，你说的那种最简单也最有效的办法到底是什么？"

三天的时间很快就过去，一切准备就绪，陆钟和花不毁换上黑色作战服，背好满当当的背囊就出发了。

午夜两点，天黑得像涂了墨，晚风也比平时更凉。几名保镖把陆钟和花不毁押上一辆没有牌照的商务车，走出地下室，他们终于呼吸到了久违的清新空气。

上车后，陆钟才发现周昆保和程主任居然都坐在里面，程主任面前摆着一个托盘，托盘里有一把像耳钉枪一样的东西。陆钟和花不毁刚坐下，旁边就有人来按住他们的手臂，注射器里有一个黄豆大的银色颗粒。

"对不起，让二位受点疼，为了不让你们离开我们的视线范围不得不这么做，待会儿把东西拿回来后马上帮你们摘下。"程主任皮笑肉不笑地说完，帮他们在耳朵上抹了些麻药。

啪！啪！两声，陆钟和花不毁的耳朵上便被钉上两颗圆形的耳环一样的东西。

陆钟心里有些说不出的滋味，倒不是怕疼，而是联想起这玩意像足狗耳朵上带的那种牌牌，看来对方把自己当成出去找骨头的狗。

"还请多加小心，有状况随时联系。"周昆保面无表情地递过两个无线耳机，让陆钟他们别在耳朵上。

除此之外别无他话，开车前周昆保和程主任下了车，他们要留在这里监视，随车的还有三名周的心腹保镖和一位司机。

外面开始下雨，不算小的雨，老天似乎积蓄已久，很有越下越大的趋势。也好，雨水会洗刷掉许多痕迹，还会让保安缩在值班室里，让监控录像变得更朦胧，看来这个夜里的确很适合做点什么。

B

两个全副武装的黑影翻过高墙，进入威云制药的厂区。

离开周昆保手下的视线范围后，陆钟的第一个动作就是摘掉耳机，从舌根下拿出一枚黄豆大小的入耳式耳机塞进耳蜗。这可是梁融花高价搞到的新产品，效果跟蓝牙耳机一样，能听能讲，声线从声带发出振动时就可以被感应到并传递出去，这几天多亏了这玩意才能跟兄弟们保持联系。

"胖子，听得到吗？"陆钟试了试效果，不过不敢太大声，毕竟花不毁的耳朵上还挂着个耳机，万一被那边听到可不好。

梁融过了好一会儿才回话，原来他正忙着跟艾米联系，艾米那边已经有了收获。周昆保在陆钟他们离开后开启了电脑，守候多时的艾米马上利用后门进入，因为留有木马，所以现在周昆保做的一切都能看到。周昆保正在进入加密文件，艾米甚至不用急着自己解密，只要等上一小会儿就能坐享其成了。

"胖子，你让师父带着花不如前辈马上离开昆明，等我这边完事后大家去大理汇合。"陆钟选择大理是有原因的，两地相隔三百多公里，坐火车至少六七个小时，自己开车的话虽然会快一点，但一路上全都是盘山公路，危险系数较大，就算周昆保寻到了线索也要慢上好几拍。跑路这回事，时间至关重要，有时候能多争取几分钟都能改变一个人的命运。

交代完后，陆钟还是不能喘气，他把头上的帽子完全拉下来，遮挡住整个脸，开始打量起面前的一切，今晚的一切刚刚开始。

威云制药跟傲龙制药虽然一个城南一个城北，格局却差不多，都是数栋厂房一栋办公大楼，外加宿舍若干。这些早在周昆保提供的地图上就看过，两人都不觉得陌生，反而有种置身傲龙制药的错觉。翻墙前已经算过位置，那栋藏有秘密保险箱的小楼就在他们三十米开外的地方。

现在过去简直轻而易举，可花不毁刚冒了个头，远处就有一束刺眼的白光射来，两人只好赶紧压低了身子，朝光源处瞄去，只见两名穿着雨衣的保安正手持强光电筒出来巡逻。雨越下越大，好在衣服防水，两人猫成一团，藏在墙角的几丛万年青的树影中。

两名保安边走边相互埋怨，大概是一起值班的人刚才在玩牌，此二人本打算自己做做小动作互相帮忙的，结果其中一人记错了口诀弄巧成拙，不仅输了钱还得冒着大雨出来巡逻，一肚子的不甘愿。

他们走得比女人还慢，让人好不心焦。正好梁融传来艾米刚发现的消息，原来威云制药的老板跟周昆保是同母异父的兄弟，所以两人的厂区设计才如出一辙，可自从三年前母亲死后家产分配不均兄弟俩就闹翻了，原本合作多年的威云和傲龙变成了竞争关系。

足足三分钟，两个保安的埋怨声才渐渐消失。花不毁和陆钟赶紧起身，三步并作两步往前方那栋小楼冲去。时间已近三点，现在整个厂区都是睡眠状态，除了雨声，什么也听不见。虽然如此，两人还是一前一后地谨慎前行，几分钟后，两人来到了小楼地下室的暗门前。这里和傲龙厂不同的是，暗门的旁边还有一扇小门，门缝里还透出一丝光来。

这可不在地图上！陆钟心道不好，难道威云厂安排了专门的人手看守这扇门？

心里刚想着，门就开了，里面探出一张毛乎乎的脸，还有一长条夸张的红色舌头。那是一头半人高的铁包金藏獒，正用一双铜铃般的大眼睛瞪着门前的两位不速之客。

麻烦大了，一条藏獒可比三五个成年人还难对付。难怪那几个保安对这里那么放心，原来还另有设置，现在时间逼人，怎么办？

"是你？"就在陆钟开始担心的时候，一个清脆的女声冒了出来，一张清秀却惊诧的脸出现在门中。

"你是……小芸？"陆钟记得这张脸，正是前几天在大峡谷温泉遇到的女子。

"恩人，你们这是……"虽然陆钟遮住了大半张脸，但他的眼睛小芸记得很清楚。

"来不及解释了，我们有点事，必须要进去。"陆钟赶紧把遮住脸的帽子翻折上去，露出整张脸，也露出了焦急的神色。

"你们进去吧，我什么都没看见。"不用说，小芸身上的制服已经表明她是在这里工作的。

"那你怎么办？"陆钟知道，如果自己就这么闯进去，肯定会给小芸带来麻烦。

"没关系，啸虎是我从小养大的，只听我的。"小芸牵紧手里的獒，机灵地一笑。

"好。姑娘，待会儿你把门关好，把这支烟放在窗口点燃，就会没事的。"花不毁虽然不知道小芸跟陆钟究竟什么关系，但只要她肯帮忙就好。他掏出一支貌似普通的香烟，递给小芸又吩咐了两句，行事稳妥的他总是会多做些准备，以备不时之需。

小芸是个聪明人，点点头，接过那支烟然后拉着那条狗进屋去了。

这扇门跟傲龙厂的那扇门一样，只是少了指纹确认的电子锁，看来老板对里面的安全措施比较自信。反倒让陆钟他们的行动少了障碍。花不毁把自制的解码器接驳上数码锁的接口，屏幕上的数字就开始飞快地闪烁起来。陆钟也没闲着，他用手机登陆QQ，把进度通知梁融。

几秒钟后，艾米的QQ头像亮了，他通过手机上的摄像头看到监控摄像头的驱动型号后，很快就从那边传来一个文件包，解压后，出现在屏幕中的就是个配合该驱动的延时二十分钟显示程序。按照艾米的吩咐，陆钟把手机跟门口的内外摄像头总线连上，这么一来，二十分钟内里里外外的监控图像都会自动延时，确保保安们在监控机房里不会看出名堂。

时间刚刚好，陆钟把手机用宽边胶布粘在墙上后，花不毁手里的解码器屏幕上一颗接一颗的星形标记出现，密码被破，啪的一声，大门开启，门缝里露出紫色的光线。

这里的布局和构造完全不同于傲龙厂的地下室，穿过紫外光灯的消毒地带，有上下两层。第一层密室就是跟傲龙厂一样的实验区，同样安置了许多实验室和动物，下到第二层，眼前就只有一间不超过五十平方米的屋子，那只一米左右高度的超级保险柜安稳地坐落在距离大门最远的那面墙前，柜门上夸张的机械锁和特殊型号的电子锁格外引人注目。陆钟和花不毁相视一笑，他们压根就没打算去破那么麻烦的锁。

距离地面五厘米的位置上排列着密密麻麻纵横交错的绿色激光束，只要有人碰到，马上会引发警铃。大门一旦开启，不论是否触发激光和开启保险柜，十五分钟后不从外面关闭大门并加密的话，也会引发警铃。周昆保说过，一旦引发警铃，最多只有三分钟时间逃生，因为最近的派出所就在威云公司对面五十米远的街口。

时间逼人，从他们进入的那一秒开始，十五分钟的倒计时就开始了。陆钟和花不毁同时揿下电子表上的倒计时，虽然没有秒针行进的滴答声，但二人都能感觉到那无处不在的紧张。

陆钟把背囊挂到胸前，掏出一卷伸缩软管递给花不毁，"大哥，水源就拜托你了。"

C

花不毁带着软管出去了，陆钟又从背囊里取出一卷锡箔纸，截取三四十厘米的两段，逐个对折成九十度像书立一样的造型，然后小心地同时平放在地上。奇迹发生了，激光报警没有引发，投射在锡箔上的激光束就像被切断一样，分别朝着各自两端的墙角射去。

道理其实很简单，平整的锡箔对激光有反射作用，只要角度和手法得当，就不会引发报警。说来轻巧，但陆钟头上还是沁出了一层细密的汗珠，在傲龙的地下室做不了实战演习，他计划的一切都是理论上来说行得通的，究竟能不能成功还得接受现实的考验，万一出现错误，后果不堪设想。

有了第一步的成功，接下来的速度就可以加快些了。陆钟尽量把锡箔纸截取的长度放长，但折叠时还得千万小心，不能弄出一丝褶皱，否则很可能引发错误反射而引发警铃。

他就这样走一步折一步，大概三分钟后，一条直通保险柜的安全通道就顺利完成了。花不毁也拖着伸缩软管回来了，他的背包几乎空了，这卷软管的确很长。软管头上配置了开关，随时可以开闸放水。

有人帮忙，速度更快。花不毁蹲在地上帮忙把那些锡箔纸推往墙根，让整个地面都变成安全地带，因为待会儿要做的事必须要保持地面安全才行。

陆钟爬上保险柜，从背囊里掏出防切割手套，全封闭防护面罩，氯化油，蓖麻油，钛合金群钻。戴好手套和面罩，他开始在保险柜的顶上打钻。切削产生的温度很高，钻孔后回弹大，钻屑长而薄，易粘结而不易排出，容易造成钻头咬住和扭断，所以这个钻头已经提前被陆钟和花不毁加工过了，而且一共带了三根，一根不行马上就换。氯化油和蓖麻油，不仅润滑作用大，而且还是极压可溶性油，钻孔时用作切削液最好不过。

一时间火光四溅，花不毁不时添加两种油进行润滑和降温，可就是这样，那块合金板的硬度还是超过了陆钟的估计，手里已经改装过的麻花钻头还是一次次被咬死，甚至折断。时间一分一秒地过去，陆钟的眉头越皱越紧，只剩下最后一根钻头了，可手下的合金板还没见底。这怎么行，待会儿钻完孔后还得扩，否则水管接不上计划就不能继续。

"老弟，别担心。"花不毁像看穿了他的心思，从自己的背囊夹层中又掏出三根钻头，"这几天你睡着后我干了点儿私活。"

陆钟什么话也没说，只是由衷地笑了笑，好兄弟之间不用多说，一笑足矣。

又折断了两根钻头后，终于钻出一个烟头粗细的小洞，陆钟又用了两分钟时间把最后一根钻头也用在了扩孔上。光是打孔就用了整整八分钟时间。接下来还是手脚不能停，花不毁把水喉固定在扩孔上，把水开到最大，让水注入整个保险箱。水管接在外面的一个消防栓上，水压强，流量大。

陆钟则忙着用最后剩下的半截钻头在天花板上打了个洞，嵌入一个膨胀螺丝钩，钩子上挂上一枚吊环。花不毁取出陆钟背囊里的渔网，把保险柜包裹起来。

打钻前，陆钟已经通知梁融是时候行动了。

原来梁融就在墙外的一辆吉普车里，与傲龙制药的那辆保镖车相隔不到二十米，他从白天开始就提前在这里守着了。接到陆钟的通知后，梁融赶紧套上长卷发造型的假发，裹上女士外套，还以最快的速度抹了点口红。

一分钟后，一个扭着腰的胖女人撑着伞来到傲龙公司的保镖车外。她敲开车窗，捏着嗓子问道："帅哥，云南印象两百块一条要不要？我男人偷来的，保证正货便宜卖了。"

这深更半夜的哪里冒出个女人？没有人看清她究竟是从前面来的还是从后面来的。保镖心道对方不是什么好人，正准备关窗，没想到胖女人手脚麻利地扔进一个罐头样的东西，还嘶嘶地冒着白烟，一股难以形容的气味瞬间充满整个车内。

"不好，中招！"坐在驾驶室上的保镖来不及喊出，嗓子眼里就像塞了一团棉花，憋闷起来。大家手忙脚乱准备打开车门跑，没想到车门全被从外面锁死，越着急吸进的毒气越多，一分钟不到，车里的人全都晕菜了。

"六哥，你赶紧的，外面我搞定了。"梁融一边扔掉假头套一边说着。

"你发动车吧，最多三分钟，我们就出来了。"陆钟在耳机里说道。

没错，的确只需要三分钟了，保险箱里的水眼看就要满了，花不毁关掉水龙头，揪渔网的拉绳，跟陆钟一起站到了保险箱上，把拉绳穿过屋顶上的吊环，自己又跳回地上。最危险的部分来了，陆钟从背囊里取出硝酸甘油，小心翼翼地倒进那个小洞，然后布置好超长引信，跟花不毁一起离开了房间，退到紫外灯消毒区。

第十二章　真正的秘密

A

引线点燃，火花带着一屁股白烟飞快地蹿进保险箱，两人刚戴好隔音耳机，就听里面传出惊天动地的一声，水声，金属撞击声，还有引发的激光报警声混成一团，爆炸的那一秒就连地面和墙壁都在震动。

陆钟冲进去时保险箱门已经被炸开了，水也流尽，一只饭盒大小的银色钛合金密封盒歪在门边，因为有渔网兜住，没被炸飞出去。陆钟飞快地用匕首割开渔网，取出密封盒，打开来，减震层中间有一个不大的玻璃瓶，瓶中是大半浅绿色的液体。

这就是疫苗吧，终于找到了！

陆钟舒了口气。外面花不毁已经搭好了软梯，他们以冲刺的速度赶在保安们赶到之前几秒翻出墙去，墙外，梁融已经打开车门等着他们了。

陆钟和花不毁上车后，梁融把油门踩到最大，车像离弦的箭一样飞了出去。半分钟后，当保安和警察赶到时，陆钟他们连影子都不见了。再打开小芸的值班室，发现里面充满了奇异的香气，连人带狗全都昏睡不醒。好在他们也不是全无收获，附近还剩下傲龙厂那台晕翻了一车人的保镖车，至少可以用来交差。

经过滇池时，陆钟和花不毁忍着痛一把揪下了耳朵上的定位器，用力扔了进去。梁融随身总是备有一个急救包，里面有医用络合碘和纱布创可贴之类的东西。车刚上高速公路，梁融就再次接到了艾米的消息，周昆保知道事情坏了，已经打电话向那个什么"六哥"求救。在他的电脑里，艾米还发现了一个了不得的秘密：原来手里这瓶绿色液体根本不是什么疫苗，而是货真价实的病毒，新型病毒，一种可经猫狗传播给人的流感NW4号。

让大家意外的是这种病毒根本不是傲龙厂研制的，真正安排了商业间谍的人是周昆保。他们两兄弟都试图研制出一种极易传播却危害严重的新型流感病毒，等研制成功后投放社会，引起全世界的恐慌，这么一来他们就可以在第一时间内推出独家疫苗，到时候有名有利，就如周昆保计划的，股票最少会涨三个涨停板。

"靠！姓周的简直是畜生。"很少骂人的梁融都忍不住爆粗口了。

"只要利润够大，什么都有可能。"陆钟帮自己和花不毁按压着耳朵上的伤口，认真地说道。

"看来还是你有先见之明。"花不毁听完后，赞许地看了一眼陆钟。是陆钟认定周昆保不地道，就算把东西交给他也未必能换来解药，于是重新制定了计划。

"姓周的让手下备车了，马上要出发去找你们。"耳机里传来单子凯的声音。

"好，一切按计划进行，你们开始吧。"陆钟说完，打开那个密封罐，再次观察那个装着淡绿色液体的病毒药瓶。如果这里面真是病毒的话，可得小心了，万一渗漏，不但自己会中招，还很容易传播出去，在完全不了解症状和传播方式的情况下还是小心为好。

B

与此同时，周昆保正关上电脑拿上手机准备出门，他刚得到两个很不好的消息，他的保镖居然被威云厂的人给抓了现场。而守在花家庄园里的弟兄们居然不可思议地全都睡着了，被他的电话吵醒后才发现花家那个妖精已经不见了踪影。

楼下已经备好车，车上还有刚下了飞机就被送到这里来的大人物"六哥"。请这位江湖中人帮忙，就是防着花不毁和那个来路不明的小子搞鬼，这是他的最后希望，可不能再出差错。

周昆保急匆匆地出了门，还没走到楼梯口，就被一个声音叫住了："周董，你来看看。"

周昆保一回头，说话的是白峰羽，他阴沉着一张脸站在分配给他的临时办公室门前，招了招手。

"对不起，我现在有点急事，能回来再说吗？"周昆保的确急，但还是不敢怠慢这位首都来的特派员。

"如果你负得起这个责任的话，当然可以。"白峰羽扔下话，不满地转回办公室。

周昆保被突如其来的冷面孔震住了，下午喝茶时还挺好的，怎么翻脸比翻书还快呢？

这几天为了招待这小子已经花了超过六位数的招待费，还有什么不满，莫非真有急事？他掂量一番，给手下打了个电话，让他们先等着。

雷雯君躺在办公室里的钢木沙发上，平日里的傲慢刁蛮全然不见，整个人蜷成一团，脸上呈现出病态的红色，额头上还有豆大的汗珠，头发也被汗水润成一缕一缕的，虽然出了许多汗，可她却还不停地喃喃着好冷，牙齿还打着颤，呼吸也十分之急促。

"雷小姐病了？"周昆保的心马上提了起来。

"还不是你们做的好事！"白峰羽完全是责怪的口吻。

"我们？您这话什么意思？"周昆保试探着问。

"没什么意思，小雷今晚告诉我她发现你们这里很有问题。"白峰羽半眯着眼睛，那双迷人的眼中露出少有的杀机。

"能有什么问题？"周昆保还在装无辜。

"她去了趟地下室。"白峰羽把声音压得更低。

"她去地下室做什么？"周昆保的声音不由自主地凝重了，他心里透亮，一定是这个讨嫌的女人自作主张去了禁区，那些做实验的动物把不知名的病毒传染给她了。意识到这一点后他立刻敏感地朝后退了几步，汗水、唾液，甚至眼泪都可能成为传染媒介，必须保持在安全距离才行。

"虽然我不清楚，但您心里肯定清楚。您大可放心，我对秘密没兴趣，知道得越多死得越早。只是小雷要真出事了，我可没法向上头交差，还有她家的人，要知道，她姨夫是……"白峰羽也紧跟周昆保连退了好几步。

"我明白，你说，怎么办？"周昆保心烦意乱，今晚够糟的了，现在又冒出这么一档子事来，他只觉肚子里有团火在不断膨胀，幽暗中一双深邃的眼睛透出几分杀机。哼，要是惹得老子发飙，就把你们全都咔嚓了，再做成意外死亡，看你们谁能捅上去！这种事对于开制药公司的董事长来说轻而易举，他手下的药剂师至少懂得一百种安全有效的杀人方法。

半昏迷状态的雷雯君迷迷糊糊地看到他们两个在密谈，心道不妙，哆哆嗦嗦地伸出一只手，朝着二人探去，"你……你们……要干什么？"

"您跟我来。"白峰羽狡猾地看了一眼雷雯君，把周昆保拉到了外面。他显出跟平时截然不同的紧张，掏出一支烟，点燃，很用力地吸了一口，"周董，如果小雷在回京路上病逝的话，你说怎么样？我想过，以她的性格回京后肯定不会守口如瓶，这事也怨不得别人，只有死人的嘴才是最严实的。"

"老弟，这可是天大的人情，我该怎么谢你才好啊。"周昆保感激地拍了拍白峰羽的肩，转忧为喜，这小子太拎得清了。

"谢字您就别提了，这些天您为了招待我也费了心，咱俩是真投缘。"白峰羽奸诈一笑，话锋马上就转了，"不过话说回来，回去后上上下下的打点，还有要捂住雷家人的嘴，这些可能都要点钱才行。"

"老弟，你就直说吧，多少钱能摆平。"周昆保很高兴，这小子终于到了开价的时候了，要是既能解决掉这个麻烦的女人又能捂住他的嘴，那可是最好不过，出点血也甘心。

白峰羽深呼吸，沉吟片刻后伸出右手做了个手势，八。

"八十万？"周昆保觉得这个价钱便宜得离谱。

"八百万。"白峰羽马上纠正道。

"这也太多了，能不能少点？"周昆保方知低估了对方的胃口，打算讨价还价。

"周董，我不会赚你的钱，但咱们要摆平的是大人物，雷家也算根深蒂固，这个价钱我已经帮您减到了最低，换作是别人最少也得八位数，而不是八百万了。要是您不乐意，我也可以不帮这个费力不讨好还得罪人的忙，我也是要冒风险的。"白峰羽一点余地也不留，脸上已经露出了十分的不快。

"让我考虑考虑……"周昆保试图打太极，现在楼下还有一帮子人等着他，能多拖一会儿是一会儿。

"没时间了，我刚给她量过体温，四十度五，撑不了多久了。"白峰羽拦在周昆保面前，不让他走，"我有个秘密账号，您现在网上转账过去，我马上就带她走。"

"现在？"毕竟是八百万，周昆保还在犹豫。

"行不行您给个痛快话，要不我就一个人回去，烂摊子您自己收拾。"白峰羽的京片子在这时候听起来一点人情味也没有。

周昆保盯着他死死地看了一会儿，白峰羽的个头高，他只能仰视，显然，此刻他已经没有选择的余地，一切都来得太急，完全没有回转的余地。哼，要这么多钱给你买棺材，他不甘地点点头，把白峰羽带回自己的办公室。

C

楼下的人等了近二十分钟，都知事情紧急，不过没人敢催周昆保，那位"六哥"却不耐烦了，他穿着一身玄色的亚麻唐装，显得很神秘。周昆保出现时，他很不给面子地黑着脸，"周董，这就是你的待客之道吗？我的时间是很宝贵的。"

"实在是对不起，六哥，我有点麻烦事，还请您多担待点。"周昆保表面上说得客客气气，其实心里早就窝火了，不管这个什么鬼哥到底什么来头，都是自己花钱请来办事的，归根结底就是雇佣和被雇佣的关系。自己花了钱就算了，还得受鸟气，真是不爽。他心念一转，顿生奸计："这辆车还有另外两位朋友坐，待会儿路上要经过火车站，我坐后面的车吧，你们先走。"

周昆保当然怕自己传染雷雯君的病，她那病快快的样子看不出到底是感染了何种病毒，但显然是地下室里那些正在研究中的超级病毒，还在试验中的病毒当然也就没有疫苗和药物治疗，待在如此密闭的车内，万一雷雯君打个喷嚏或者咳嗽两声，都会有生命危险，就让狮子大开口的混蛋和耍大牌的家伙们都见鬼去吧。

一会儿的工夫，白峰羽搀扶着几乎双脚离地的雷雯君上了车。大家同坐一车，"六哥"盯着这两位看了一眼，就这一眼，他心里就不踏实了。女的歪在一边眯着眼，看不清，可帅哥怎么那么面熟呢？就是想不起在哪儿见过。

白峰羽察觉到注视的目光，也侧过头看了一眼，只一眼，就看出此人是谁了。加上刚才周昆保一直称呼他"六哥"，白峰羽只觉想笑，轻轻拉了下司徒颖的衣角，示意她也瞥一眼那小子。

车已经开动了，司机知道车内坐的几位都是惹不起的人物，一路无语。此时已是凌晨四点半了，正是一天之中最黑暗最阴沉的时分，借着偶尔闪过的路灯的光，司徒颖在角落里发出一声冷笑。这笑声让"六哥"打了个哆嗦，这声音也好熟悉，可他搜肠刮肚也想不起这二人究竟是谁。

"这位六哥是江西人士吧，好面善啊。"白峰羽率先打破了沉默。

听到声音，"六哥"觉得更熟悉了，这声音他绝对听过，而且此人还知道自己是江西人，一定认识自己，当下心跳就加快了许多，不过他还是尽量稳住，不露声色，"您是……"

"呵呵，我有个朋友很喜欢开猎豹车，不知道六哥喜欢猎豹车吗？"白峰羽忽然冒出这么一句。

"六哥"心中顿时雪亮，他知道眼前的人是谁了，一定就是去年在福州驼三的茶馆里遇到的那几位高人（详见第一卷《天下有贼》），如果没记错，其中就有真正的六哥，这帮人的老大姓韩，是个了不得的老头子。

他开始坐立不安，上次在福州不仅被人在暗中点了穴，还丢了刚到手的猎豹车，简直丢人丢到家了。不过有失必有得，正是那次他得知了六哥在江湖上的地位和传闻，才开拓了新的财路，打着"六哥"的旗号专替人消灾解难。很快他就发现，这条路子不仅比偷车来钱快，还受人尊敬，凭着小聪明，这阵子也混得顺风顺水。直到昨天，他还以为自己可以一直这样混下去，没想到冤家路窄，这么快就遇到了这伙人。六哥从来不单独行动的，如果车里的男人不是他本人的话，那他一定也在这附近，对了，他意识到车里还有个女人。

那个女人幽幽地抛出一句："钱老表，别来无恙。"

这声音更是让他魂飞魄散汗如捣浆，这不就是那个要用他眼珠子下奶茶喝的女人吗？她还记得自己姓什么。

"不是冤家不聚头啊，六哥。"白峰羽嘻嘻一笑。

"停车！停车！"他一秒钟也不想在车上待下去了，也不等车停稳，就打开车门准备下去。

"六哥，你跑什么？"白峰羽开着玩笑，伸过手去，眼看巴掌就要拍在他的腰眼上。他心道不好，万一被碰上没准又是半天手脚麻木行动迟缓，使了把劲把身体朝前一送，差点栽倒在地。逃命要紧，他再也顾不得形象，赶紧朝后面跑去。周昆保的车还没停稳，就看见他老远拱了拱手，"周老板，我有急事得回去一趟，对不住了，订金我会退你。"

说完，他就飞快地钻进路边的的士，吩咐司机赶快开车，溜之大吉。

"回来！回来！"周昆保的喊声失去了作用，"六哥"已经消失在漆黑的前路。真是奇怪，这家伙怎么回事，来之前牛皮吹了一火车，结果还没到地方就打退堂鼓了。看来江湖中人还是信不得，不靠谱，周昆保失望地叹了口气，又咽了口唾沫，现在他最需要担心的还是待会儿见到那同母异父的兄弟该如何解释。毕竟自己的人被逮住了，病毒还丢了，虽然不在自己手里，但兄弟肯定不会相信，唉，这可真是……那个姓花的究竟去了哪儿呢？还有那个半路杀出来帮忙的年轻男人究竟是谁？这一切，全都是谜。

车继续朝前开，每一分每一秒都在靠近威云制药的地盘，他只觉得脑袋里像有颗看不见的钢钉，被人用锤子一下一下地往里面砸，痛得快要裂开了。

第十三章　大理相见

A

钱老表真的逃走了吗？

当然没有，他逃下车时单子凯伸手朝他探去并不是为了拍"五百钱"，他只是把一枚纽扣大小的定位器放进他口袋而已。

单子凯和司徒颖的耳蜗里也带着黄豆大小的内置式耳机，刚才那番谈话虽然只字片语，但在密闭的车厢内还是能清楚地传递给陆钟他们听到。此时，梁融开着车正奔驰在前往大理的公路上，他们听到那个冒充陆钟招摇撞骗的人居然就是偷车贼钱渝时，全都哈哈大笑起来。梁融把车停在路边开启了追踪器，很快就能看出钱渝乘的士也朝着大理方向驶来。

"看来他还真跟咱们有缘呢。"

"送上门来别就错过了，有DV机吗？我先准备一下，你们就等着看好戏吧，我保证这小子再也不敢行骗了。"花不毁脱掉了黑色作战服外套，露出了那件从花家山庄拿出来的钓鱼马甲。马甲上有前前后后里里外外共计二十来个大小口袋，每一个里面都装了些零零碎碎的东西，有鱼钩、鱼线、鱼饵，不过最后他掏出来的却是一个不起眼的ZIPPO打火机。

小心地拆开打火机的内芯，拧开固定棉垫的黄铜螺丝露出下面浸满了机油的白色棉芯，再把棉芯小心地掏出来，最后花不毁手里出现了一个比火柴棍粗不了多少的黑色玻璃管。玻璃管里乘着半瓶看不出颜色的粉末。

"法宝在手，感觉好多了。"花不毁把那小管捧在手心，踏实地笑了。于他来说这貌不惊人的小管粉末就相当于小李飞刀的飞刀、丐帮帮主的打狗棒，离开一会儿就浑身不自在。

这里是高速，没有意外情况的话，一般的车只有在收费站或者电子狗测出附近有测速雷达才会减速。为了成功拦截钱渝，梁融在车后工具箱里捣腾了半天，最后翻出两个罐头一样的玩意出来，稍作加工。

二十分钟后，钱渝乘坐的的士终于靠近。司机是个老实巴交的汉子，客人给的价钱也算公道，便一句话也不说，专心开车。钱渝余惊未平，在后排闭目养神，心里盘算着今后该怎么办才好。

忽然一声巨大的轰鸣从车尾部传来，此刻车速正常，路面也平整，难道是车出问题了？司机连忙急刹车，钱渝差点碰了头，但这节骨眼上他也没空计较，赶紧回过头去，只见车后面冒出了浓浓的白烟，不知烧着了什么。

妈呀！司机吓坏了，赶紧开门跑到后面看去。

钱渝不想耽误时间，只好也下车去。刚开车门，不知从哪儿就冒出一只手来，在他肩上拍了一下，"兄弟，怎么了？"

那只手落到钱渝肩头的一瞬间，他已然大惊。去年在南平被六哥拍怕了，这一年来他最忌讳的就是这个动作，他反感地回头，一声大喝："谁?"

"别紧张，我来看看要不要帮忙。"一个中等身材的中年男子站在背后。

钱渝只觉得说不出的头晕目眩，鼻息中好似嗅到一线奇异的芬芳，可等他仔细分辨却又什么都没有……

B

第二天傍晚，赤身裸体的钱渝在一堆垃圾中醒来，他完全记不起昨晚在高速公路上发生过什么，记忆在的士车发出轰鸣到他下车后被素不相识的人拍了一下肩膀后戛然而止。

此时，数十家国内视频网站已出现了一个奇怪的视频：史上最虔诚忏悔。视频长度有半个小时，画面中也只有一个男子，另一个问话的人始终没有出镜，该男子喋喋不休地诉说着自己曾去过哪些地方，骗过多少人，用什么伎俩骗的，偷过些什么车，销赃时得了多少钱。整个画面取景完美，男子面目堪称高清，毛孔亦可辨，诉说这些的同时他的眼睛也是睁开的，看起来意识完全清醒。

很快就有人回帖，该男子讲述一些事在自己或者朋友身上发生过，事发二十四小时后，公安机关介入此事。

"董事长，您说那两个家伙真的会回头来找咱们？"程主任小心翼翼地提出这个问题。事发三天了，威云制药那边已经决定打官司，公司的股票这两天一个劲地跌，再闹下去就要不可收拾了。

"你别忘了，他们没有解药。"周昆保虽然一副胜券在握的调调，可心里也在打鼓，按说这三天没有缓释解药注射的话，他们早该痛不欲生了，何以现在还没联系自己？正愁着，忽然手机响了起来，一条短信收到：想要宝贝，今晚九点带上解药和两百万现金来大理洋人街。

周昆保松了口气，原来这两个混蛋躲到了大理，找到了人就不怕拿不回东西。

"真给他们两百万？"程主任老狐狸般的眼中闪出一丝狡黠。

"你说呢？"周昆保奸笑着反问了一句。

见到这熟悉的笑容，程主任立刻明白了周的意思，当然不会是真给，不过做做样子还是必须的。他赶紧吩咐下去，叫会计由保安护送着去银行取两百万的现款。

这种小事他们都不用亲自出面，现在还需要商量拿回那瓶病毒后该怎么处理的大事。谁也想不到，会计刚出门口，就被人盯上了。

C

晚九点，是大理洋人街最韵味十足的时候，随处可见金发碧眼的老外，还有身着金花装的少数民族美女。这条路原名护国路，此路东西走向，长一千米，宽七米，青石铺面，因民国初年云南人民反对袁世凯称帝，起兵护国而得名。

走在街上，总能闻到酒肉和花香的诱人气息，周昆保自我感觉良好地带着几名保镖，在程主任的陪同下踏上了洋人街的石板路。临行前换上了休闲装，此时的打扮倒也有点像游客，就连装钱用的袋子也是大号的旅行袋，几个人走了一路也没吸引多少注意。

"唉唉唉唉，请让让让让……"一个冒失的老头大喊着从旁边的路口冲了过来，他满头白发，手里推着辆三轮车，三轮车的斗里还坐了位穿着民族服装的老太婆。老太婆正缩成一团，躲在污糟的被子里，不停地呻吟，看样子是要赶着去看病。

出于职业敏感，周昆保这辈子最怕的就是病人，他大步一迈赶紧闪躲，可旁边的保镖就没这么幸运了，那辆三轮车就像长了眼睛一样直直地往他们身上撞去。只听哐当一声，三轮车翻倒在地，被撞得摔了个大屁墩，车斗正好罩住了保镖的大半个身体。老太婆比他更惨，直挺挺地滚落在地，被三轮车压住了一双腿，过了好一会儿才哼哼唧唧地叫唤起来。

　　"哎呀，哪个没长眼睛的东西，哎呀，我老命都要丢在这里……"老太婆哭起来一套套的，一双手还有节奏地在地上打着拍子。

　　保镖也吃痛得紧，心里更是懊恼，根本就是那个推车的人自己不看路，这老太婆好不讲理。他本想发作却被周昆保拦下了，看老太婆的打扮应该是本地居民，云南民风彪悍，在人家的地盘上可不能充大头，这老头老太一把年纪，没准儿女成群，真找起麻烦来准自己准吃亏。眼下还有大事要办，也没空纠缠在这点小事上。他让程主任赔了老太婆几百块钱，又道了歉，这才了事。

　　短信中并没说具体在洋人街什么地方，所以周昆保倒是一边走着，一边四下打量，整条街走了一半，他就在一家生意最火爆的餐吧门口发现了那两个让他时刻惦记的男人。桌上摆着几瓶酒，还有刚刚吃空的两个餐盘，两人手里夹着烟，看起来很悠闲。

　　"周董，来来来，我们给你留了好位子。"花不毁的口吻就像见到了多年未见的老友，这让周昆保很不习惯。不过既来之则安之，他也不是没见过世面，马上大大方方地在他们对面坐下。

　　"东西呢？"他不是来吃饭的，更不是来交朋友的，所以没必要拐弯抹角。

　　"在呢，您放心。"花不毁惬意地吸了口烟，指了指陆钟。

　　"您别心急啊，来，先喝一杯。"陆钟露出了招牌微笑，叫伙计拿来一个酒杯，斟上一杯云南红。

　　"不必了，我还赶时间，直接交易吧。"周昆保本能地拒绝。

　　"赶时间的话就下次再谈吧，反正我们不急。"花不毁掐灭烟头，起身就要走。

　　"别，你牛，我喝还不行吗？"周昆保虽不是江湖中人，但也久经商场，早就猜出这两个家伙肯定是有备而来，再说又是这样一个人满为患的地方，都不好明抢。

　　"这就对了。"眼看周昆保一饮而尽，花不毁笑得更开心了，"好了，已经是朋友了，你就不能耍我们啊，来，把钱和秘方给我们吧，咱们一手交钱一手交货。"

　　花不毁说完，陆钟已经从包里掏出了那个密封瓶，并打开瓶盖，把那瓶绿色的液体拿了出来。周昆保眼睛都直了，这就是自己研究了两年也没搞成功的东西，只要这东西在手，一切问题都能摆平。可陆钟没容他得意，另一只手已经掏出了一只铁锤，并高高举起，"您要是玩花样，我们也就不客气了。"

　　"别！别！别！"周昆保一口气说了三个别，经过这几天的提心吊胆，现在他愿意拿一切换这个小小的瓶子。他打了个手势让手下人把旅行包拿出来，顺便从怀里掏出了一张手写的字条，上面密密麻麻地写着许多种药物的分量和配比，"这就是解药的配方，你们拿回去吃上一个星期就可以完全化解体内的残余毒素。钱在包里，不用在这里看吧，人多眼杂，不太合适。"

　　"好，不看就不看，我信得过你。"居然信得过无良奸商，花不毁这话好没道理。

　　不过当下也没人在意，双方都是急于求成，周昆保接过那瓶病毒立刻变了脸色，"要是让我知道东西有问题，小心你们的脑袋。"

　　"您放心，我们对脑袋一直都很小心。"花不毁爽朗地笑笑，拎起旅行袋跟在陆钟后面跳上了一旁的摩托车，陆钟轰响油门，飞快地朝前开去。洋人街可是步行街，通常禁止摩托车驶入的，也不知道他们从哪里进来的，居然还大摇大摆地把摩托车开出去。

　　好在周昆保早有计划，不怕他们跑，摩托车刚驶离洋人街的范围，立刻有人跟了上去，这些人有摩托车也有汽车，光是看那改装过的发动机就能看出其专业程度，一定是周昆保花了高价请来的。

　　眼看那两名车手冲着花不毁手里的旅行袋下手，可花不毁却完全没有要保护的意思，甚至高高举起了一双手做投降状，任由他们把手里的旅行袋抢去。

　　车手得手后马上给周昆保汇报了战果，周昆保很得意，"想跟我玩，你们都还嫩了点。"他大手一挥，正欲带着手下离开，却见前方冒出十多个警察，很快就有人用枪指着他们，"不许动，我们接到报案有人在这里进行毒品交易，请配合我们的工作。"

　　"毒品？不，警察同志，你们误会了，我是傲龙制药的董事长。"周昆保赶紧解释。

　　"是不是误会我们自然会搞清，你说没有毒品，那你手里的这罐东西是什么？"警察马上提出质疑。

　　"搞制药的做点什么出来还不是轻而易举。"旁边围观路人也忍不住叽歪了一句。

"这……这是……"周昆保一时语塞，他不敢说也不能说这是一瓶比毒品还祸国殃民的病毒，只能暂时束手就擒。

就在手铐戴上周昆保的手腕时，四下里的闪光灯亮个不停，一下子冒出七八个端着专业相机的人。

"周董，我是《证券报》的记者，请问您手里的真是毒品吗？"

"周董，我们是《云南晚报》的，能不能请您就最近威云制药要提起诉讼的事发表一点看法？"

"周董，我们是……"

周昆保脸色铁青，极力忍耐着不要发作，可他手下的保镖们却忍不住冲上前，抢过记者们的相机使劲地往地上砸。记者们也不干了，居然敢在众目睽睽之下砸他们吃饭的家伙，没天理了！性子暴躁的已经跟保镖打了起来，性子缓的则忙着抢救烂相机里面的记忆棒。毕竟有警察在，哪里容得打手们撒野，队长一声令下，警察和保镖还有记者们混战在一起，旁边的游客们纷纷掏出相机、DV机把这珍贵的镜头一一摄入，还有人已经用手机把视频发到了网上。

至此，周昆保踏上洋人街一共不过十五分钟，而他的命运从此改变。

D

下关风，上关花，下关风吹上关花。苍山雪，洱海月，洱海月照苍山雪。

大理的风花雪月四景是出了名的美，点苍山上十九峰，十九峰中十八溪。此时正值繁花盛开之际，一行人泛舟而行，苍山为景碧水为台，饮青梅酒谈江湖事，好不畅快。

"干爹，这是昨晚给您留的定妆照，要是天龙八部重拍的话，您就是段王爷的最佳人选。"司徒颖举着手机递到老韩面前，邀功似的撒着娇。

"来来来，我也看看，梁融的手艺怎么样。"花不如也凑了过去，只见画面中的自己完全是一副病快快的太婆相。密匝匝的皱纹，干瘪的脸颊，还有满头的白发，乍一看还真是位老太太，而且还是位年轻时漂亮过的老"金花"。

"你们说，姓周的发现他们抢回去的那个袋子里装着的全是过期杂志的话，会怎么样？"单子凯拈起一枚青梅放进嘴里，美滋滋地说。

"公司都停牌了，他没空为两百万发愁。"陆钟执起酒壶为各位满上一杯，清新的风吹过他的脸颊，带来一丝久违的惬意，"诸位，让我们好好敬花家二位前辈一杯。"

"小子你太客气了，应该是我们敬你才对，是你救了急，否则的话，我现在还要忍受痛苦。"花不毁举起杯，一饮而尽。这样说是因为陆钟他们请的黑客朋友在进入周昆保的电脑后还发现了那个毒药的配方和解药，花不毁自己就制出了解药，所以后来的几天，就算没注射周昆保的缓释剂也没有再发作。

"六哥真不是盖的！当初我听你说要去地下室陪大哥时提醒过，姓周的肯定会把用在大哥身上的毒也同样用在你身上，但你没有丝毫犹豫。"花不如一直记得陆钟做出决定时那坚定的眼神，心存感激，"现在也好，姓周的反被自己的药所制，在监狱里可要吃上一阵子苦头了。"

在洋人街上交易之前，让周昆保喝下的云南红中下了花不毁亲自配置的加大了分量的毒，以其人之道还治其人之身。周昆保和他的兄弟都被隔离起来审查，每天忍受虫蚁噬骨的极端痛苦时一定会为自己犯下的罪孽感到后悔。

"要不要好好感谢一下艾米呢？是他发现了那个配方和病毒的研制报告，还在最短时间内发给了政府部门。"梁融是负责跟艾米联系的人，如果不是这位看不见的兄弟，这次的任务恐怕难度会加大许多。

"那当然，那两百万就是为他要的，大家没意见吧。"做事要公道，虽然是陆钟设的局，但最后也得征得大家的同意才行。

"不服老不行啊，身体大不如前了，我的戏份最少，就是在最后跑了个龙套，外加打了几通电话给记者和警察。"老韩虽然身体不适，可手里还是夹着雪茄。

"您老早就到了退休的年纪了，我爸可比您会享受多了，一直忙着周游世界，平时连个电话都没有。"花不如娇嗔起来真比女人还女人。

"对了，您老有话就直说吧，我就知道，您大老远的来找我肯定有事。"花不毁忽然想起了什么，认真地看着老韩。

"贤侄，被你看出来了。"老韩正在琢磨如何开口，顺势脱口而出，"其实这次来，是想跟你打听打听江相秘籍的下落。"

此言一出，大家都安静了下来，这不仅关系着老韩的心事，也关系着下一站的方向。

花不毁思忖片刻，认真答道："父亲出国前叮嘱过此事不能外传，但如今江相式微，再没人出来撑起天地恐怕就真的要没落了。如果连门派都没了，守着这个秘密也毫无意义。"

"贤侄的意思是，愿意告诉我？"听完这番话，老韩面露喜色。

"您太客气了。我这条命都是你救下的，这可是天大的人情，别说是一个秘密，就算是要我的命，也随时可以。"花不毁不愧是条汉子，说话利落爽快，"听说秘籍共有四部，这位大师手中的是哪一部我不知道，我只知道他现在人在上海，今年四十八岁，是名大相士，名叫柳喜荫。"

"多谢贤侄相告。"老韩再次举杯，得知了秘籍的下落比什么都开心。

上海？司徒颖可不想去，因为她最大的冤家就在那里。可惜，没人注意到她的表情。陆钟现在正为老韩的高兴而高兴，过惯了城市生活的单子凯和梁融也已经感觉游山玩水几天就够了，一心想要回到灯红酒绿的大都市。

最后，陆钟提议留下三百万给花家兄弟，虽然钱不多，但也足够帮助省内少数民族学校添置一两台中档电脑，学会使用电脑，很可能改变一个人的前途和命运。

 第十四章 不是冤家不聚头

A

老韩不喜欢飞机和火车，前者需要身份证，后者可能留下监控录影，职业老千理想的交通工具永远是远离大众，独自上路。如果不是有急事，通常老韩是不使用这两种交通工具的。这次要破例了，昆明到上海，光地图上的直线距离都有一千九百八十公里，自己开车的话，可能三四天才到，路上的艰辛也会直接影响到大家的状态。老韩考虑再三，最后决定还是乘火车。

听说这次可以不用自己开车，大家都乐坏了。买的是软卧票，因为都不爱睡上铺，司徒颖又不肯跟别人共一间房，于是包了三个软卧包房。算起来车票钱比飞机头等舱价钱还贵，不过有单独的空间，乘客稀少比较安静，总的来说还算舒服，正好大家这几天都辛苦了，很需要休息。

上千公里的路程飞机只要两小时，火车却需要四十多个小时的车程，不过司徒颖更愿意慢一点。很久没有回过上海了，马上从风光秀丽的彩云之南回到人潮汹涌的大都市，精神上还真有点接受不了，尤其是想起那个叫马弈的人，就让人心烦。这人是高干子弟，自从司徒颖十八岁生日时遇到他后，这家伙就疯了一般缠上了，说什么要捧她做女明星，要给她拍电影，还要跟她结婚。按说纨绔子弟也算门当户对，恋个爱也没什么，但此人生性傲慢，睚眦必报。

为了摆脱他，司徒颖不是没想过办法，找人埋伏围攻之，请舞女勾引之，可他行事谨慎没有中招，后来在知道这些事全都是司徒颖亲自策划后恼羞成怒，不仅联合了司徒家的商业对手搞恶性竞争，还找了黑社会打算强娶，事情闹得挺大。司徒老爷子退隐多年，不想再趟浑水，又担心司徒颖的安全，索性把她托付给老韩，一来避风头，二来让她历练历练，磨磨那股子坏脾气。

一别经年，那家伙还没有结婚，一想到回去可能又要面对他，司徒颖就愉快不起来，

不过干爹大事未了不能不去。想想就心烦，司徒颖一烦起来就容易饿，一饿就更烦，干脆去趟餐车，填饱肚子再做打算。

打开门，只见一个七八岁的小女孩正蹑手蹑脚地缩在隔壁陆钟的包房门口，把耳朵贴在门上，偷听里边的动静，背在身后的手里还有根长长的镊子，应该是用来偷东西的工具。

年纪小小不学好，咳！咳！司徒颖咳嗽了两声，小女孩听到声音，吓得打了个哆嗦，赶紧把镊子藏到背后，小脸煞白。好水灵的眼睛，司徒颖定睛一看，小家伙倒是个美人胚子，穿的也干干净净。

"小妹妹，是不是饿了？在找妈妈？"司徒颖对她凶不起来，换了笑脸柔声问道。

听到外面有声音，陆钟开门出来了，看一眼守在门口的小女孩再看一眼司徒颖立刻知道发生了什么。

小姑娘没料到忽然冒出个大美女，更没料到大美女对她这么客气，她想跑，可想了会儿，惶恐地点了点头，不过目光闪躲，不敢跟司徒颖对视。看到她这副样子，司徒颖的心更软了，对陆钟说："小姑娘找不到妈妈了，我带她去找找。"

"要不要我陪你一起去？"虽然知道司徒颖可以不需要任何男人，可陆钟还是本能地想保护她。

"好啊。"司徒颖很开心，平时都是跟大家在一起，难得有机会和陆钟单独相处。

小女孩也没有反抗，顺从地任由司徒颖牵着她的手去找妈妈。走过好几节车厢，司徒颖好话说尽，可小女孩就是不开腔，像是并不愿意回到父母身边。对小孩子司徒颖和陆钟都没什么经验，只知道不能打也不能骂，只好牵着她一截截车厢地走，希望能遇到她的家长把她认回去。路过餐车时闻到饭菜香，小女孩克制不住地舔了舔嘴唇，这个细微的动作被司徒颖发现了，便买了份套餐和一个蛋糕，请她先吃。

看着小女孩狼吞虎咽的样子，司徒颖完全忘了自己还饿着。女孩的确是饿了，却还不忘把肥肉一块块剔出来放在碗边，只捡小菜和白饭吃。司徒颖跟陆钟对望一眼，心里都断定这孩子应该出身不错，可她这么点大为什么会去偷东西呢？

"慢点，别噎着。"司徒颖爱心大发，宠溺得像对亲妹妹。小女孩只是闷头扒饭，依然一句话也不说，吃完饭把嘴一抹，指着柜台上的花生奶，司徒颖马上要了两瓶，小姑娘咕咚咕咚一口气喝掉半瓶，另一瓶放在桌上动也不动。

"谢谢你们。"小女孩终于开腔了，好听的童音标准的普通话，"要是遇到有人掉钱千万别捡。"

说完话，小女孩就扔下司徒颖和陆钟飞快地跑了。

"小妹妹——"司徒颖想告诉她，腮帮子上还沾着一粒饭呢。

"算了，她也是个小江湖，没事的。"陆钟示意司徒颖不用担心，他已经看出了小女孩的身份。

司徒颖心里全是小女孩那双大眼睛，可那孩子已经钻进拥挤的硬座车厢，跑得没影了。

B

火车刚刚停靠在一个大站的站台旁，不少旅客都在下车。

一对母女正在餐车的零售柜台前买东西，母女俩都穿得很得体，小女孩拉着妈妈的衣襟想要买零食，但那位妈妈急于下车，不肯买。小女孩不肯走，一个劲地拉着妈妈的衣服撒娇。那位妈妈急了，一边骂着小女孩的爸爸不是好东西，给自己带来个这么麻烦的拖油瓶，一边骂小女孩不省心。声音大了些，小女孩觉得委屈，哇地一声哭了出来，哭声吸引了不少人的注意，让人猜测母女俩是否亲生的。妈妈脸上挂不住了，心不甘情不愿地掏出钱包来买零食。买完东西后妈妈一直黑着脸，小女孩抱着零食总算收起了哭声，抽泣着跟在妈妈身后准备下车。在两车厢交界的阴暗处，那位妈妈余怒未消，忽然给了小女孩一个响亮的大耳光。女孩的哭声再次响起，这次，在黑暗中发出不小的动静，妈妈大概是嫌小女孩丢人，让她不要再跟着自己，推搡一番，最后妈妈踩着高跟鞋扬长而去，小女孩一路哭喊追了过去。整个餐车的人，都能透过车窗看到这一幕。

这时已经过了晚餐时间，为避过人流高峰期老韩他们特意等到八点才去餐车，不曾想，还没走到餐车就遇到了这一幕，让司徒颖心疼的是，哭得落花流水的小女孩分明就是下午她遇到的那个。

地上摆着一个很醒目的钱包，老花的LV，厚厚的，里面放着不少钱。

难道是美元？司徒颖刚有点困惑，不过立刻想起了小女孩临走时说的那句话，不要捡钱。

就在这时，黑暗中一个男人走了过来，头也没抬，匆匆地捡起地上的钱包就往餐车里去了。其动作之快，态度之坦然好像他捡起的根本不是别人的钱包。捡起东西后，这人回到了餐车的座位上，在他周围，还有好几个人一起喝酒。

此时餐车里只坐着为数不多的两三桌客人，回到座位上的男人显然很兴奋，但还是压低了声音对朋友炫耀："瞧，我捡到了什么？"

那个钱包被他拿出来晃了一下，立刻引来旁边两人的兴趣，"多少钱？我看那娘们穿得挺好。"

"你猜。"捡钱包的家伙得意洋洋地点燃了烟。

"两千？"另一个男人露出羡慕的眼神。

"我也不知道，咱们打开来看看吧。"捡钱包的家伙先卖了个关子。

"大哥，快点。"其中有个喝得满脸通红的家伙格外感兴趣，此人虽红了脸，但齐整的五官还算得上英俊。

钱包被打开了，一叠不算少的粉红色钞票摆在大家面前，一共七八张，加上零钱差不多九百块。除此之外还有一个绿本的离婚证，最新鲜的是，在钱包的拉链夹层里，还藏着一张写了许多个零的银行本票。

"个十百千万，……二十二万！"红脸帅哥兴奋地数完那几个零，最后得出了这个数字。

"原来那女人离婚了，难怪心情不好，这笔钱八成是赔偿金。"旁边的矮个子猜测道。

"走运了，这钱可是财神爷给的，值咱们走好几趟生意的了。"一起喝酒的光头兴奋地拍了拍自己圆溜溜的头顶。

"好，好，咱们平分！"捡钱包的家伙也同意见者有份。

"可是我听说，银行本票要兑现的话可能要打电话给支付方的，虽然没有密码，可咱们现在不一定能拿到钱啊。"光头提出了疑问。

"那怕什么，银行我有熟人！咱们手里还有这离婚证呢，上面身份证号码和姓名全都有，做套假证件也没问题。这样吧，先把本票放我这里，等我去兑了现钱再来跟你们平分，一共二十万，咱们每人可以分五万，剩下的两万就给熟人打点人情。"红脸帅哥拍着胸脯道。

"嘿，唐老弟，这不太合适吧。"矮个子年纪有四十左右，一看就是个老江湖。

"就是，万一你拿钱跑了，我们上哪儿找你去。"光头佬也不同意，赶紧从红脸帅哥手里把本票抢到自己手上。

"林哥说得对，咱们山头离得远，到时候我们上哪儿找你去。"捡钱包的也不放心。

"不如这样，我出八万块，把这张本票买了，找熟人的事我费点累，你们三个人不用辛苦，就少赚点。"光头佬眼珠一转，想出个点子。

"那怎么行，凭什么我们三个少赚点，我出十万，我费累得了。"矮个子也不肯吃亏。

"我也愿意费累啊，我出十万零八千。"光头林哥来劲了。

"停停停，这样，我出大头，十二万，你们每人只少分一万而已，所有麻烦事我全都包了。这总行了吧，林哥，去年的事儿我还欠你一个人情，我个人再多给你五千，你就说句话吧。"红脸帅哥对光头作了个揖，想讨个人情。

"好吧。既然你这么有诚意，我就做个主，这事儿就这么办。"光头林哥考虑了一下，眼睛跟矮子和捡钱包的接触了一下，这才点了点头。

"多谢林哥，正好我刚出了趟好货，手上有点现钱。"红脸帅哥还真不含糊，一边说着，一边拉开腰包的拉链，掏出厚厚的十万块，然后又摘下手里的表，"另外这雷达表，四万八买的，您看能不能值个两万五。要是您觉得不值，我就先押您这儿，回头我再给您两万五现钱，换回来。"

光头林哥仔细打量了红脸帅哥一下，最后收下了他的钱和那块表。

车速慢慢减缓，到这时已经停了下来，路边是个不知名的小站。

"几位慢慢喝，我到地方了，明天还有个货等着接，大家常联系。"拿到本票后，红脸帅哥没再久留，出了餐车径自下了火车，还在站台上冲车上的几位同行挥了挥手。

"他妈的，姓唐的总算中了老子的招。"光头林哥脸上笑眯眯的，也冲红脸帅哥挥手，嘴里却不干不净地骂着。

因为是小站，停车时间很短，列车很快就开了。红脸帅哥看不到的是，离开他的视线后，那对掉了钱包的母女从另一节车厢正朝着餐车走去。

其实这就是光头林哥布下的一个局，挨打的小女孩和洋气少妇，还有矮个子和捡钱包的家伙全都是一伙的，他们都是砟子行（人贩子的行当）的人，以前在天南地北不沾边地混着，合作有小半年了。这一趟本是去送"货"的，火车上正好碰到了这个姓唐的红脸帅哥，在砟子行里做的女人买卖，是奸拐和放鹰（注1）的好手，他手里的鹰有十几只。

"去年害我接了个瘟神，今天也让他尝尝老子的厉害。"刚才还在埋怨同伴的男人忽然面露怨色，恶狠狠地挤出一句话来。"接瘟神"是砟子行的黑话，意思是拐来不久的"货"意外死亡，按老规矩，接了瘟神要倒霉三年。

"林哥，我刚才去捡钱包的时候见到一个老头，很古怪。"捡钱包的男人这才想起有事要说。

"在哪？"光头林哥很警惕。

捡钱包的男人伸手朝斜对面相隔三个位置的地方一指，光头林哥的脸上立刻换上了笑容。

C

其实老韩还没落座，就看出了对面那几位的来头，其中的一位他还认识，不过他一眼就看出对方在做小局，便没有打招呼。大家点了几个菜，等菜的工夫，老韩远观着对方的进展，给陆钟他们介绍起对方的身份来。

老韩认识其中的一位，光头的那个叫林松，是砟子行的人。砟子行的人很少跟圈外人打交道，所以那几位应该都是同行。说起来，砟子行也算千门，拐卖人口也是要讲技巧的，套路也多，因其干的都是缺德事，只能算不入流的下八将。不过这一行的从业人员从没断过，上下五千年，每朝每代都有靠这行吃饭的。老韩认识的那位，虽然不到三十岁，却也是有二十多年工龄的老江湖。

术业有专攻，砟子行当然也有分工，有人专门拐小孩，有人专门拐妇女，还有人专门拐"猪仔"。猪仔就是劳工，干这个需要相当的黑社会背景，现在还有不少人蛇专干这个，收了几万几十万的费用，把壮年男子卖到国外当廉价劳动力。每种路子又都有各自的手法和销路。比方说专拐小孩的，男孩子销路最好的就是广东潮汕，这点全国人都知道，不过也有个别喜欢漂亮女孩子的有钱人会高价收买。专拐妇女的销路就更广了，基本上全国各地的农村都有人买，近两年流行的是越南新娘，专业点的还有保证黄花和一年内跑掉包赔的售后保障。

每种路子都有很深的套路，拿拐小孩来说，就有文拐、武拐还有孩拐这最基本的三种。文拐，就是用吃的或者玩具哄骗。武拐就是趁人不备，一把抱了就跑，现如今大白天地从大人手里把小孩抢了就跑的也不乏其人。孩拐就比较有技术含量了，通常是把拐回来的小孩驯养乖巧，完全听自己的话，然后再派出去哄骗其他的小孩。

光头林哥，叫林松，他之所以有这么高的"工龄"，就是因为当年他就是砟子行最机灵的"一炷香"（黑话，拐来的男孩）。他的好老妈和善心老爹（黑话，拐他来的女人和男人）把他养了半年，就派他出去赚钱了。

那时候还是九十年代初，他被领到一户大户人家陪小少爷念书。那户人家有海外关系，夫妻俩都是高干，忙着事业，很少有时间陪儿子。他跟着吃好的喝好的，每天陪小少爷一起玩一起做作业就行，得到小少爷的青睐后，他也获得了这家大人的认可，有时候女主人拿存折什么的也不太避讳他。大概两三个月后，他开始行动了，某日趁着大人们都不在，偷走了女主人的所有金器和现金，然后说要带少爷去公园玩，把他骗出了门。小少爷后来被卖到了千里之外的一个小山村，金器什么的都被他的好老妈收了。

"看来这砟子行的人都不地道，为了钱，什么事都干得出。"陆钟听完老韩的一番话，皱起了眉头。

"没错，做这种事简直就是伤天害理绝人家的后，全都该拉去枪毙！"司徒颖越听越来气，几乎要拍桌子了。

陆钟忽然想起了下午遇到小姑娘的事，赶紧说了出来："难道那小女孩也是他们的货？"

"干爹，你跟他们说说，要是那小姑娘真是他们的货，能不能卖给我，多少钱都行。"大概是跟那女孩投缘，司徒颖特别热心。

对面那桌人好像也谈到了尾声，红脸的帅哥留下十万块和手表后，拿起银行本票起身走了。这把戏一看就穿，就是外行人都容易识破的最传统的丢包计，银行本票肯定是假的，只不过设局的是相熟的几个人，才没疑心。

正好这时车停在一个不熟悉的小站旁，老韩他们的菜也开始上了，倒是对面那桌的人看到了老韩，很热情地冲他打了个招呼。

大家顺着那声音看去，打招呼的人正是林松，他刚才的位置正好背对着大家，大家只能看到他的大光头和半边脸，等到他把另外半边脸转出来，所有人都惊了。那还是人的脸吗？像融化了的蜡烛被人随便抹到了脸上又很快凝结了，上面还纠结着大大小小的疤痕和红色的血管。

"天啊，帅不一定能当饭吃，但丑到这份上，肯定让人吃不下饭。"司徒颖毫不掩饰对林松的厌恶。

"他的脸是七年前被一个辣货给泼了硫酸弄的。"老韩小声地解释完，站起身来跟那人打了个招呼，"林老板，好久不见了。"

辣货也是黑话，意思是手里拐来的"货"性子泼辣。砟子行的人尔虞我诈不讲规矩，老韩不希望徒弟们跟他们打交道，索性自己起身去了对方的桌子，跟姓林的叙叙旧。

D

"林老板，好久不见了，近来可好。"老韩笑容满面地坐到了对面的位置上，客气地掏出雪茄，递给林松和他的两位搭档。

"韩老大还是那么客气，托您的福，生意还过得去。"林松接过烟，半边脸笑出了鱼尾纹，半边脸却纹丝不动。

老韩不经意地拿起那块留在桌面上的雷达表，瞟了两眼，不动声色地说道："林老板，有桩生意想跟你谈谈。"

"瞧您这话说的，什么生意不生意的，有用得着晚辈的地方尽管开口。"林松毕竟是老江湖，客套话还是很周全。

"你们是不是新收了'嫩藕'？我干女儿看上了，很喜欢，请开个价吧。"老韩幽幽地吸了口烟，惬意地半眯着眼睛，看着林松。"嫩藕"也是江湖上的切口，意思是拐来的漂亮小女孩。

　　"韩老大好眼光啊……哈哈！"林松一听是这事，马上打起了哈哈，还歪出半个身子，冲司徒颖他们几个远远地拱了下手。

　　"你们说，那怪物会答应吗？"司徒颖远远看着老韩跟林松聊着，却听不见内容，有些担心。

　　"有什么不答应，砟子行也是做生意的，有货当然就要出啊，不过价钱可能会高点，杀熟。"单子凯夹着菜，脱口而出。

　　"只要他们肯放人，多少钱都行。"司徒颖惦记着小女孩，看到她被人扇了耳光后眼泪汪汪的样子，比自己挨了打还难过。

　　"真喜欢孩子，自己生一个吧。也不用费心找对象了，咱们肥水不流外人田，你就内部选择一下呗。"梁融找到机会就撮合司徒颖和陆钟。

　　"去去去，我要请她帮忙演出戏的，你别瞎掺和。"司徒颖脸上微微一红，不过心里的确另有打算。

　　"你要是认她作干女儿，咱师父可就提前抱上干孙女了。"单子凯也跟着瞎掺和。

　　"再胡说小心我撕烂你们的嘴！请她帮完我的忙，我会帮她找到亲生父母的。"司徒颖话凶口气却不凶，此刻溢满心中的全是温情。

　　老韩出面没有摆不平的事。不过林松说小女孩聪明，绝对是棵摇钱树，已经被他养了一年半，这趟去上海就是准备用她钓其他小孩子的。所以开了个高价五十万，据说还是人情价，要不是老韩开口，他可舍不得这闺女。

　　五十万，对林松来说很可能是一年的收入，对司徒颖来说，不过是一单买卖的零头。虽然同为千门中人，大家的收入还是有很大差别的。价钱谈好，大家商定到了上海就一手交钱一手交货。

　　"这块表是A货，你们最好看看刚收来的钱。"老韩起身时不经意地留下这一句，就风度翩翩地回到了自己人的那一桌。

　　林松心里正开心呢，今天财神爷保佑，不仅斩获十万现金，还遇到韩老大这样堪称活

第十四章　不是冤家不聚头

DAOYI YOUDAO

财神的同行送上门来挨宰，不宰白不宰。那小姑娘才到手一个多月，性子还有些倔，根本不肯配合他的计划，要不是看她长得漂亮，早就廉价处理掉了。正好有对外国的gay要收养女孩，而且点名要漂亮的小姑娘，一万美元的买卖，这一趟他就是打算去上海送货的。只不过送货的同时身上还备了两张假银行本票和离婚证，本打算在火车上蒙一个算一个，多少赚点钱，没想到半路上遇到了唐帅哥。

听完老韩的话，他心里咯噔了一下，赶紧从口袋里掏出一叠细看起来，这才发现除了那一叠的第一张和最后一张是真钱外，其他的全都是假钞。心道不妙，再拿出剩下的几叠一看，都一样。看来那场戏白演了，真他妈浪费表情。

巴掌重重地拍在桌上，震得杯盘咣当，林松脸都涨红了，骂道："他奶奶个熊！"

注1：奸拐和放鹰，都是人贩子的伎俩。奸拐通常由帅哥引诱漂亮的年轻女子，等到感情深入时，帅哥提出外地发展或者回老家结婚之类的借口，然后将其拐卖到黑社会控制的色情场所。也有的以招工之类的名目，诱骗普通妇女，卖给山区农民当老婆。

放鹰，是指人贩子跟拐卖的女子勾结，通过卖身结婚，拿到钱后再找机会跑掉。通常事主吃了亏也不敢声张，只能自认倒霉，毕竟买女结婚是违法的。

第十五章　北京一夜

A

　　经历过漫长的旅程，终于到达了上海，在支付五十万现金后，司徒颖领走了那个让她心疼不已的小女孩。为了避免给幼小的心灵增加负担，付钱时陆钟和单子凯领着她去买零食了。

　　"你们买了我吗？"小女孩面无表情地吃着巧克力，聪明得让人头疼。

　　单子凯皱起了眉，他不喜欢小孩。

　　"我们要帮你找到你的父母，不过，在这之前先得办一件事情。"陆钟也不擅长跟小孩打交道，只好一本正经地跟她解释着，试图跳过买卖的那部分。

　　"你们已经买下我了吧，我就知道，你们不会不管我的。"小女孩歪着头，口气成熟得可怕，"说吧，多少钱买的，以后我还给你们。"

　　"小妹妹，你不想回家吗？不想爸爸妈妈吗？"陆钟心道，大概是跟林松那帮人在一起久了，好端端的孩子才会变成这样。

　　"你不是说先得办件事吗？我现在想也不顶用啊。"小女孩大口大口地嚼着巧克力，完全没有其他同龄小孩的孩子气。

　　远处司徒颖和林松已经交易完毕，老韩跟林松握手道别，司徒颖冲陆钟他们吹了声口哨让他们过去。走在马路中央，车流滚滚，陆钟怕小女孩被车碰着，一把抱在怀里。小女孩乖巧地搂着陆钟的脖子，在他耳边小声说："别卖我，我会帮你们赚很多钱的。我不喜欢那些人，但我喜欢你们。"

　　"不卖你，真的。"小小年纪说出这样的话，陆钟有些心酸，不由得把她抱得更紧了些，太懂事的孩子，童年会失去很多乐趣。

　　"小家伙，是我救你的，你怎么跟他这么亲？"过完马路，司徒颖已经开始吃醋了。说完话，她赶紧把小女孩从陆钟手里夺过来，"告诉我，你叫什么名字，多大了？"

"我叫李木木，九岁。"小女孩仰起头，甜甜地笑着，像朵正对阳光的小雏菊。

其口风和表情变化之快，让陆钟和单子凯暗暗吃惊。单子凯靠近陆钟小声叽歪了一句："得，这孩子天生就是咱同行。"

"李木木，挺好听的。"司徒颖越发喜欢这姑娘了。

"我爸爸姓李，我妈妈姓林。姐姐，你不会把我卖掉吧？"李木木仰着小脸，担心地问。

"放心吧，姐姐就是把这两个大哥哥卖了也不会卖你的。"司徒颖乐了，指着单子凯和陆钟说道。

"怎么说话的？"单子凯不干了。

"那咱们拉钩吧，姐姐说话要算数哦。"李木木也笑了，一大一小两张俏脸凑在一起拉钩上吊一百年不许骗，谁见了都喜欢。

"我说大小姐，你不是说要认她做干女儿的吗？这姐姐妹妹的可乱套了。"梁融赶紧提醒。

"对了，李木木小朋友，我能当你的干妈吗？"司徒颖蹲下身子，正儿八经地问。

"干妈，就是会像亲妈一样帮我买好多漂亮衣服和好多好吃的吗？"李木木小朋友很会挑时机提要求。

"没错。"司徒颖笑眯眯地点了点头。

"好的，干妈姐姐，我愿意。"李木木乖巧地亲了司徒颖一口。

"干妈姐姐，这是什么叫法。"梁融也觉得小女孩不简单。

"这丫头到底是被拐的还是那帮人贩子亲生的啊？"单子凯认认真真地打量了李木木一番。

"好女儿，你还是先带着我们落脚吧，这里可是你的地盘。"老韩欣赏地看着一大一小两位美女，提醒道。

之所以说上海是司徒颖的地盘，是因为司徒老爷子有一房太太就安置在这里，老爷子每年总要来上海住上几个月。另外司徒颖也有两位哥哥自小在沪上长大，如今虽然出国发展了，但司徒家族的公馆一直还在。司徒颖跟家里人打过招呼，那栋独门独户的法式小洋楼已经做完了清洁，等着他们去住。

说起来，这套公馆跟老韩有缘。

解放前，他还是上海滩上最拉风的小老千时，曾来过此间，其出则繁华入则宁静的好环境，让人印象深刻。当时的主人是位法国领事，后来上海解放，此房几经易主，最后落到司徒老爷子手里，动荡的十年中又被红卫兵做了现场指挥部，直到七十年代末才重新归司徒家族。身在此间仍是客，恍惚中有种穿越时空的错觉，只是当年的故人不论容貌还是身体均已大不如前。归根到底，人永远无法和物质世界比天长地久。老韩低低地叹了口气，看着徒弟们把行李搬进屋。

"师父，想什么呢？"陆钟还在路上就看出老韩眼底的惆怅，年纪大了，特别容易触景生情。

"不服老不行啊，我都快记不清到底是哪一年来过这里了，老糊涂喽。"老韩自嘲地笑笑。

"师父您才不老呢，将来咱们江相派还要一统江湖，千秋万代的。"陆钟为了让老韩心情愉快，开起了玩笑。

"活到我这把年纪就明白了，没有什么是千秋万代的，关键的是，这辈子有没有做你最想做的事情。开心了，就行。"其实老韩心里明白着呢。

B

落下脚来，寻找那位前辈的事就开始进行了。根据花不毁的资料，这位前辈住在浦东某别墅，姓柳名喜荫，是位名声在外的大相士。可是，打座机没人接，打手机也关机，老人家肯定也没电邮地址不玩QQ，除了亲自登门外，似乎没有别的选择。

亲自登门是应该的，打电话也是想预约一下再见面，这样礼数更周全。没想到，当梁融和陆钟找到他老人家的别墅后居然发现大门上贴着一张字条，说是柳前辈去北京了，有事网站预约。

花不毁肯定不知道这位前辈还有网站，好在梁融的手机可以随时上网，等他登陆了那个命理网站后发现，该网站虽然才兴办两个多月，已经有了四位数的会员，从祈福到测字，还有紫薇斗数和八字婚配等等项目全都收费不菲，可会员们却踊跃无比。

"前辈还真与时俱进！"梁融注册了会员后，才得到留言的资格，注册本身也是收费的，发一条确认短信，十块钱。

"这说明咱找对人了，前辈敛财有方肯定是深得秘籍精髓，正应了师父那句话：医要守，相要走。说不定前辈是去别的地方做大买卖了。"陆钟认真地看着这个网站的页面，总结道。

"我已经留言了，还报上了师父的名号，估计没这么快有答复，还是回去等吧。"梁融摸着肚皮说，拉着陆钟拐去了豫园的绿波廊，先前他们出门时，老韩已经迫不及待地拉着司徒颖和单子凯去占位置了。

城隍庙这一带不论刮风下雨，三百六十五天永远人满为患，偏偏大家就爱这个劲儿，越是人多越往里凑。绿波廊对面的南翔馒头店前大排长龙，不论男女老少，白皮肤还是黄皮肤的，都端着个一次性饭盒在路边迫不及待地开吃，完全不顾形象。陆钟难免有些好奇，那味道究竟有多好呢？

绿波廊也是上海的老字号，解放前这里叫做乐圃廊，1998年克林顿访华也来光顾过，至今大头照都被摆在门口醒目的位置。老韩自幼在上海滩上长大，又在这里成名，虽半生漂泊，但对上海的感情格外深，一回来，就点名要来绿波廊，吃吃浓油赤酱的正宗本帮菜。

陆钟和梁融刚进包房，单子凯拎着从对面买来的南翔小笼也紧随其后，老韩还叮嘱大家，一定要记得第一口轻点咬，怕里面滚烫的汤汁溅出来。可惜，一口咬下去，并没有老韩说的那种效果。司徒颖小时候是吃过正宗南翔小笼的，如今也皱起了眉头，咬了第一个就放下了筷子。老韩兴致勃勃地吃了一口，结果叹了口气，没做评论，只说当年的老师傅馅料用的是猪油加鸡肉冻。唯一感兴趣的人就是李木木，小姑娘大概吃多了火车餐，二话不说，愣是干掉了大半笼包子。

"我看做包子的师傅不像上海人，是新来的徒弟。"辛苦单子凯排了那么久的队，东西还不讨好。

放弃了包子，点心和大菜逐渐上桌，眉毛酥桂花拉糕之类的甜点很是讨喜，招牌拆骨八宝鸭，松鼠桂鱼，蟹粉菜心还有草头圈子，一样样都深得老韩和司徒的欢心。一桌子大菜，最后吃得干干净净。

　　回去的路上分乘两辆的士，刚靠近公馆就远远看见门口停了辆很拉风的劳斯莱斯。身为老千，最重要的就是时刻注意安全，不知道劳斯莱斯里是什么人物，老韩让大家都先别下车，给了司机一百块的小费，请他把车兜远些，再下车去那辆车附近看看里面坐着什么人。

　　"干爹，不用了，我知道里面坐的是谁。"司徒颖看到那辆车就像看到了鬼一样，满脸的笑容片刻烟消云散。她拉着李木木的手下了车，对她叮嘱了几句，又走到陆钟他们乘坐的车旁，敲下车窗，"记得我在火车上说过的吗？我得演出戏，你们得派一个人当我未婚夫。"

　　"未婚夫？难道是你那个冤家找上门来了？"梁融对司徒颖的事记得很清楚。

　　司徒颖点点头，目光在车里的三个人身上扫了一圈，"二师兄你就算了，你这身材这长相他肯定不信；三师兄你也算了，你太帅他会以为是我花钱请来的托；看来看去就只有你了，陆钟，帮个忙吧。就说木木是你的女儿，我跟你死去的前妻很像，我们已经订婚了。"

　　"一定是早就把台词都设计好了，说得这么溜。"单子凯斜着眼坏笑道。

　　"我？女儿？还前妻？"陆钟指指自己，又看了看李木木，最后疑惑地盯着司徒颖。虽然心里早就猜到可能会有这么一天，但突如其来的角色还是让他有点无所适从。

　　"是啊，帮我个忙会死啊，废话那么多，我说什么你听着不就行了。"司徒颖不耐烦了，黑着一张脸，打开车门扭头就走。

　　"那个人肯定让她很烦躁，赶紧去吧，别让她等急了。"梁融对司徒颖的了解不亚于任何闺蜜。

　　陆钟没有其他选择，只好仓促上阵临场发挥了。司徒颖挽着他的手臂，牵着李木木，风姿绰约地来到自家门前。

　　"就算她要演戏，只要陆钟也就可以了，为什么非得加这么个女儿出来？"单子凯想不明白。

　　"能让其他人想明白她就不是司徒颖了，大小姐的风格不就是随心所欲我行我素吗？"梁融欣赏地目送着三个人的背影，还掏出手机照了张背影全家福。

　　老韩在车里一言不发地吸着雪茄，心里却透亮，干女儿是真喜欢陆钟，只是她还不知道，陆钟身上背负的究竟是什么。也许该找个机会，跟她把这件事说说。

C

远远看到这疑似一家三口步履轻盈地朝着自己走来，车上的人先是放下了车窗，以便更清楚地看到来人的模样，继而忍不住下了车，用尽量客气的口吻问道："颖颖，你回来也不告诉我一声，好在我早就跟邻居们都打过招呼，你看，上午得的信儿，我马上从北京飞回来见你。哎，这二位是……"

马弈为了见到司徒颖可谓用心良苦，早几年就在她所有可能出现的地方都做了准备，附近的邻居和开小店的老板们人手一张司徒颖的照片，见到她就打电话，可得一千块现钱。

"马大哥，这位是我的未婚夫，这是我们的女儿。我已经订婚了，还请以后不要再来找我。"司徒颖收起笑容，刻意地挽紧陆钟的手臂，小鸟依人地依偎在陆钟身旁，在他耳边轻声解释，"马弈，搞金融的，就是他把我追得满世界躲。"

陆钟觉得此人并没有司徒颖形容的那么丑陋，油光锃亮的头发，因酒色过多而略显浮肿的脸颊，一身名牌打点的正宗纨绔子弟。

"我说颖颖，别说笑话了，你都没跟我商量过，怎么可以跟别人订婚呢？你一定是在开玩笑对不对？我知道，以前是我不好，太爱你太热情，把你给吓坏了。来来来，跟我上车，让我好好道个歉，咱们……"姓马的一边说着一边来拖司徒颖的手，打算强行把人带走。

"马先生是吧，认识你很荣幸，我刚从华尔街回来，打算在国内投资，今后还请多多关照。"陆钟赶在姓马的碰到司徒颖之前，把自己的手挡在了前面，一边跟马弈握手，一边使出了五百钱，暗中试探他的血脉，下了几分暗劲。

马弈见对方拦着自己，很不高兴，只觉手心有些酥麻，只当对方用力过度，并未起疑，不过这个小动作已经惹恼了他，他甩掉陆钟的手，叫出车内的两名保镖打算来硬的，"识相的赶紧让开。"

"我要是不让呢？"陆钟并不把那两名彪形大汉放在眼里，跨出一步，挡在司徒颖和李木木的前面。

"跪着向我赔罪，或者留下你的牙，二选一。"马弈冷脸一挥手，两名保镖朝陆钟直扑过去，一个出拳攻上盘，一个出腿攻下步，两人齐上，一出招就要把陆钟从司徒颖身边逼开。陆钟见招拆招，不接那钵子大的拳头，身形一侧，左手朝着那出拳的肘关节处用手一推，右手往膝盖处最坚硬的部分一送，看起来不过是刚刚触到，其实指尖灌输了真气，刚猛无比，两位大汉顿觉手麻腿麻，忍不住打了个哆嗦。这一哆嗦就失了先机，陆钟接着刚才的劲道，继续把手朝对方身上推送，接连点了三个大穴，让对方失去重心，差点歪斜倒地。整个动作干净利索，外行人看起来只当是两个保镖自己失了方寸，他还帮忙搀扶了一把，只有保镖自己明白，遇到高手了，腿脚和手腕怎么也使不上劲。

"回来干什么，赶紧把这小子给我扔一边去。"马弈怒道。

"老板，他不简单呐。"保镖们不好明说。

"我花那么多钱请你们来不是听你们说废话的，滚，不把他扔了就自己走人。"马弈飞起一脚踹在保镖的屁股上。

没办法，为保饭碗俩保镖不得不硬着头皮再次上阵，可惜，这一次他们更是回天乏力，陆钟根本不交手了，只是摊开手拦在司徒颖和李木木身前，摆出阻止的架势，在推搡中又再次使出五百钱的秘技。保镖们彻底失去了战斗力，脸急得煞白，陆钟貌似亲热地把他们拉到身边，小声说："现在你们也可以选择，是回去向老板赔罪还是留下你们的牙。"

保镖闻声色变，马上放手，乖乖地回到马弈身边。

"见他妈鬼了。"此时马弈也开始感觉到刚才被陆钟碰过的那只手越来越不对劲，心道不妙，虎着脸质问道，"颖颖，我最后问你一次，到底跟不跟我走？"

"死心吧，就是全世界的男人都死光了我也不会跟你。"司徒颖很不留面子地说。

"好！我等了你这么多年，绝对不会白等的，我要让你们全家都付出代价！"马弈恶狠狠地扔下这句话，钻进车里，扬长而去。

司徒颖得意地笑了，还冲着劳斯莱斯的背影竖起了中指。李木木也学着她的样子竖起了中指，这让司徒颖很开心搂着她亲了又亲，两人笑成一团。

"你呀，别教坏小孩子。"陆钟无奈地摇摇头。司徒颖蹲在地上仰起头看着他，嘴角笑出几分轻松，可眼底还藏着一丝忧郁。

真的摆平了吗？答案是否定的，马弈是个睚眦必较的人，几年前他的所作所为至今仍有阴影，司徒颖只希望这一次不会再连累家人。

C

大家在司徒家的老公馆里睡了个安稳觉，第二天一早，就接到了柳前辈从北京打来的电话，他应几位贵客之邀去看风水，暂时不回上海，请大家前往首都一叙。

这一程又是一千多公里，老韩让梁融去租了辆商务车，自己开车去。奔波十余小时，赶到京城时，已是夜里十一点，司徒颖拉着大家直奔后海附近的大宅。司徒老爷子九十多了，喜旧，不爱住楼，早年间十根金条置下一栋四进四出的四合院，据说当年曾是某位王爷的府邸。舟车劳顿，老韩虽感疲惫，但一想到即将见到多年不见的司徒老爷子，精神格外好。

这是陆钟第一次来司徒家的大宅，红漆大门灰墙翠瓦，还有独树一帜的影壁，十足的京城风韵，就连院子里做事的阿姨也满口好听的京腔，让人觉得格外亲切。翻修后还有独立的升降停车场，地下一层，地上一层。不知道为什么，神通广大的六哥居然有点紧张，口干舌燥血压升高，有点像第一次遇到老韩时的感觉，跟花不毁去玩命炸保险箱都没这么紧张，到底是怎么了，是因为要见到司徒颖的爷爷吗？紧张个屁，陆钟心里骂了一句自己。

"爷爷，我想死你了。"司徒颖小鸟般欢快地飞到老爷子身边，搂着他老人家又抱又亲，完全不顾忌还有旁人。

"哈哈，乖孙女，我也想你。"老爷子耳聪目明，保养有方，看起来只比老韩大不了多少，除了清瘦外还算硬朗。

"前辈，晚辈韩枫有礼。"老韩毕恭毕敬地作了个揖，按辈分算，老韩是老爷子的晚辈，几位徒弟也跟在师父身后，规规矩矩地行礼。李木木已经睡熟了，陆钟问过管家，把她放在西厢房的客床上，盖好被子。

"你个老东西，真是老糊涂了，我不过是托你带孙女去玩几天，你倒好，这么久也不送她回来见见我，让我天天惦记。"老爷子嗔怪地责备着老韩，口吻却甚是亲热，他还记着当年的老规矩，一挥手，马上有人端上准备好的红包，"来来来，第一次来大师爸家都有红包拿，大发利市。"

红包虽薄，里面却放着一张面额五百的欧元，如此厚礼大家都很开心。看着老爷子和气的笑脸，陆钟明白了当年他为何可以叱咤黑白两道，这样豪爽大方的朋友，谁会不喜欢呢？

"来，让我猜猜，传说中的六哥是哪位。"老爷子那双已然昏黄的老眼，在夜色中闪烁着类似琥珀的光芒，那是经年累月的历练才有的眼神，略一打量，他的手指向陆钟，"是你吧，年轻人。"

"您叫我小六就行，晚辈不才，徒有虚名，还请前辈多多指教。"陆钟有些惶恐，没想到老爷子居然点到他的名。

"不必客气，老韩的徒弟也是我的徒弟，咱们都是江相门人嘛。哈哈，来来来，你们肯定想不到，我这里还有一位贵客，也是江相门人。"老爷子见到亲人和故人，兴致大好，拉着司徒颖，引大家进入内堂。

只见罗汉床上躺着一位年逾六旬的老人，身穿乳黄色长衫，满头花白头发，屋子里弥漫着浓郁的酒香。老人揉着惺忪睡眼，望着一屋子陌生人有些恍惚，只当是做梦，看罢，又要躺下去睡。

"老家伙，快别睡了，来看看我的漂亮孙女。"老爷子毫不留情地用拐杖去敲老头的屁股，不把他弄醒了不肯罢休。老爷子年纪最长，却最爱称呼这些比他还年轻的晚辈为老家伙，这让单子凯他们听了都觉好笑。

"在下韩枫，请问您尊姓大名？"老韩猜出此人肯定有些身份，只是面生。

"你就是韩枫？呵，老爷子你还真是神通广大，你怎么知道我约了他们明天见面？还特意把他们都叫到你家来，真是谢谢你啊。"老人努力睁大眼，歪着脑袋，笑嘻嘻。

"您是柳喜荫柳大相士？"老韩又惊又喜，这可真是得来全不费工夫，心中不免叹道，江相派的确藏龙卧虎，身在江湖一辈子，居然还有没见过面的同门。

"没错，正是鄙人。我刚到北京，就听说老爷子得了一坛从南海沉船上打捞上来的古酒，不过来凑凑热闹怎么行！没想到这酒后劲大啊，不胜酒力，让你们见笑了。"柳喜荫不好意思地笑笑，酒意未散，眼神还有些飘忽。

　　既然都是江相门人，又都好酒，大家便有了不少共同语言，说起话来就方便多了。

　　"来来来，咱们再接着喝，这等好酒只有跟最好的朋友一起喝才能喝出味道。"老爷子高兴坏了，吩咐厨房那边再做几个菜过来下酒。

　　"爷爷，您还是别喝了，待会儿大奶奶和二奶奶都该拿我治罪了，说我一回来就不安生。"司徒颖拉着爷爷的手撒着娇。

　　"唉，不管她们，好久没见到我的乖孙女了，今儿高兴。"老爷子乐出一脸的褶子，慈眉善目，"放心，我有分寸。你爷爷爱惜身子呐，说什么也得等到抱上重外孙才会去见阎王。"

　　老人家的话刚说完，大家就都笑了，所有人都意味深长地看着陆钟和司徒颖，平日大咧咧的司徒颖居然羞红了脸。

D

　　酒过三巡，大家越聊越投机，原来柳喜荫师从复杂，不仅跟过广州的大师爸陈善祥，与当年香港的通天教主何立庭也有点亲戚关系，解放前几年他去了南洋，跟新加坡的大师爸杨海波还有过一段师承，早年一直在海外，回国定居不到十年，所以老韩对他不甚了解，但溯源追宗确属同门。

　　"你们找我是想要那本秘籍？"话题说到了重点，柳喜荫那双原本迷迷瞪瞪的醉眼越喝越清亮。

　　"不是要，只想借给我徒弟陆钟一观。我知道这是不情之请，还望柳大师成全。"老韩又为柳喜荫斟满了酒，猜测着他的想法。

　　"老弟，依我看你就答应吧。"司徒老爷子也出来帮忙了，"如今这年头，那点压箱底的老东西谁还记得，早就忘光了，你收的那几个女弟子也不怎么样，我看，不一定有这位小六哥中用啊。"

　　"前辈，不是我不借，是我也有苦衷啊。"柳喜荫底下了头，不好意思地说，"我那个最宠爱的女弟子，上个月跟我吵了一架就不告而别了，她走了后我才发现，秘籍也不见了。真是惭愧啊，年纪一大把，还玩不过自己的徒弟，把我师爸的脸面都丢光了。"

"哈哈，原来如此。"老爷子笑完后，凑近老韩耳边小声地告诉他，柳喜荫其实跟女弟子们都有点暧昧，又怕老婆，两边都不敢得罪，后院经常起火。

"前辈，如果我们能帮您把秘籍拿回来的话，可否借我一观？"

"那是自然。只不过我那徒弟顽劣刁钻，很是机灵，你们不一定能摆平啊。"

"请您放心，晚辈自当竭尽全力。"陆钟举起杯，认认真真地敬了一杯。

"贵不可为贱，贱亦不可为贵，你的神气骨骼都主贵，小子，此贵不可言，将来你定会做出一番了不得的事情来，只不过……"柳喜荫心里有话，却不知当讲不当讲，干脆转而去看老韩，带着几分醉意大着舌头说，"韩老大，你我从未谋面，今日相见也是缘分，今天也帮你相看相看，如何？"

"求之不得。"老韩笑眯眯。

"您三停五官分开看都不算出众，唯神宇非比寻常，所以一生功名不高而享受匪浅，命中无子，却有子嗣之福，归根结底，是个富贵命啊。"柳喜荫畅快地干掉杯中酒，因为辛辣，像个孩子般吸了几口气。

"柳大师果然厉害，句句属实。我这辈子功名没有半点，不过吃好穿好从不亏欠自己。这几个徒弟都跟亲生孩子一样，感情好得很啊。我看很多人有子有女，却无子女陪伴的反倒没我这么开心，做一个能让年轻人愿意朝夕相处日日见面的老头，可不是件容易的事情。"老韩越说越骄傲，欣赏地看着几位爱徒，就像看着亲生的孩子。

"哈哈，我姓柳的也非浪得虚名，今日没准备见面礼给几位晚辈，就送你们几句话吧。"柳喜荫要送的话，正是他手中秘籍的部分内容："孔子在《论语》子路篇中说过，名不正，则言不顺，言不顺，则事不成。做任何事情，都必须师出有名。所以，咱们的祖师爷留下过这样一句话：贪者必贫，君子引为大戒，佛门亦为五戒之首，故'做阿宝'咎不在'相'（骗者），而在'一'（受骗者）。"

"说得好，被人骗不能怪骗子，只能怪自己太贪心。柳老弟，如果我没记错，你说的这句应该是晋升翰林时，大师爸教授的吧。"老爷子虽然金盆洗手多年，但六七十年前的江湖之事居然还记得。

"没错，我手中这卷秘籍《阿宝篇》其实就是入门的必须法则和一些传统的经典千局，另外还有每一位经手此秘籍的大师爸总结下来的经验。我虽未见过其他三本秘籍，不过在新加坡的时候听杨海波大师爸曾说过，另外三本秘籍都各有机巧，唯独这一本是基本功。如果用练武来打比方的话，《阿宝篇》就是内功心法，心法扎实内功深厚，再研习其他三本秘籍便会如鱼得水似鸟归林，事半而功倍。"

"前辈，还请您不吝赐教。"陆钟听到这里，对这本秘籍的兴趣更浓了，忍不住插了一句。

"好，你们喜欢听，我就多说几句。"柳喜荫接着几分酒意，兴致勃勃，"凡做阿宝，博观而约取，慎始而更慎终。未算其利，先防其弊；未置'梗媒'，先放'生媒'。故善为'相'者，取之不竭其力，不伤其根，上顺天理，下快人心，并使之有所畏怯而不敢言。不善为'相者'，竭'一'之力，伤'一'之丙（命）。取不义之财，上逆天理，下招人尤，非吾徒也，小子鸣鼓而攻之可也。"

"我倚老卖老地来给你们解释一下，要是有不对的地方，还请柳老弟多多担待。"老爷子也好为人师，其实他是担心陆钟他们听不懂文言，"这话的意思是说骗人钱财要把握好度，最好能让对方有苦说不出，要是能让一哥在受骗后少些贪念就更好了，做事不能太绝，千万不能让他倾家荡产，也不能把人逼入死路。太贪的人不配作江相派的弟子，骗了不该骗的钱会遭报应，也会为此多生事端。贪财又不讲规矩的人绝对要逐出师门，师兄弟们也不要再跟这样的人来往。"

"我明白了。这些年来师父教我们的就跟您说的一样。"陆钟天性聪颖，听到柳喜荫讲过一遍已经把那些话深深地记在心中。

"贪官者，民贼也；奸商者，民蠹也；豪强者，民之虎狼也；其或以智欺愚，恃强凌弱，欺人孤寡，谋人财产，此皆不义之财也；不义之财，理无久享，不报在自身，亦报在儿孙。不义之财，人人皆得而取之。故曰：'做阿宝者'，非'千'也，顺天之罚已。"柳喜荫早已微醺满脸通红，此刻说到动情处，居然以筷子拍在了桌上，再次端起酒杯，"来，为了咱们的顺天之罚，干一杯。"

这话可真说到了陆钟心里，好一个"顺天之罚"，以贪婪对付贪婪，以卑鄙对付卑鄙，天经地义。不义之财，人人皆得而取之，这份事业原是替天行道！他也举起了酒杯，跟大家碰了个响，一饮而尽。烈酒入肠豪情肆意，这京城的四合院里居然有种类似梁山泊上英雄聚义的爽利。每个人脸上都散发着荣光，大家都为祖师爷传下来的话而感到骄傲。

“爷爷，您早知道这些，为什么不告诉我呢？给我开点小灶也好啊。”司徒颖摇着老爷子的手，不满地噘着嘴。

“你一个女孩子家家，我当然不想让你入行，即便是现在你也别太认真，事情消停了，你就留在家里，别出去了。”

“不嘛不嘛，我才不要，天天待在家会闷死的。”司徒颖急起来像个小女孩一样跺着脚。

就在这时，管家带着李木木来了，小姑娘顶着一脑袋睡得乱糟糟的头发，看着满屋子的大人，愣了半天才冲司徒颖挤出一句话：“干妈姐姐，我饿。”

“爷爷，这是我新收的干闺女，你看漂亮不？”司徒颖正怕爷爷不让自己再出去了，李木木的出现正好帮她转移话题。

“好俊的小妮子，来来来，到爷爷这边来。”老爷子把李木木叫到自己身边，细细看了起来，忍不住捏了下她的小鼻子说：“真像你干妈姐姐小时候的模样。”

“你是谁？老神仙吗？”李木木睁着好看的大眼睛，试探着摸了把老爷子的白胡子。

此言一出，逗得大家都笑了，那爽朗欢快的笑声直上云霄，惊得树上两只打瞌睡的燕子也叽喳了几声。人生几何，对酒当歌，一定是那古酒太浓太烈，陆钟也有几分醉了，嗓子里热乎乎的，心头就像燃着一团火，烧得他全身暖融融。

第十六章　双管齐下

A

"爸爸，妈妈。"

李木木左手陆钟右手司徒颖，小脸笑得像朵迎春花。陆钟不由自主地被李木木拉着，跟着一大一小两个女人，眼前一片灿烂光明，像是奔赴不可思议的异度空间。世界看起来很大，可他却只能听见司徒颖和李木木的笑声，清脆的欢快的笑声。爸爸，妈妈，李木木叫得那么响亮，似乎天经地义。

就像一个真正的三口之家走在一起。陆钟感受到一种前所未有的愉快，仿佛每个毛孔都是笑脸。就这样一直走下去，也许走了一天，也许走了一整年，时间在这个特殊的空间里变模糊了。不知究竟走了多远，可这条看似通往光明的路却越走越长，怎么走也走不完。李木木累了，使劲摇着他的手要他抱，可他也累了，一双腿似有千斤重。正犹豫着要不要继续走下去还是休息一下时，忽然一阵喧哗仿佛从天上传来。有急切的脚步声，有轰隆隆的雷鸣，还有激烈的争执。难道天上的神仙也吵架了？这究竟是个什么地方？

一个激灵，陆钟睁开了眼睛，原来是梦。

此时已日上三竿，太阳穴隐隐作痛，嗓子干得直冒火，看来都是宿醉惹的祸。窗外是朗朗的日头，风声挟着陌生的鸽哨，身下是精致的酸枝木罗汉床，看着这一切真有种恍如隔世的感觉。踏着坚实的青石地板绝不会心浮气躁，这是真实踏实的生活，就像再也不用千里奔波，也许司徒老爷子就是因为这个，才早早金盆洗手，携三房妻眷提前退休。比起师父老韩，司徒老爷子才是真正的会享受，经历过江湖风雨又家宅安康子孙满堂的人能有几个？

就在陆钟恍神的当儿，忽然听到外面再起喧哗："你们都别拦我，我要去把这小子给宰了。"

说话的是司徒颖，陆钟赶紧打起精神，穿上鞋子就往外走，刚出门，就看到单子凯和梁融也从各自的厢房里出来，看样子大家都刚起床。

客厅里，李木木乖巧地守在老韩身边吃着开心果，司徒老爷子身边多了两位面生的男子，司徒颖气急败坏，一看就是在闹别扭。陆钟上前一问才知道，原来那两位穿西装的是司徒的三哥司徒易和四哥司徒丹，经营家族生意，这么急着回来就是因为今早收到了马弈那边发来的最后通牒，如果再不把司徒颖嫁给他的话，他就要搞垮司徒家族的股票。

"独木难成林，他一个人能掀多大的浪。"单子凯对马弈印象不好，觉得那家伙不过虚张声势罢了。

"爷爷，这几位是？"司徒丹还不认识在座的几位。

"这位是小颖的干爹，这几位是跟小颖一起闯荡江湖的好朋友，都是自己人。"老爷子的介绍已把老韩和陆钟他们当成了自家人。

"你们有所不知，马家生意的规模跟咱们不相上下，现在又经营了一家基金公司，而我们最新成立了一家投资公司，大部分流动资金都放在银行里验资，这几天是不能动的。马家手里的流动资金可能比我们多，所以真的玩起来，可能会有点麻烦。"司徒易戴着眼镜，看起来斯文庄重，知书达理。

"你们有所不知，马弈不按牌理出牌，什么坏事都做得出。"司徒丹穿着格子衬衣牛仔裤，有点学院派海归的范儿。

总的来看，这二位的气质跟司徒颖的蛮横刁钻完全不同，面目和五官却有几分相近，毕竟一祖所出，司徒的家人几乎都继承了老爷子那双晶亮的眼。不知为何，陆钟心里忽然又想起了那个梦，他和李木木还有司徒颖成了一家人的梦。这个忙肯定要帮，只不过，具体怎么个帮法还得斟酌。就在大家正发愁时，陆钟想起了昨晚柳前辈的那番话，以贪婪对付贪婪，以卑鄙对付卑鄙，正是对付那家伙的最好办法。忽然福至心灵，他顿生妙计："我有个想法，不过还得看看大家愿意不愿意。"

"这个办法还得大家全力支持，我说的全力，有可能是要把咱们的所有积蓄都押上来赌一把，不知道，你们愿不愿意？"陆钟说话时把目光看向了梁融、单子凯还有师父老韩。

"小子，你是不是想借股市的盘子，自己坐庄玩一把百家乐（注1）？"老韩跟陆钟灵犀相通，马上就猜出他想做什么。

"我这点小聪明被您一眼就看穿了。"陆钟不好意思地笑笑，继而认真地说，"我可以担保，借用大家的钱肯定不会有损失，而且还能赚一大票。只不过这次的投入必须大，各位的老婆本和创业基金可能全都得拿出来。"

"没问题，为了大小姐，别说是老婆本了，就算是棺材本也得拿出来。"单子凯眉头一挑，笑道。

"胡说什么，我的才是棺材本。"老韩白了他一眼。

"这样合适吗？这些钱是大家辛辛苦苦才攒下来的，万一……我可不想欠你们这么大的人情。"司徒颖第一次不好意思，当老千不容易，虽然收入高，但也是大家用命拼来的。

"先把话说明白了，万一要是陆钟把事情搞砸了，他下半辈子就得给我们做牛做马了，从此以后他赚的钱都是我们的。至于你，当然要钱债肉偿，初步计划是把你送进娱乐圈，我们哥俩是经纪人兼造型师，百分之七十的抽成，唱歌演戏拍电影还有应酬饭局，不由得你不去。"梁融开着玩笑。

"听你这么说我倒觉得很划算呢，真希望陆钟真能搞砸了，咱们下半辈子也不用愁了。"单子凯搂着梁融的肩，很默契地说。

"哈哈，你们这些年轻人啊……老东西，你教的徒弟还真不错嘛。"司徒老爷子再次倚老卖老地管老韩叫老东西，他老人家大手一挥，"这宅子值点钱，抵押给银行也能换一笔现金周转，你们尽管放手干，只要不搞出人命，天大的事情我负责。"

"谢字就不说了，今后咱们都是血亲。"司徒颖满心感激，这年头能借钱帮忙的才是真朋友。

"你现在才把我们当血亲，我们可早就当你是血亲了。"单子凯个子最高，左手搂着陆钟右手搂着梁融，大家一起笑了。

"大家笑什么呢，我错过什么好消息了吗？"柳喜荫昨晚喝得最多，醒得自然最晚。

"前辈，我正在想，帮您找到女弟子和秘籍的事恐怕要用上我们这里最帅的家伙。"陆钟拍了拍单子凯的肩，把他推了出去。

"我？那你的百家乐计划怎么办？"单子凯有些迷茫。

"别担心，咱们这次是双城计，两边可以同时进行。"陆钟冲他挤了挤眼睛，嘴角翘出自信的微笑。

B

马弈果然言出必行，不过短短的三天，他已经勾结了无良记者，把新公司筹备的验资说成被政府调查，在报上大肆捏造和宣扬司徒家族的丑闻，当然他做这事的时候手脚利落，买通了不少枪手并没用自家真名，而且那些报道的角度也很专业，用了不少"涉嫌"之类的词汇，就算真有人查起来，也不算违规。马弈把形势一造，顺便还联手了京城和沪上两位有名的私募基金操盘手，只用了三天工夫，就把司徒家族的那支股票给弄到了跌停。马弈知道司徒家族家底丰厚，之所以插上一脚，就是为了既抱得美人归还能赚上一大票，现在美人抱不到，还耽误了他好几年的工夫，以他的个性，自然要连本带利讨回来。

三天，陆钟他们还只做完准备工作，师徒四人连同司徒颖这几年攒下的嫁妆钱，全都凑到一起也有八位数的资本。经过陆钟的一番精心计算和布置，这笔钱用来抢救一支股票固然力量微薄，不过用来做引子却已经足够了。

正式动手前，陆钟问过精通股市操盘技巧的司徒三哥，进入股市之前有没有什么要特别留心的，比如，如何显得更内行，在股民面前更有说服力。三哥摇摇头说不用担心，绝大部分股民对金融专业术语和上百种股市分析公式都是两眼一抹黑，只要没有分析员和股评们的旁白，他们就像在看没有字幕和翻译的外国电影。

老韩陪着陆钟去了趟证券公司，以司徒颖的名义开个户头，把那八位数的积蓄全都存了进去。公司里人来人往，这阵子股市走势不错，不少人都赚了钱，来看盘的人比菜市场还多。刚走进公司，就被好几个守在大厅里的人给瞄上了，有人过来奉上所谓专家委托炒股的广告，上面写着免费试炒第一周免交易费，保证赚钱。

老韩和陆钟对视一眼，笑着摇了摇头，就在他们进门到大户经理窗口短短的一段距离，已经被好几拨人给盯上了，对方的眼神陆钟一看就明：大鱼来了。这些人八成是每天守在公司听风报信，顺便帮暗庄当托的，不论哪个行当，只要跟钱打交道就有骗子，而股市里的同行实在太多，怕是傻子要不够用了。

等待最后盖章的时候，老韩第一次表示出了这些天的担心，"小子，你真把这一局当百家乐来玩？"

"股市不也是个大赌场吗，怎么，师父不放心？"陆钟听出老韩话里有话。

"你说说看，百家乐有什么必胜的办法吗？"这事还真在老韩心里憋好几天了。

"虽然跟您去过几次澳门，不过我还真不擅长，您有话还请明示，我一定好好记着。"陆钟在赌桌上的千术技巧远没有他在设局方面用心。

"不论是百家乐还是炒股都一样，想靠赌暴富一把赢很多钱是不可能的，不能贪，一贪就输了。这次我们是帮小颖解决麻烦，并不是为了赚钱，你要记住。"老韩知道陆钟聪明，最担心他聪明反被聪明误。

"是，师父，我记住了。"师父很久没这样说过话了，陆钟认认真真地听着。

"第二点，也是我多年来的体会，每一个赌徒都是精力有限的，不仅是你的对手，还有你自己都一样。能短线翻身就不要玩持久战，时间越长变数越大。而且运气这种东西也有时效，可能一时手风顺，但背时起来也是瞬息之间，切记见好就收。"老韩想了想，还有些不放心，补充道，"最后一点，我想你肯定知道，但还是要提醒一下，别忘了那个度，虽然他为人不善，但我们也不能做过头，记住那晚柳前辈的话，竭'一'之力即可，不要伤'一'之丙（命）。"

"您请放心，这两年来我没让您失望过，今后也不会。"陆钟的眼中透出几分睿智与成熟，他早已不是当年初入江湖的小毛头。

"经历过这几年来的事我也看出来了，你比当年的我聪明得多，可是对你期望越大越是不放心。这不是你的问题，是我自己的问题，毕竟是老了，顾虑也越来越多，每当我回想这一辈子居然骗过那么多人，总会有种不应该的困惑，骗局是靠计划也靠天意的，难道再聪明的人也不能完全摆脱命运的安排吗？说了这么多废话，其实我是想说，不要太自信，再精细的计划，再完美的后备计划也有可能出差错。人外有人，天外有天，没有谁是永远不败的。"老韩说到这里居然有些伤感，那双阅尽人事的老眼显出一丝难得的疲惫。

"师父，你不是说过咱们都是相信有奇迹存在的人吗？你还说过咱们要一起创造奇迹。"陆钟只觉得偶像般的师父真的老了，老得失去了锐气，就像一头开始掉牙的狮子。

"是不是真有奇迹，只能靠你了，我知道自己的身体，上次在杭州无非子前辈为我行祝由之法时说过，最多只能保我三年（详见第一卷《天下有贼》）。现在半年已过，还剩下不到两年半的时间，我希望能亲眼看到你创造了奇迹再去见阎王。"老韩这番话说得很轻，似乎不想被陆钟完全听到。

"师父，我保证这次的事一定会成功，事成之后，咱们马上就去找第三卷和第四卷秘籍，时间还很多，您一定看得到。"陆钟不自觉地握紧了老韩的手，他的赌鬼父亲只给了他这条命，而老韩却教会他如何做人。

老韩还想再说点什么，正好这时证券公司的大户经理过来了，拿了这么大笔钱，佣金肯定不少，经理很狗腿地差点把嘴巴给笑裂，"手续已经全部办妥，欢迎二位正式进入股市，祝二位旗开得胜。"

C

天气不错，北京少有的云淡风轻，梁融穿着刚从超市里买来的最普通的衣服，打扮成一个扔人堆里不会有人看他第二眼的路人，来到马氏基金办公楼的附近转悠。卧底一号可不是谁都能当的，梁融虽然放在队伍里最不出众，但他微胖的身形，和善的面容却是最好的伪装。

左看看右瞅瞅，马氏基金的大楼还是很洋气的，楼下的铭牌上写着设计师是个外国人，大楼前还矗立着一座全铜的奔马造型雕塑，那匹马趾高气扬地抬着头，一副要飞上天的架势。梁融在马腿下抽了支烟，盯着进进出出的人们，琢磨找个什么借口进去。烟还没抽完，他就盯上了一个西装革履戴着金丝边眼镜梳分头的家伙。

小分头黑着一张脸，手里捧着个纸盒，纸盒里装满了厚厚薄薄的文件夹，边走嘴里还在嘟囔着什么，看他那小样儿八成是被人家给开了。小分头出门拦了辆的士，就要离去，梁融赶紧挤上那辆车，急中生智道："不好意思，我被前妻跟踪了，能不能让我搭一截路呢？待会儿您下车就是，车钱我来付。"

一边说着，梁融还假装朝外面看看，真像在躲谁的样子。小分头往外面一看，也不知道谁是他前妻，只当自己遇到了便宜，不占白不占，没提出异议："司机你听到了吧，他说车钱他付。"

只要有人付钱司机自然没意见。车里的三个都是男人，梁融就像个话唠一样聊开了，从自己被前妻怎么跟踪，怎么要赡养费，一直说到最近炒股手气不好买一支跌一支，捂盘那么久，一涨涨一分，一跌就跌一块，真是气死人。

　　小分头本就在证券公司工作，说到炒股自然有共同语言，再一看梁融的形象诚实可信，也就没把他当外人，一块儿聊了起来，没用多久，梁融就引导着他聊到了工作问题。果不其然，小分头正是因为业绩不好被炒鱿鱼了，大致的原因是对待大客户不够用心，导致大客户被其他公司挖走。这小子自恃名校毕业，以为此处不留爷自有留爷处，只恨马氏不识货，满肚子的怨恨，连同马氏手下有帮人搞专家代炒股其实是骗钱的事儿也兜出来了。

　　"哼，别以为我是好欺负的，要是不把奖金打给我，我就去证券报给他们来个大曝光。"小子愤愤不平，丝毫没察觉自己已经着了他人的道。

　　"奖金的事写进合同了吗？"梁融故作高深地问道，"不瞒你说，我就是搞法律的，这种事情必须白纸黑字地写明，要不然的话打起官司来也空口无凭啊。"

　　"这我还真不记得了。"小分头被他说得不自信了，"这该怎么办呀，好歹我也干了三个月，虽然业绩不算最好但也绝对不是最差的，奖金还有两万块呢。"

　　"小兄弟，咱们也算有缘，要不这样吧，我陪你回去一趟，把你当初签订的合同拿出来看看。"梁融的脸上流露出一副绝对的好心人表情。

　　"您收我律师费不？"小分头怀疑地看着他。

　　"不用不用，说了咱们有缘，你肯让我搭车甩掉我那个可怕的前妻已经是帮了我很大的忙了，我帮你看看合同也不算多大的事儿。"梁融压低声音，故作神秘地说，"别看我穿得不怎么样，那是为了躲我前妻，为了几十万赡养费能把人给逼死。"

　　"那敢情好，那就麻烦您一趟。司机，请回去刚才我上车的地方。"小分头找到了帮手很是高兴，马上让司机调头。

　　有了小分头的带领，梁融很轻松地经过一楼的营业厅和二楼的贵宾部直奔三楼以上的写字楼。趁着小分头找人事部主任的当儿，他在办公室里东走走西看看，这里的生意还不错，电话响个不停，坐在办公桌前的人不是在看盘就是在打电话，就连复印个文件也是跑着去的，都忙得四脚朝天。正好，没人注意他。办公桌没坐满，透过玻璃墙还能看到会议室里聚了不少人，总经理办公室却是空的，一定是在开会，他赶紧溜了进去。

　　这帮搞金融的一点防范意识都没有，连电脑都没关。梁融轻点鼠标，马上看到了想要的内容，正好把U盘插上，不管三七二十一，把所有内容都拷下来再说。等待的时候他也没有闲着，顺手掏出八百万像素的手机，把桌面上总经理的通讯录和工作备忘给一页页地拍了下来，离开前还不忘拿走几张名片。他小心翼翼地关上门，刚走出几步就遇到了小分头。

"大哥，你到哪儿去了，我找不到你。"小分头满脸的郁闷，一定是碰了钉子。

"哦，我去找卫生间了，刚有点内急。"梁融反应超快，边说边把U盘揣兜里。

"大哥，这公司太可恶了，翻脸不认人，人事部的主任不知躲哪儿去了，你说怎么办好呢？"小分头自己的事儿还担心不过来，没怀疑梁融的话。

"这样啊，那只好下次再来了，这样吧，我把手机号码告诉你，下次他们要再避而不见咱们再联系，你的事我一定帮到底！"梁融拍拍他的肩，再次打出好人牌。

"大哥，你真是热心人，也不能让你白白帮忙，要是那两万块要回来了，我分三千给你。"小分头大概是怕梁融不肯帮忙，主动提出来要付钱。

"唉，不用客气，咱们交个朋友，我最看不惯就是这种以大欺小不讲诚信的公司。"梁融一本正经地说完，真的掏出了手机跟小分头交换了电话号码。

走出马氏基金的大门，梁融已经想好了今晚要在网上发布的帖子标题，借用一首流行歌曲的歌词：金马，黑马，傻傻分不清楚。再加上手机里的照片和U盘里的内容，足够陆钟去完成他的斩马计划。

D

武汉。

水汽弥漫的桑拿房里，司徒颖裹着浴巾惬意地享受着炙热水汽带来的放松，懒洋洋地舒展着身体。门外一个窈窕的影子靠近，传来一把低沉却富有磁性的声音："不会所有房间都有人吧？"

"实在是抱歉，今晚我们其他房间人都满了，只有这间里面还是一位客人，您要不进去的话，待会儿其他客人来了就更没位置了。"听起来像是客服小姐的声音。

"好吧。"那个女人虽然很不情愿，但也别无选择了。

木门推开，司徒颖淡定地瞟了眼刚进来的女人，皮肤很白，眉眼中带一丝妖气，让人无法小觑。女人的头发湿漉漉的，一定是刚冲过冷水，有些畏寒。司徒颖嫣然一笑，友善地在石盆里浇了瓢水，滚烫的石头立刻滋出浓浓的水汽，雾里看花，两个女人都更美了。

美人和美人之间总是有许多共同语言的，话题最多的除了衣服和首饰就是男人。两个素不相识的女人，其中一个因为失恋而大吐苦水，在这间逼仄的桑拿房里，简直躲都没地方躲。司徒颖说自己命里带财却八字克夫，嫁了两个有钱老公都短命，不是车祸意外就是心脏病发作，好在还有遗产，可为了保住那些钱跟夫家的人打官司打得头疼。去年她经别人介绍，认识了一个年轻的帅哥，之所以说年轻是因为前两任老公都是中年人，因此她对帅哥格外上心。没想到帅哥居然是看上了她的钱，骗走了一套房子后就闪人了。

司徒颖很有谈话技巧，正好吊起对方的胃口又不会太过嫌恶。此女虽然不太喜欢这种被当作苦水回收站的感觉，不过司徒颖话锋一转，立刻扯到了钱上："冒昧地问一下，能不能请你帮个忙？"

"我？"这要求很唐突，对方显然意外。

"不会让你白帮，我愿意出十万块！"司徒颖两眼放着光，显得迫不及待，"十万块，请你帮我勾引那个坏男人。他从没被女人甩过，我想请你把他弄到手然后再甩了他，咱们女人不是应该互相帮助吗？"

"呵，这不太合适吧，十万块，勾引你的爱人。"对方似乎不太愿意。

"他不配当我的爱人，我只想要他心痛，要他也尝尝被人抛弃的滋味。小姐，我有种直觉，你对男人肯定很有办法，不像我，只能被他们甩，求你了，帮帮我吧，要是嫌钱少我还可以加。"司徒颖很执著，紧紧地拽着对方的手，就像抓住一根救命的稻草。

"我考虑考虑。"对方口气开始松了。

"别考虑了，二十万，我先付你十万，事成之后再付你十万，现钱，好不好？待会儿出去我给你看他的照片，真的很帅，你不会吃亏。"司徒颖显得很诚恳，"对了，能不能问一下你的名字？"

"我叫李夜，晚上出生的。"李夜露出了一个妖媚的笑。

她就是那位挟秘籍私逃的柳喜荫的女弟子，一听到司徒颖这个外行乱说生辰八字和外行人的批命早就有兴趣宰上一刀。跟随柳前辈好几年了，多少学到了一些本事，没想到她还没出招这个傻女人居然就主动开口求自己帮忙。送上门来挨宰，不宰白不宰，正好她眼下急需用钱。

E

司徒家族的诚智实业的股票已经接连两天出现下跌，被马弈收买的股评人纷纷做出不利的预言，股票论坛也有不少大户在抛售，马氏基金在这时候也火上浇油宣布撤出对诚智实业的所有投资，种种舆论之下股民人心惶惶。这支实力股自打上市以来一直稳健，不少专家都推荐长期持有，收益也很稳定，补仓还是脱手是个难题。

这天上午，诚智实业开盘后依然一路走低，跌量之大让人震惊，按这个路子搞下去大概下午就会出现跌停。不少坚守的老股民也准备放弃，中午收盘时网上忽然传来召开股东大会而停牌的消息。

诚智实业的股东大会上，大股东和小股东代表们一个个面色凝重，大家都在交头接耳。有人长吁短叹，有人眉头紧蹙，这几天的大跌让大家都赔了不少钱，可电话打到总公司，却说公司有大的计划，绝对让人震惊。到底是什么计划，司徒家族的人又守口如瓶笑而不答，不过看他们的样子，似乎并不为这两天的跌势担心。

"司徒家的人底子比咱们大多了，他们亏得起咱可亏不起啊。"一个小股东代表烦躁地抽着烟，精明的双眼打量着在座各位，试图看出点端倪。

"谁说不是呢，要是实在没戏，我打算撤了。"说这话的是名老股东，叫舒逋鳍，股份不少，虽然跟司徒家族有些交情，但他跟马氏那边交情更深，早就得了那边的消息趁高抛掉了手里大部分股份，现在根本不急，这次来开会也纯粹为了摸消息。

"听说是有大动作，您知道是什么吗？"坐在舒逋鳍旁边的叫上官法财，两位大股东私交甚好，平时也常互通消息。

"唉，我现在是一颗红心，两手准备啊。"舒逋鳍摇摇头，意味深长地叹了口气。

"司徒老爷子还是不错的，当年咱们合伙开公司的时候他可借过钱帮咱们翻身，按说他家生意现在有难，咱不能过河拆桥啊。"上官法财低声道。

"你还是那个死脑筋，不懂与时俱进，总记着那些老皇历能怎么样，股市就是战场，别老提感情，多伤钱呐。"舒逋鳍瞪了他一眼，不再多说。

今天来开会的人心情都很复杂，诚智实业多年来一直厚道，但厚道不能当饭吃，如果再这么跌下去大家都要亏死，神仙也不能不清仓了。就在各种长吁短叹连成一片士气最低沉的时候，司徒易容光焕发地引着几位陌生面孔进来了。还没说话，其中的一位陌生面孔就吸引了大家的全部注意，合体的西装，精致的发型，一大把茂盛的胡子，器宇轩昂，虽然戴着墨镜看不透真实面目，但那气势却让人觉得非同凡响。不由得在场的所有人都肃然起敬，会议室立刻安静。

"不好意思，让各位久等了，这几天股市略有波动，让大家担心了，今天开这个股东大会，就是想告诉大家一个好消息。华尔街的华裔股神，任金生先生将重金入股诚智，诚智即将开拓互联网新领域。"司徒易的开场白让大家很是震惊，马上议论纷纷。

"互联网新领域是什么啊？"

"这位老先生打算出资多少入股啊？"

"现在还搞互联网，靠谱吗？"

"这就是救市行动吗？你们有多少胜算？"

各人的反应显然在司徒易的预料之中，提问的人中还有他们请来的几位证券报和股市论坛的编辑，他举起手示意大家安静，然后请那位气势非凡的任老先生为大家讲话。

"诸位好，我们第一次见面，相信各位对我不甚了解，这里我就不多做自我介绍了，本人的资历无关紧要，最重要的是能帮大家赚到钱。当然，有兴趣的朋友回去后可以上网搜索一下关于本人的信息。"任老先生本就有副德高望重的样子，此言一出，大家心里踏实了不少，安下心来听他说，"下面我来为大家介绍这次的合作伙伴，华裔资深IT人李韬先生，请他来为大家介绍一下即将引进的新业务，相信大家听完后会有自己的判断。"

这位华裔资深IT人李韬，鼻梁上架一副无框眼镜，穿大牌却款式朴素的衬衣和舒适的板鞋，他先是微微一笑，对旁边的工作人员打了个手势，身后的大屏幕上很快出现了早已准备好的幻灯片，一个醒目的标题让所有人注目：《近年中国网络游戏行业发展报告》。

"2007年起中国网络游戏市场规模就有一百二十亿，中国网游的用户规模初步统计是六千万。这个数字让我们很感兴趣，网络游戏，作为一种全新的互联网盈利方式已经……"李韬开口就甩出两个迷人的数字，这两个数字足够在座的敏感人士们分析好半天了。

股东大会开了一下午，听过一大串的数字后，在座的各位都对诚智实业的新路子非常满意，就连舒逋鳍那样的两面派也出现了逆转。会议结束后，还有好几位股东围着李韬提问，司徒易则负责招呼那些大股东们。

"我说老舒，你现在还觉得要两手准备吗？"上官法财跟舒逋鳍并肩往外走着，忽然感慨地问了一句。

"股神也是要看形势的，现在不是形势不明朗嘛，我再观察观察。"

两人不再说话，都低着头，各自想着心事。还没走出大楼，舒逋鳍就忙不迭地掏出手机跟马氏基金的经理联系："你给我的消息有问题吧，我看诚智实业还是不错的，我都打算补仓……

"舒伯伯上官伯伯，天色晚了，要不要我让人送送？"司徒丹忽然从背后冒了出来，吓了舒逋鳍一大跳。

"不用不用，大侄子，我儿子就天天上网玩游戏，根本没法管，谁拦他就跟谁急，搞网络游戏赚钱，我看行。"上官法财刚才会上没说话，心里一直在寻思，"放心吧，我今晚回去就补仓。"

"舒伯伯，您觉得今天的计划怎么样？"司徒丹接着问舒逋鳍。

"这个……很不错，我当然也会补仓，放心吧。"舒逋鳍赶紧把手机给关了，要是被对方听到以为自己吃两家，以后的内幕消息可就不会那么灵了。

"有两位的支持我就放心了。"说到这里，司徒丹朝周围看了看，确定没其他人后才凑近二位小声说，"在这里透露一点，那位任老先生来头不小，下周开盘后诚智实业至少要涨这么多。"

司徒丹伸出了五指，两位老股东心照不宣地笑了。舒逋鳍心里也开始活动了，诚智实业很少搞行动，难保一出手就是亮真招。回去后，他上网搜索了那位任金生，很快就发现他果然有来头，不仅有全英文的个人网站，还有很多值得称道的事迹，别的不说，他曾跟巴菲特共进过晚餐，个人网站上两人握手的照片被放在最醒目的位置，除此之外就连香港那个从五千块炒出两个亿的股神曹仁超也是他朋友。

能跟股神做朋友的人，就算不是真正的股神，差距也不远了。手里的钱可是有限的，究竟该倾向股神还是倾向马氏基金，舒逋鳍盯着网站上那个帅老头讳莫如深的微笑，陷入了思索。

这一夜，同样犯愁的不只他一个。马弈买通的所有股评人和私募基金经理今天也都收到了来自诚智实业的特别邮件，写吧，收了马家的钱不能不办事，不写吧，明天全国都知道了。除了这些股评人外，还有不少收到马氏基金"内幕消息"的股民也在犹豫，马氏说的下跌已经连续两天了，下周究竟是跌是涨，这可是个伤脑筋的问题。

F

武汉。

一家人气旺盛的台球会所里，传出接连不断的叫好声和喝彩声。李夜穿着最简单的黑色牛仔裤和白色工字背心，披散着一头卷发，悄无声息地站在球桌旁。

美式台球桌旁，一位扎着马尾的妙龄少女正伏着身子亮出犀利的一杆。她叫黎小薇，是该会所老板的女儿，十岁练球，十三岁就打遍全城无敌手，每天都有粉丝来看她练球。那枚被击中的白球清脆地撞上台壁，然后拐了个奇怪的弧线正中台中黑球，黑球不徐不疾地跑出一米左右的距离，跳进左侧的球袋。这是此局的最后一球，除了开球没经手外，自她上场后就没停过手，一球接一球地进洞。

掌声四起，看客们纷纷投来佩服的目光，黎小薇得意地走到一位穿着白色POLO衫的帅哥面前，抄起双手，挑衅地说："怎么样，一千块，敢不敢赌？"

虽然在场不乏高大威猛英俊男，但这位白衣帅哥看起来却格外出类拔萃，俊朗中带着难得的书卷气，微微一笑足以谋杀大多数女人的芳心。帅哥显然是外地人，第一次来这家会所又正好有些炫耀，提出要跟黎小薇PK一局，见到有不知死活的外地人找上门来，黎小薇的粉丝全都抱着看帅哥如何丢脸的心情围观，现在黎小薇主动提出一千块的赌局，大家就更兴奋了。

"五十，我买小薇赢！"

"两百，我也买小薇赢！"

"今天没带多少现金啊，小薇，我先买你一千块。"

不到一分钟，大把的粉红色钞票摆在了桌前，松散的人民币堆成了迷你的小山，在场的人几乎全都站在黎小薇一边。除了李夜。

"好像赔率很高啊。"帅哥不屑地笑笑，眼光掠过众人头顶，他大步一迈就靠近了李夜，右手搭上她的肩，仿佛回应对方的挑衅，"美女，能不能帮我捧个场，没人买我赢实在没面子啊。"

李夜刚才一直站在球台旁，除了看到帅哥一个潇洒却无一命中的开球外什么也没见到，说实在的，她心里并不觉得帅哥有可能会赢。李夜不拒绝也不答应，依然保持刚才的姿势，只不过把视线转到了帅哥身上，从头看到脚又从脚看到头。那猫一样的眼神，若是换作其他男人，定要被她盯得骨头都酥掉，可帅哥却脉脉含情地凑近她，手很不老实地在她屁股上摸了一把，说了句很不相干的话："没人买我，赔率大，包你赚钱。"

李夜这才扑哧一笑，一摸牛仔裤的后兜，里面多出了两百块，反正不用自己出钱，怕什么，她大大方方地掏出来，"我买他赢。"

这就算正式应战了，不过帅哥有一个要求，那就是不比美式台球，而是比斯诺克。

"斯诺克？"黎小薇有些意外，刚才打的是美式台球，她最擅长的也是这个。

"怎么，你不会是不敢吧？"帅哥仗着自己一米八几的身高，俯视着黎小薇。

"有什么不敢，尽管放马过来吧。"黎小薇人小却不露怯，她还真没失过手。

看到有人下重注，整个会所里的人都围了过来，黎小薇在一众粉丝的簇拥下换了张斯诺克的大桌，拿出她定制的私人球杆，深深地吸了口气，上场。因为上一局她是赢家，这局便由她开球。斯诺克有二十二颗球，比起美式台球来难度更大规则更多，不仅球桌变大了，力度和计算的精准度全都变大了。要想玩好斯诺克，除了基本功和技术外，还需了解基于物理力学、数学、解球公式的斯诺克理论，还要懂得选择目标球，进攻，防守，走位。真正的斯诺克高手，绝对是球风球德良好，不骄傲自大，冷静沉稳，胸怀大局的绅士。总而言之，能打好斯诺克的人绝对也是玩转美式台球的高手，但能玩好美式台球的人却不一定能玩好斯诺克。

开局很漂亮，黎小薇接连进了三颗球，不过随着时间的流逝，她的弱点也很快暴露，毕竟年龄摆在那里，又极少输，于是也极少怀疑过自己的技术。李夜虽然知道黎小薇的技术不错，不过此时，看到黎小薇急于求胜后的状态，不禁暗赞自己买对了人。帅哥还真不是盖的，稳重而冷静，周围再多人看再多人议论，他也全然不顾，仿佛置身无人之境，只是冷静地出杆，再出杆。

黎小薇果然有天分，虽然有些焦躁，有些不在状态，却还是死死地咬住分数。比赛最后进入了白热化阶段，两人的分数很接近。此时李夜已经完全倒向帅哥那一边了，如果他赢了，那一堆钱至少有三四千，也算不错的收入。

刚才帅哥打球时，不少黎小薇的粉丝们在旁边叫闹着，试图影响他的注意力。现在最后一颗彩球距离白球至少差不多有一米五的长距，李夜开始发挥作用了，她来到黎小薇的身后，小声嘀咕着："打不中打不中打不中……"

也许是她的话真的发生了作用，也许是黎小薇开始紧张，白球轻飘飘的，而且角度有些偏，虽然击中了彩球却只把它推进了几厘米。这颗球起着决定性的作用，帅哥上场后彩球的位置已经距离球袋很近了，帅哥毫无悬念地终结了这个赌局。粉丝们嘘声一片，不过没人责怪黎小薇，她的粉丝年纪都比她大，安慰地说些不要介意和胜败乃兵家常事之类的话。

"其实我赢你的只是年纪，要是你跟我一般大的话，我就输定了。"帅哥边数钱边说着，毫无疑问他还是那么帅，就连数钱都帅。两个黎小薇的女粉丝甚至问他要起了电话号码，不过他没给，最后他把所有钱递给李夜，"美女，是你带给我的好运，赏脸一起去吃点东西吧。"

李夜是肩负着任务来的，任务就是要把这个帅哥勾到手然后再甩掉，没想到这么容易就上了手，她自然也是求之不得。

半个小时后，两人来到武汉市夜宵最火暴的吉庆街。帅哥已经跟李夜聊得很投机了，他叫唐潇，是来武汉短期旅行的。在街上转了一圈，两人手里全是好吃的东西，只是李夜没想到居然会再次见到黎小薇。

"让我等这么久，差点以为你携款私逃呢。"黎小薇一边啃着鸭脖子一边伸出手。

"美女，不好意思，赢的钱我们说好对半分。请拿出一半来吧。"唐潇也不遮掩，拍拍李夜的肩。

"难道，你们是约好打假球？"这真的出乎李夜的预料了。

"很奇怪吗，我不输的话怎么能赚到钱呢？人家国足搞假球也不是一年两年了，我们不过是小赌怡情。"黎小薇人小鬼大，说起话来俨然是个老江湖，麻利地从那叠钱里掏出一半来塞进自己的口袋，"好了大表哥，你们慢慢吃，我还要回去看场子。"

"大表哥？你们是兄妹？"李夜再次惊讶。

"祝你们春梦了无痕！"黎小薇人已经走远了，头也不回地伸出一只手挥了挥。

"别听她的，这小丫头看多了《纵横四海》，全世界的帅哥都是她大表哥。"唐潇笑笑，手却悄无声息地搂住了李夜的腰，转头看着她，"直觉告诉我，你是有目的来接近我的。"

"不错，一个女人雇了我，她说你是个从没被女人甩过的男人，她还说你是个骗子，雇我来勾引你。"李夜也算阅人无数，只是这几年一直跟着老头子柳喜荫，毕竟相差了几十岁，怎么也找不到感觉，此刻面对唐潇灼灼的目光，不动心是骗人的。

"你觉得我是骗子吗？"唐潇很坦诚，但是手却搂得更紧了。

"当然，你刚才还跟人串通打假球来着。"李夜尽量克制住情绪，可事实上唐潇的体温，还有他说话时带着烟草味道的气息都让她濒临窒息。

"你啊，被人骗了。实话告诉你，真正的骗子是那个女人，我们曾经是一对搭档，因为分钱的问题闹翻了，她怕我去找她，索性先找你拖住我。"唐潇的嘴唇几乎要贴到李夜了，手指却若即若离地在她背部划过，"现在，你还想勾引我吗？"

"那要看你想不想被我勾引。"李夜全身都软了，太久没有接触这样年轻有力的男人，她觉得唐潇的手带着电流，被他碰过的地方简直有蓝色的火花闪烁。

这夜当真芙蓉帐暖春光激滟，小小的假球骗局成就了一对露水鸳鸯。

注1：

百家乐：百家乐于1490年前后起源于意大利，名字取自意大利语中的"baccara"，意思是"零"，因为在大部分扑克牌游戏中占着高价值的花牌（J、Q、K）和十点牌在游戏中都算做零点。六十年代，澳门赌王何鸿燊的合伙人叶汉将这种游戏引入澳门，并为其起了一个具有东方色彩的好名字：百家乐。

百家乐和其他赌戏不同的地方在于，其他赌戏中都能找到明显的代表赌场的一方：如二十一点和加勒比扑克等都由荷官以专门的一门牌代表赌场和赌客对博；在轮盘赌中，赌客没押的号码就代表了赌场一方；而百家乐赌戏虽然分为庄(Bank)、闲(Play)、和(Tie)三门，但这里的"庄"、"闲"并没有具体的含义，只是代表游戏的双方，"和"是为了增加娱乐性而设立的一个彩头。客人根据自己的意愿可任意选择庄、闲、和下注。因此有人认为百家乐是最公平文明的赌法，其实这是误解，从科学的角度计算收益率，二十一点才是最公平的。

第十七章　后院着火

A

上午九点不到，证券公司的大厅里挤满了人，平时很少露面的大户们也早早赶到大户室，为的就是多听点消息。股票在线论坛里关于诚智实业的消息也满天飞，经过周末两天时间的酝酿，诚智实业有新的大股东注资护盘还有新业务要开展的消息已经路人皆知。但毕竟连跌了两天，人心惶惶，谁也说不准究竟是什么走向，最后大部分人还是决定观望，如果真的走高再入手也不迟。

终于开盘了，诚智实业果然不负众望一路走高，短短几分钟内就蹿升了五个点。舒逋鳍心乱如麻，是真的，那天司徒丹说的是真的！五个点呐，明明有内部消息结果错失了良机，要是昨晚上就下手的话，现在肯定赚翻了。环顾四周，他才发现不下手就要晚了，就在他等上涨的时候，上官法财还有几个投契的股友已经提前下了单，外面大厅里的小股民们见状也开始跟风。显示器不停刷新，成交量不断放大，成交价也一路走高，很快就达到了六个点，七个点，八个点。

舒逋鳍急了，不能再等了，再晚连骨头都没了，他咒骂着马氏基金，赶紧操作着，用比半小时前高出三个百分点的价钱买下了一千手诚智实业。靠着跟他的风而赚钱的一票中小户们，见此情形再也按捺不住了，纷纷下单。截至中午收盘，诚智实业已经升了十个点。下午开盘后虽有小幅震荡，但大势已定，不断有人跟进，最终收盘时依然保留在这十个点上。

当晚，股民论坛中很快就出现了中小股民质疑马氏基金的帖子，继而反应最快的股评人也纷纷倒戈，说马氏这次选择做空诚智实业的确不够妥当。好消息接连不断，当晚，诚智实业的网站上出现了更轰动的消息，他们已经联系了美国最著名的游戏制造公司超雪公司，洽谈代理旗下一款即时战略性在线游戏的国内运营权的相关事宜。

这一来，不仅全国股民对诚智的关注度再次提高，连带着还火爆了国内的各大游戏论坛，超雪公司的那款游戏已经被国内玩家觊觎多时，还有些骨灰级玩家申请了海外账号玩，如果这个游戏真的引进中国，风靡全国指日可待。

这绝对是重量级利好，如果说昨天的回升是大股东入股带动的风潮，那引进游戏的消息则给广大股民们注入了一针强心剂。第二天，在万众期待下，诚智实业毫无悬念地一字涨停，截至收盘，诚智的股份已经基本恢复了马氏做空之前的水平，而且继续涨停毫无悬念。

刚刚收盘，人还没散，几名西装革履的严肃男子来到了马氏基金的交易大厅，他们是谁，来干什么，大家都忍不住关注。这帮人直接找到了大堂经理，很多在场的散户都听到了一句话："我们是证监会的。"

跟钱有关的消息总是传得飞快，第二天的报纸上立刻出现了大篇幅的报道：马氏基金大猜想：老鼠仓（注1）？此报一上市，马弈马上接到了他最害怕的人打来的电话。打电话的人是他的奶奶，真正的马氏，一位七十多岁还执掌家族大权德高望重的老妇人。

马老太年轻时上过山，当过土匪婆子，那股麻辣劲儿至今让全家人犯憷，在马家，她的地位跟司马家族的老爷子不相上下，全家大小几十口人，没有一个不心服口服的，也没有一个敢跟她老人家对着干的。马弈费了很多口舌才说服奶奶，让她相信只是暂时被例行调查。可惜那并不是唯一的负面新闻，当晚，有人在国内最大的几家视频网站发出帖子，公开指责马氏基金的股评人说话像放屁，上周才爆料要做空诚智实业，结果雷声大雨点小，诚智不过稍显颓势，这周立刻反弹甚至大涨，这种毫无水平的乱指导让股民损失惨重。该视频上骂人之人的头像被打上了马赛克，但他拿出了这几天听了马氏基金的指导买下的股票交易证明，的确，他亏损了不少。虽然许多观看视频网站的年轻人都不炒股，但大家都被此人花样百出词汇量丰富的谩骂给吸引了，笑得前仰后合。因为不少人都回帖赞此人骂得好，该视频很快就火了，短短一晚上竟被转载上千次。

除此之外，马氏基金的网站出现了前所未有的热帖，一个自称前工作人员的人写了封揭秘信，此人声称马氏基金不但做过老鼠仓，还私下动用大户的钱为自己炒外汇和期货，这些东西他手里都有交易记录。虽然网站工作人员很快删除了这个帖子，但是已经晚了，有人把它转到其他网站去了，手下人把情况汇报给马弈时，事情已经到了不可收拾的地步。

马弈还没吃完晚饭，就接到了不少大户打来的询问电话，开始他还能耐着性子解释几句，可不论他说什么对方都不买账，后来他干脆不接电话，设置到秘书台。心烦意乱的他有家也不能回，他知道，家里还有个比客户们更难应付的奶奶，要是奶奶知道他真干过那些事的话，肯定会揭了他的皮。

兵败如山倒，马氏基金的信誉遭到了前所未有的重创。马弈没有回家，也没心思去酒店，他在车上独自待了一夜，他知道有人在搞自己的鬼，也知道对方就是司徒颖的未婚夫，可对方的招数来得太快，他根本招架不来。这是他有生以来第一次，陷入了深到自己没法触底的困境。

H

武汉湖多，大大小小星罗棋布共计一百六十多个，这些湖泊占据了全市土地的四分之一，其中面积最大的就是东湖，足足六个西湖那么大。在这个从来不缺乏湿度的城市，傍晚暮色朦胧，太阳将落未落，东湖上隐隐地笼罩着一层薄薄的水雾。

东湖宾馆南山甲所的洞庭湖厅足有半个篮球场大，三面落地玻璃大窗，两岸湖光山色，一张超大十六人圆桌上摆了好些宾馆的招牌菜：清蒸武昌鱼，上汤鲴鱼狮子头，洪湖野鸭，还有大大小小的点心，服务员忙着把菜一样样分到盘中呈给食客，手起手落动作迅速，李夜和唐潇觉得眼睛都花了。不错，今晚这里只有他们两人，只因唐潇说要庆祝两人相识七十二个钟头。

"知道吗，毛主席曾经在这里住过，说不定他老人家也曾坐过我们这个位置，吃着同样的武昌鱼。"唐潇蜻蜓点水地动了动筷子，相比起菜色，眼前的美景和身边的美人更值得他欣赏。

"别忘了这里是我的家乡，这个当然知道，我还知道毛主席住的是梅岭一号，一共来过二十九次，最长的一次住了半年。"李夜飞起眼风斜眼看这唐潇，这个男人实在是太帅了，而且太聪明，相比起柳喜荫那个老狐狸，唐潇让她有种难以把握却又更想把握的念头。

"亲爱的，你想过我们的未来吗？"唐潇放下筷子，示意服务员先离开。

“未来？”李夜假意小惊，其实心里有些得意，看来这家伙比自己更动心。

“我觉得咱们天生就该做一对贼公贼婆，要是我们联手，一定会天下无敌。”唐潇的手挑起李夜下巴，那张狐媚的瓜子脸在湖光山色中显得格外诱人。

“贼公贼婆，这个我还没有想过……”李夜是男女关系的高手，要让男人对自己死心塌地，唯一的秘诀就是让他更爱自己。

“当然，坐吃山空，过了今晚我的积蓄可就用得差不多了，我想让你过好日子，天天都像今天这样，吃得好穿得好。”唐潇半眯起眼睛，捧起了李夜的双手放在唇边轻吻。

“说说吧，你是怎么想的。”李夜火眼金睛，当然想到对方也许只是利用自己，跟柳喜荫混了这几年，看人都存着几分怀疑总是没错。

“当然是联手干一票大的，我知道广东的东莞有个人……”唐潇笑了，他要的就是李夜这句话，接着，他把一个计划完美的千局和盘托出，从下饵到撒网，再到收局，除了A计划外，甚至还有B计划和C计划，听上去这绝对是个稳赚不赔毫无风险的好计划。最妙的是，不用李夜出一分钱，所有路费加前期开销全都归唐潇负责，且赚到钱后两人五五分账，李夜至少能分到六十万。

李夜迫切需要的就是钱。离开柳喜荫，除了他年纪太大之外，最重要的就是他对女人实在小气，三个同门姐妹，每一个都跟死老鬼有一腿，也用心帮他赚钱，可他每年分下来的那点钱只够生活费，买完衣服和首饰根本剩不下什么。眼下，年龄相仿的如意郎君，还有赚钱的好路子都齐了，叫她怎能不开心，闪着金光的未来摆在眼前，她要做的就是收拾好行装，迈开腿。

当老千就是要四处奔波，李夜自然知道，从武汉到东莞也只有半天的工夫。他们乘的火车，唐潇很绅士地拖着笨重的行李箱，看到李夜背着个大大的挎包要帮她拿，却被她笑着拒绝了。唐潇注意到这些日子来，不论走到哪儿李夜都是挎包不离身，不过他什么也没说，继续保持着好男人的笑脸。

两个人都生得那么养眼，一路上引来不少人的艳羡，这种感觉是李夜跟柳喜荫在一起时感觉不到的，每个女人都有些虚荣，她也不例外。经过几天的接触下来，虽然对唐潇的了解远远不够，但对他这个人还是很有好感的，如果真能跟他在一起闯荡江湖，未必不是件好事。可惜，就在她做好思想准备，打算跟情郎风风火火干一番事业时，一件意想不到的事情发生了。

火车到达了东莞站，两人刚刚走出站台，在的士站排队等车时，忽然冲出来七八个凶悍的少年，几个人以迅雷不及掩耳的速度把一个麻布袋套住唐潇整个上半身，趁着他反应不灵一闷棍扑下去，将之敲晕。接着，一名光头少年恶狠狠地冲到李夜面前，冲着她亮出一把尺余长的匕首，此人头顶上还文着一只夸张的虎头。李夜被这突如其来的一幕给惊呆了，张大嘴半天说不出话来，几个人抬着唐潇扔上旁边的一辆面包车里，飞快离去。

旁人早就吓得尖叫四起，有人扯着喉咙喊巡警，也有人拔腿就跑，躲得远远的。那帮人显然早有预谋，连车和麻袋都准备好了，逃跑的路线肯定也是事先考虑过的，警察赶到时连目击证人都没了，李夜也在第一时间躲得远远的。

这究竟是怎么回事？莫非是唐潇遇到了仇人？虽然对方没对自己怎样，但李夜不得不思考这个问题，来东莞是发财的，结果财没到却把男人给丢了。她独自守着行李，不知何去何从。手机忽然响了，那是个新号码，只有唐潇知道。掏出手机一看，来电显示居然正是唐潇的号码，她马上按下了接听："李小姐，别来无恙。"

"是你。"这声音让李夜感觉熟悉，她很快就想起此人是谁了，正是那天在桑拿房里遇到的女人，肯出十万块让她去勾引唐潇然后甩掉他的女人。

"李小姐，江湖人有江湖人的规矩，收了钱不做事是不行的，你也不是第一天出来混了，居然敢跟我玩心机。不但不做事，还拐跑了我的男人。"对方显然很生气，"我可以付十万块让你去勾引我的男人，也可以付十万块买下你的贱命！"

"说吧，你想怎么样。"李夜很冷静，如果只是十万块，可以退给她，只要唐潇能活着回来还有机会赚到更多的十万块。

"我要你把吃下去的连本带利还给我，二十万。"这女人果然是混过的。

"我答应你。"李夜心里清楚，唐潇说的没错，这个女人不是善茬，所以他们才会闹崩。

"我还要你手里那本秘籍！"这女人知道的未免太多了些。

"什么秘籍？"李夜心中一震，但马上反应过来，她决定装傻，钱可以赚到，秘籍却只有一本，更何况她还没参透其中的奥秘。

"别跟我装，我知道你的底细，你以前跟过一个姓柳的老头，你背叛师门还拐跑了他的秘籍。要是你不给我的话，后果自负。"这女人也是老江湖，做事之前早就考虑好了一切，"今天晚上，带上钱还有秘籍，等我电话。"

李夜还想说些什么，对方已经挂断了电话，听筒里传出一串长长的忙音。

二十万，几乎是她现在的全部家当，还有那本让她看不懂的秘籍，去还是不去？这个狐狸般妩媚的女子也有着狐狸般狡猾的心。

B

李夜在路边的大排档随便吃了些东西，又等了许久，终于在天黑之前等到了那个女人发来的短信，让她去厚街镇的一个工业区见面。人生地不熟，又没有朋友帮忙，李夜不会鲁莽到拿自己的全副身家冒险，更不会为了一个男人放弃好不容易得到的一切。出发前她找了家很不错的酒店，开了个豪华套房，把秘籍存进保险箱。

厚街镇虽是工业重镇，但鱼龙混杂远近闻名，三教九流什么人都有。虽然并不冷，李夜还是穿了件宽大的外套，把诱人的身材和腰间的挎包都遮挡起来，安全第一，她可不想没见到正主就被人打劫，财和色都丢不起。

的士载着她来到了约定的见面地，上车时她给了司机三百块，包他的车两小时，一会儿她下车后司机就在旁边等着，不熄火，随时准备开车。约定的地方原是仓库区，白色的聚光灯下照出一大片的惨白，那个女人叼着支雪茄，冷眼看着李夜，在她身边有十来个少年，最靠近她的就是那个光头少年，他个子不高，那张脸上却露出不合年龄的凶悍。这伙人正是白天抢人的那几个。唐潇被人绑在一把椅子上，耷拉着脑袋看不清眼眉，嘴用胶纸封了，额角有醒目的淤青。

这女人果然心狠手辣，看到唐潇的样子李夜不免有些心疼，一日夫妻百日恩，唐潇毕竟是她交往过综合指数最高的男人。

"钱我带来了，放人吧。"李夜拿出一张银行卡，下午这个账号被她办理了手机银行，可以随时查账。

"东西呢？"女人最想要的根本不是钱。

"你先让我看看他是不是还活着。"李夜要的是活人，能帮她赚钱的男人。

女人冲身边的光头少年打了个手势，他马上去后面接了半桶水浇在唐潇头上。受了刺激，唐潇醒了过来，疼痛让他面露苦色，嘴里却只能发出含糊不清的呜呜声，看到李夜后，他更是拼命摇头，呜呜声也变成了低吼，可惜李夜听不懂他究竟想说什么。

"人活着呢。现在可以把东西交给我了吧。"女人边说边朝李夜走了过去，身后跟着四名少年，看那架势，颇有点不合作马上就拔刀的势头。

李夜也算是老江湖，不会随随便便被吓倒，但对方人多势众，她还是不由得退了几步，沉声道："你们该不会想动手抢吧？"

"放心，我才不要这个男人，只要你的东西是真的，我就成全你们，让你们双宿双飞。"女人的声音里带着一股不可抗拒的力量，她话还没说完，那几个少年已经来到距离她不足两米的地方了。

敌强我弱，看来没有其他选择，如果不把东西交出去，怕是自己也难全身而退。此时李夜有些后悔，不该来，就算让唐潇死了也无损于己，骨子里她是个只爱自己的人。迟疑了片刻，李夜最终还是掏出了"秘籍"，一本毛主席语录大小的纸张泛黄的旧式硬抄本。

光头少年动作敏捷，硬抄本和银行卡都被一把夺去。

少年先让李夜说出银行卡的密码，用手机查到了卡内余额，没错，的确有二十万，钱没问题。女人更关心的则是那本秘籍，可惜她不论怎么翻，也没看到一个字。

"你敢骗我！"女人显然很生气。

"我没骗你，要是我能看懂秘籍里的内容，今天也不会站在这里了。"李夜说的是实话，秘籍的确是无字天书，真正的那本也是如此，只有柳喜荫知道怎么看。

"最后再给你一次机会，秘籍呢？"女人扔掉手里的雪茄，不耐烦了。

"我真没骗你，这本书只有我师父看得懂。"李夜的解释有些苍白，但她能为唐潇做的也只有这么多了。

"既然你不讲诚信，就别怪我手下无情。"女人一挥手，守在唐潇身边的少年就掏出了匕首，并把刀刃对准了唐潇的喉咙。

"我数到三，要再不拿出真秘籍来，他的命就没了。"女人冷冷地说着，她的眼神如同利刃似乎已经看透了李夜的心，"一！"

今天的一切都发生得太突然了，不，从她在桑拿房遇到这个女人起一切就都不正常了。李夜忽然心念一转,冒出个可怕的想法:也许,也许这些人的出现全都是一个局,幕后的那个人,说不定就是师父那个老狐狸。他怎么可能心甘情愿看着自己拐跑宝贝秘籍?越想越不对劲,这些人,这些事,十有八九都是师父的设计,为的就是拿回秘籍。

"二!"又一个数字从女人的牙缝里蹦出来,时间一分一秒地过去,刀刃也越来越勒进唐潇的喉咙。唐潇的低吼让人心乱,李夜的心跳不由自主地加速了,究竟是不是陷阱?这些天的恩爱在脑海中飞快闪过,那个要跟她结伴闯天涯的人此刻危在旦夕。可是那秘籍是自己花费了好几年青春取得柳喜荫的信任后好不容易才得到的,就这么交出去?不,不行。

"三!"女人最后吐出了这个字眼,见李夜还是无动于衷,那个少年已经下手割开了唐潇的喉咙,那具完美的身体不停地扭动,可这只能加速刀刃刺入喉咙的速度,鲜血一涌而出。虽然相隔甚远,但李夜还是觉得眼前全是血色,她怕极了,这些人真的敢杀人!夫妻都只是同林鸟,他们不过露水鸳鸯,大难临头各自飞也是理所当然。

"快走,咱们快走!"趁着大家都在看唐潇的惨状,李夜迅速逃进的士,好在她早有吩咐,司机一直没熄火,油门猛踩立马狂飙。

那群少年一个个拔腿就追,无奈此时天黑路阔,没有障碍,的士车很快就拐出了工业区上了市区的大道,少年虽然强壮,但人腿跑不过车轮,追出几百米后最终还是放弃了。从后窗里看着那些少年气喘吁吁的样子,李夜这才松了口气。

"小姐,要不要报警?"的士司机关切地问。

"不用,我不想给自己找麻烦。"李夜按着噗噗直跳的胸口,闭着眼睛定了定神,还真应了那晚黎小薇的那句话,春梦了无痕。这一遭亏大了,人没捞到还丢了二十万,好在自己没事秘籍也没事,只是将来要怎么办,还是个问题。

的士车直奔东莞,李夜急着回到酒店,看看保险箱里的秘籍,还有两样值钱的首饰,那是她最后的家底。只是她万万想不到,就在她远离酒店远离秘籍的这段时间,梁融已经潜入她的房间,打开了保险箱。

C

马弈终于回家了,躲得过初一躲不过十五,况且奶奶已经下了命令,再不回去最后连他的继承权都要收回。每月初一和十五，都是马老太吃斋敬神的日子，这一天脾气暴躁的奶奶脾气总是特别好，就算出了天大的麻烦，她老人家也不骂人不打人。

短短几天，马弈像老了十岁，失了那咄咄锐气的他就像拔掉牙的老虎。这些天他度日如年，大客户撤走，基金信誉度严重下跌，证监会下令暂停业务接受全面检查，更严重的还有因为股市亏空导致资金链面临断裂的危机。接连不断的坏消息每天都会出现在一切他看得到的地方，报纸，电视，还有别人的嘴里，像沉重的大山压得他喘不过气。他打小就聪明，家里环境又好，别说没有尝过失败的滋味，就是磕着碰着也没有过。但这次惨遭如此重创，只能说对手太强劲，一出招就把他逼到了绝境，他不是不想反击，只是有心无力。马弈站在自家门前，踌躇良久，还是鼓不起开门的勇气。

"少爷，您回来了。"老管家正好从外面回来，马弈只得硬着头皮跟他一起进去，一路上老管家的唠叨让他更是心乱如麻。

"知道回来了。"马老太穿着黑色旗袍，阴沉的脸比旗袍还黑，那张保养良好的脸看起来只有六十出头，不过马弈能感觉到，奶奶鼻息里喷出来的气都冒着火星。原本他还想向奶奶解释一番，现在看来还是少说为妙。

"奶奶，对不起，这几天公司的事儿太忙，没回来看您……"马弈的话显然底气不足。

"今儿有客人，我不想听你说废话，这位是柳先生，我特意请来的。"马老太翻翻眼皮，不再看这个不省心的孙子，一转头，倒是对那位柳先生极为热情，"这就是我那个不中用的孙子，还请您老给指点指点。"

一听这话，再一看那位柳先生的长衫油头，马弈立刻猜到了客人的身份，不是看风水的就是看八字的，奶奶就信这个，谁反对也不听。柳喜荫已经在马家坐了一下午，该说的也都说了，马老太对他心服口服。

"蒙马太太抬爱，在下不才，先浅析几句，若是说得不对还请您多多包涵。"柳喜荫虽在上海定居，不过北京的大客户也一直是他的主攻范围，有钱和有权的全都是他的重点对象。其实这次北京之行，他是应了另一位贵妇之约来帮忙其新宅看风水，马老太跟那位贵妇沾亲带故，听说了他的神通，敬仰不已。最近马家是非不断，马老太便马上把他给请来了。正好陆钟想安排人手进入马家，进行后续计划，那天在司徒家相遇，简直是天赐良机。

"大师您尽管说，别管好坏。"马老太很恭敬地让人换上了新茶，她已经听姨妹说过，这位大师非常了得。

"贵公子的耳垂生得尤其好，饱满润泽，耳珠主幼，想必童年少年一定过得很幸福。"柳喜荫慈眉善目，仔细打量着马弈。

"没错，这小子就是从小环境太好了，没吃过苦。"马老太马上回应道。

"相人之难，难在识英雄于未兴之时，我看这位少主气伏而不发，骨细而不露，口鼻眉眼均不俗，乃大富贵相，只是眼下乌云遮目可能会有些小麻烦。"真正的大师不会像那些假江湖泛泛而谈，而是言简意赅一语中的，柳喜荫又是有备而来，更是十拿九稳。

"大师英明！"马老太赞了一个，迷了多年的信不是白混的，一眼就能看出谁是骗饭吃谁是真本事。

"哼，最近的报纸我天天上头版，你就算知道也不奇怪。"马弈素来不喜神棍，没好气地说。

"多嘴！"马老太厉声喝道，狠狠地剜了他一眼，随即把这个不肖孙儿的八字报了出来。

柳喜荫掐指细算，这一算可就算了许久，"没错，少主的命的确是天生富贵，不过他可能碰上了什么不该碰的人。这人应该是个女人，少爷，我说的对否？"

"是又怎么样？"

"是的话麻烦就大了，此女也是个大富大贵之人，你俩在一起是物极必反，反而不妙。"柳喜荫看出马弈脸色微变，虽然不太相信自己的话，但他的态度已经开始转变，"我还算到，此女貌美但命中无子，且命中有三夫。"

后面的话不用说马弈也能猜出来了，命中有三夫，岂不是要嫁三次，还命中无子，不就是个正宗扫把星吗？

"难怪最近诸事不利，快说，这个扫把星是谁？"马老太怒了，她最担心的就是什么时候能抱上重孙子。

"其实……其实也不算在一起，人家都没答应我呢。"马弈觉得这事儿不该全怪在司徒颖头上，冤有头债有主，明明是她未婚夫搞的鬼。

"是谁！"马老太不听任何解释，已经拍起了桌子。

"司徒家的大小姐，司徒颖。"马弈不敢再惹奶奶生气，今天不打人，可还有明天呢。

"我不管是谁家的大小姐，总之以后你再也不许跟她来往，我要把这事写进遗嘱里，你要是再跟这个女人来往，就别想拿到家里的一毛钱！"马老太发起飙来不留半分情面。

"奶奶……"马弈带着哭腔，虽然年近三十，但在奶奶面前永远是个孩子。

"没得商量！"马老太性子倔强，她决定的事一百头牛也拉不回来。

"马太太，我还有几句话，想跟您单独谈谈。"柳喜荫柔和的语调在这种剑拔弩张的时候显得格外入耳。

马弈被奶奶命令先行回避。半个小时后，马老太在全家人聚餐的饭桌上宣布了最新的命令，马弈暂时放下马氏基金的工作去国外进修，另外他还要娶个洋老婆，必须在国外生下孩子后才能回国。

不消说，这一定是那个柳老头告诉奶奶的，马弈当然不服，只是马家的家庭法院不支持上诉，马老太就是终审大法官。

马家的子女可不似司徒家那么和气，马弈的兄弟们早就眼热他的职位，却因不能上位一直发愁，现在可好，马弈一走，马家的天下就是他们的了，大家齐声称赞马老太决策英明。

注1：

老鼠仓是指庄家用公有资金在拉升股价前，先用己方（机构负责人，操盘手及其亲属，关系户）的资金在低位建仓，待用公有资金拉升到高位后个人仓位率先卖出获利。

中国股市无庄不成股，为了顺利坐庄，一些主力庄家在临拉升股票前会提前将消息通知相关的个人和机构，便于在第二天早上集合竞价时，以极低的价格或跌停板处填买单，然后在竞价时或盘中瞬间把股价打下去，使预埋的买单得以成交。这个过程持续时间很短，为避免被其他人低价成交，通常以散户反应不及的速度迅速把股价恢复到正常的交易通道里。表现在k线形态上是留下一根长长的下影线，有时候也会在开盘的时候就出现大幅跳低开盘的现象，然后在盘中形成大阳线走势形态。这是富有技巧的财富转移，是券商中某些人花公家资金为私人资金的一种方式，本质上与贪污、盗窃没区别。建"老鼠仓"是严重的职业操守问题，并涉嫌犯罪。

第十八章 老冤家

A

司徒颖最担心的事终于平安度过，多亏了陆钟的妙招，一物降一物，马弈是不可能违抗马老太命令的，被架空财政大权的他不会再有能力跟司徒家作对，更不能再来骚扰司徒颖。出了马家的大门，柳喜荫直奔司徒家大宅，老爷子已经预备了一桌酒席等着给他庆功。

"前辈，您说马弈真的是富贵命？"司徒颖知道马老太下了命令后，还是不太放心，马弈留给她的阴影实在太大了。

"当然不是，他神不足气不况，寿亦不高，能有今时今日的地位，只是先天稍好而已。"柳喜荫喜欢漂亮又年轻的女人，司徒颖陪他喝酒他自然开心。

"那您说咱们的大小姐真的是命有三夫？"单子凯也凑起了热闹。

"当然也不是，大小姐日角偃月贵不可言，如果生在古代，不是郡主也是格格，而且是大大的旺夫，如果我没看走眼，你将来一胎双胞，命中有二子。"柳喜荫自打第一天见到司徒颖时，就跟老爷子讨了她的八字，早已算过。

"前辈，秘籍已经安全取回，您看看。"喝过一轮酒，陆钟恭敬地双手呈上那本红色封面的硬抄本。

柳喜荫眼前一亮，欣喜之情溢于言表："你们还真弄回来了。"

"全都是他们的功劳。"陆钟谦虚一笑，这个局虽然是他设计出来的，但实施的人却是单子凯和司徒颖。与其让单子凯主动追求这只小狐狸，倒不如制造机会让狐狸送上门来。在陆钟的设计下，司徒颖担任提将，引李夜入局。她先以怨妇的身份出现，而后是单子凯扮演的唐潇华丽出场，不仅大秀球技还赚了一票，顺便表明自己的老千身份。大家都是同行，正好打消了李夜的怀疑，最后演出一场绑架的好戏，就是算准她那种女人断然不会拿出真的秘籍交换情郎的命，调虎离山的真正目的就是为了让她把秘籍放到远离自己的地方，并赢得时间拿到它。

"她人呢，现在在哪？"柳喜荫怜香惜玉，对于背叛自己的女人依然惦记。

"这就不知道了，拿走秘籍时我看还有几样首饰，没动她的，想来她目前的生活应该还没问题。"梁融挠了挠头，不好意思地说。

"来来来，我要敬各位，这次的事情顺利摆平，全是各位的功劳。"司徒老爷子酒兴上来了，快九十岁的人还是豪迈得很，端起杯子就要先干为敬。

"爷爷，您别跟我抢啊，要敬也得从我敬起，我辈分小啊。"司徒颖敬酒不落人后，先抢下爷爷的杯，自己上了，"干爹，没有您老人家的光辉入驻，那些股东不会那么快信服。"

老韩浑身戏骨，扮演金融大亨得心应手，以他的形象来安抚民心最好不过。老韩笑笑，一饮而尽。

"再敬我的闺蜜，融哥，没有你这两件事恐怕都玩不转。"司徒颖干了第一杯自己又满上，再敬梁融。说得没错，这次梁融最辛苦，他一个人完成了至少十个谣将才能完成的工作量。华裔股神任金生确有其人，只不过梁融在他的网站上做了点手脚，国内的用户进入他的个人网站就会看到处理过的老韩头像，而国外的用户却不会看出变化，这么一来搞几天的噱头足够。至于那个超雪公司的游戏引进，不过是梁融找到了超雪公司的网站，发出一封电子公函，咨询对方是否可以进行该业务，他把对方的电子回执打印并截图，加以修改后作为利好的讯息发布了出去。另外梁融还担任除将，以律师的身份成功说服了那个被马氏基金开除的小分头，让他去证监会告发了马氏基金的那些破事，证据是他在马氏基金的那个经理电脑上弄到的。另外还有群发邮件通知各大媒体的记者，让大家帮忙造势宣传，影响诚智实业的股价。做完这些，他还赶到东莞去开李夜的保险箱，忙得马不停蹄。

"咱俩谁跟谁，帮你就是帮自己。"梁融也实在，虽然不胜酒力但也小口小口抿掉了那一杯。

"最后还得谢谢我们的大帅哥，要不是你，秘籍可拿不回。对了，那个台球小天后真是你表妹？"司徒颖再次给自己斟满一杯，饮水般一饮而尽。

"当然是我表妹，她打球还是我教的，明年准备去国外参加比赛，前途无量啊。"单子凯的脖子上干干净净，没有半点刀痕。那把架在他脖子上的刀根本就是道具，如果李夜走近些就会发现刀刃根本没开锋，刀柄里面藏着暗囊，稍加挤压就会把人造假血捏出来。

"对了，还得感谢凛宝和他那班兄弟。"司徒颖说着就掏出了手机，拨了个长途给远在广州的小子帮帮主虎头凛宝。小子帮是一群无父无母的少年组成的社团，作为火将，虽然年轻却讲江湖道义和规矩，深得道上兄弟称赞。从李夜手里拿回的二十万，除去自己事先投入的十万块拿回来之外，剩下的十万全都分给了小子帮的兄弟。

敬来敬去，司徒颖居然漏掉了正将陆钟，这让她的三哥四哥看不下去了。

"陆先生也让人佩服，多亏了你想的办法，现在诚智的股价相比你们来之前已经涨了两成。"司马丹由衷地佩服聪明人。

"家父身在国外，我代表他敬你一杯，没有你的计划就不可能在这么短时间内完成这一切。"司马易是司徒颖的同胞哥哥，接触了几天，他对陆钟的为人和聪颖都格外欣赏。

"不必客气，这都是大家的功劳，我只是略尽绵力，最重要的是诚智的基础好，股民认可度高。"陆钟说得没错，他们大家所有的积蓄凑在一起也只够让诚智实业上涨两个点，另外还有老爷子把房子抵押周转的那些钱，又让股价上涨三个点。实现了承诺的五个点，股民们就有了动力，在大家的追涨过程中，再把大家凑的钱不断撤出和买入，一次次的小幅震荡因此产生，但在利好的大环境下，最终用了这五个点的钱，扭转了乾坤。

"我说过，这个忙不会让你们白帮的，大家投入的钱，都可以得到百分之五十的回报。"司徒老爷子此话一出，大家全都惊呆了。

"您说的是真的？"梁融愣住了。

"我没听错吧？"单子凯也很吃惊。

"没错，百分之五十，本来我想给你们更多，但是他们说超雪公司真的回信了，现在已经在谈判，暂时还要资金周转，如果愿意提现，马上可以转账，要是你们信得过我们愿意入股的话，也可以正式加入我们的董事会，咱们签合同。"司徒老爷子快人快语，笑意盈盈。

"爷爷，我应该没喝醉，您喝醉了没？"司徒颖没大没小地摸了摸爷爷的额头，再次确认老爷子是认真的以后，马上换了个笑脸，"还不赶快答应，过了这村可就没这店了。"

"我举双手同意！进了董事会，咱们是不是算有组织的人了？"梁融第一个表示赞同，这支队伍里，除了陆钟有点固定资产外，其他人都没做投资，自然没有异议。

"今天感觉跟做梦一样啊，爷爷，您认我当干孙子好不？"单子凯也乐坏了，腆着脸讨好道。

"不行，爷爷是我的！"一直在忙着吃东西的李木木终于吭声了，此言一出，就惹得大家全都笑了。

"干孙子我就不要了，孙女婿倒是正需要，眼看小颖也是个大姑娘了，我可不想她变成老姑娘才嫁人。我这年纪活一天少一天了，你们要帮我多上点心，遇到合适的男人可别让她错过啊。"老爷子笑完，又语重心长地说出这么一番话，说话时，他的眼神分明是看着陆钟，言下之意众人皆明，"我说老东西，你自己一辈子没成家，可不能让你的徒弟们学样啊，要学也得学我，子孙满堂才比什么都开心。"

司徒颖搂着爷爷的手，目光也顺着爷爷的方向睨向陆钟，酒入芳喉两朵桃花上腮，一双脉脉含情的眼望得痴了。陆钟燥热气短，不敢与司徒颖的目光相接，只好偏过头去斟酒，手却有些抖。

"前辈说得是。"老韩心里百味杂陈，原来老爷子洞若观火，一切都看得分明。

"是您教我能短线翻身就不要玩持久战的，这次的闪电战能成功最主要还是您的功劳。师父，我干杯您随意。"陆钟执起酒杯一饮而尽。

"好小子，这次干得漂亮。"老韩对陆钟已经完全放心。

"小子，给你。"柳喜荫把秘籍推到陆钟面前，另外又递给他一个小瓶子，小声说，"把瓶子里的粉末喷一点出来，上面的字就能看见，回房看吧，明早还我就行。"

大家酒兴正酣，陆钟只能先行告退，回房后，把那瓶粉末喷洒在泛黄的纸张上，扉页上现出三个黑色的字迹：阿宝篇。陆钟深吸两口气，让自己保持冷静，轻轻地把粉末继续喷洒在后面的纸上，一行漂亮的小楷渐渐跃然纸上：

贪官者，民贼也；奸商者，民蠹也；豪强者，民之虎狼也；其或以智欺愚，恃强凌弱，欺人孤寡，谋人财产，此皆不义之财也；不义之财，理无久享，不报在自身，亦报在儿孙。不义之财，人人皆得而取之。故曰：'做阿宝者'，非'千'也，顺天之罚已。

第一页就浮现出这段话，陆钟欣喜若狂，这本秘籍也是手抄本，字体跟《扎飞篇》有所不同，更圆润饱满，笔锋也显古拙。见字如见人，手捧红宝书，陆钟仿佛能感觉到撰写这本秘籍的前辈是位道骨仙风却大隐于市的老人。

第一部分的引言讲述了江相派门人必守的规矩，第二部分是亦古典亦经典的骗术，第三部分则是根据各位师爸多年的经验总结出来的心得。虽说是入门篇，篇幅不长，但陆钟反复阅读，细细思考其中蕴含的深意。东方露白时，他做了件很大胆的事，用手机拍下了《阿宝篇》的全部内容。按规矩这是万万不可的，秘籍中隐藏了江相派太多秘密，决不能流传出去，可陆钟当时有种说不出的冲动。

第二天上午，陆钟把《阿宝篇》还给柳喜荫时，还听到一个了不得的讯息：西安有位姓禾的相士，曾在跟他喝酒时说起过《军马篇》，虽然对方不承认，不过很可能原本就在他手里。

老韩的意思很明确，不管对手里有没有秘籍，这人是找定了。

下一站，西安。

B

这些天，司徒家人没忘记帮李木木寻找亲生父母，李木木显然不想回家，所以这些天每次面对问题她就选择性沉默。司徒家的人待她太好，干妈姐姐比她亲妈更疼她，如果可以选择，小小年纪也想过更好的生活。司徒颖他们又要出发，不能带着李木木到处走，再说她还这么小，必须上学学知识。

做了一大番思想工作后，终于哄着李木木把家在哪儿说了出来，其实也不远，就在距离司徒家大宅半小时车程的郊区。这天老韩和陆钟他们去诚智实业签正式合同，司徒颖则把李木木送回家。

一路上小姑娘死死拽着司徒颖的手，眼泪汪汪的，却拼命忍着不让泪落下来。司徒颖心里也不好过，这些天来她是真的把这个孩子当成亲妹妹来疼。拥挤的老式四合院，随处可见垃圾，一棵半死不活的香椿树歪在院子中间，屋里明明是有人的，连着喊了几声"有人吗"却没人应，只有稀里哗啦的麻将洗牌声从一扇铁皮门里传出来。司徒颖拉着李木木，进了屋，四个老娘们有三个叼着烟，一屋子的浓烟滚滚像在熏腊肉。司徒颖被呛得咳嗽，那四个女人斜了一眼，这才发现门口站着两个人。

"呦，你们家大死鬼没回来，小死鬼倒是先回来了。"一个老娘们阴阳怪气地说。

"妈。"李木木颤颤地喊了一声，其实这个不是她亲妈，亲妈是位书香门第的小姐，读大学时跟当时的同学，现在李木木的爸爸同居生下了她。大学毕业不到两年，她爸妈就离婚了，她妈再婚后难产死了，继父不要她，外公外婆也不要她，只能跟着不学好的爸爸生活。爸爸跟这个女人未婚同居，只能算半个后妈。早几年她还过得不错，自打跟着爸爸后却一天不如一天了。

"真他妈晦气。"坐在左首的一个又黑又胖的老娘们站了起来，晃着一身肥肉走到司徒颖面前问道，"你是谁？"

"木木被人拐了半年，你们都不担心她吗？"司徒颖第一反应就是想给这女人两个大嘴巴，没见过这样当家长的。

"担心什么，这小死鬼比大人还精，担心她还不如担心自己呢。她爸走了都半个月了，影子也没见着，你把她送我这儿没用，我自己吃饭都难着呢，你还是把她送福利院得了。"胖娘们说话时根本不拿正眼瞧李木木。

"我不管你们大人做什么，总之她要读书，这里有点钱，你拿去交学费。"司徒颖拿出事先准备好的几千块，来之前她就猜到可能会遇到这种情况，只是没想到会这么难搞。

"这还差不多。"胖女人接过钱，沾着口水数了起来。

"木木，干妈姐姐得走了，有什么事你打电话给我。"司徒颖不放心地抱着李木木亲了又亲。

李木木睁着那双漂亮的大眼睛，再也忍不住哭了出来，小身子一颤一颤的。可她终归还是要回家的，江湖不属于孩子，司徒颖陪着她又待了好一会儿，才一步三回头地走出这个破败的院子。那个女人会不会把木木给卖掉？既然不是亲生的孩子，丧尽天良的事也做得出，上次木木被拐卖说不定就是她干的！回去的路上，司徒颖越想越不放心，越想越觉得那女人不对劲，走到一半，她又调头回去，得跟那个女人约法三章。

刚走到门口，正遇上李木木出来，小小的手拎着一小桶水正往外走。

"木木，你去干什么？"司徒颖赶紧把她叫住。

"干妈姐姐，你怎么回来了？家里没米了，我去弄点来。"李木木有些惊讶，乖乖地说。

"怎么弄啊？"司徒颖很是吃惊。

"就是把手打湿，去超市卖米的地方把手伸进去，把手上沾的米带些出来，走上七八家超市也够熬锅粥的了。"看来这事儿李木木干过不止一次。

"干妈姐姐还是带你走吧，你在这等着我，我进去说一声。"司徒颖决定了，不能留下木木在这个根本不能算家的地方跟那个女人在一起。李木木听话地在门口等着，里边很快爆发出一阵惊天动地的鬼哭狼嚎。

"哎呀妈呀，杀人了！"

刚才玩麻将的三个老娘们扯着喉咙跑了出来，吓得脸都青了。李木木不放心，偷偷趴在门口看了一眼，只见司徒颖已经占领了绝对优势，骑在胖娘们身上左右开弓使劲地扇着耳光。

司徒颖出来时巴掌都红了，不过手里多出个绿本本："拿着，你爸和你的户口，干妈姐姐送你上学，你就读寄宿吧。"

牵着司徒颖的手，李木木咧开嘴笑了，"干妈姐姐，你可要请我吃好吃的，不然我就告诉陆叔叔你打人。"

"你这孩子好没良心，我是为你打的人啊，你还敢告状？"司徒颖哭笑不得，抓住李木木挠她痒痒，李木木笑得上气不接下去不得不求饶。

"不敢了，我再也不敢告状了。"李木木毕竟是孩子，一离开家马上就忘了刚才的烦心事，"干妈姐姐，我觉得你很喜欢陆叔叔。"

"你这个小人精，了不得了。"被说中心事司徒颖心里甜滋滋的，"那你觉得他喜欢我吗？"

李木木使劲点点头，"为什么你们不谈恋爱呢？"

"所以说你小孩子不懂事了，其实我们早就在谈了。"司徒颖得意洋洋地笑道。

"可昨晚老爷爷他……"

"我们在心里谈呢，你小孩子怎么会懂。走，干妈姐姐给你买糖葫芦去，再给你多买几身新衣服。"

一大一小两个美女手拉着手，像两只欢快的燕子，消失在灿烂的暮色中。

C

办完了事，老韩打算跟徒弟们去东来顺吃顿涮羊肉，没想到刚下车就听到一个陌生的声音，陌生且苍老的声音。

"韩枫。"老头嘴角挂着个海泡石烟斗，让陆钟眼前一亮，这是他第一次见到风度不逊于老韩的人。

"你是……"老韩心里一惊，道上的朋友大多尊他一声韩老大，老友也会称他老韩，很多年没人直呼他的姓名。

"你不记得我了？真是贵人多忘事。"老头的口吻就像多年未见的老友。

"抱歉，真不记得了，请问阁下贵姓？"老韩眼底掠过一丝阴影，感觉很不好。

"我姓什么不重要，但愿你还记得一枚全国江山一片红的旧邮票，虽然被使用过，但品相完好，你自己也说过至少价值三十万。"老头不急不缓地抽着烟斗，眼睛却注视着韩陆二人的反应。

"你，你是贾教授。"老韩终于想起了此人的身份。

贾善仁，京城古玩圈里难得的全才，瓷器字画杂件几乎样样精通，名声却不好。十年前，老韩曾千了他珍藏的邮票。此人表面上是文物专家，暗地里收黑钱做假鉴定，帮一伙专门制贩高仿古董的老千骗了不少人，还骗过老韩红颜知己的爸爸，老头得知真相后气得中了风，至今不能下床。那次的事，老韩一直觉得是为民除害。

不过话说回来，老千们都有自己的圈子，专弄古董的，专攻油画的，专攻珠宝钻石名表的，还有只做局，空手套白狼的。每个圈子都有自己的人马和规矩，其他圈子的老千不能插手。老韩自从出道以来就一直走空手套白狼这路，所以，那一票是他坏了规矩，如果不是仗着艺高人胆大，贾教授的口碑又的确不好，早就被古董圈子里的大佬们追杀了。

"你想做什么？"老韩决定摊牌。

"呵呵，想请你们看几张照片而已。"贾教授说完，扔过来一个大号信封，里面厚厚的一叠不知是什么。

陆钟接过信封，只看了一眼就变了脸色，光顾着螳螂捕蝉，没料到还有黄雀在后。信封里不仅有他们和仇其的照片，还有他们跟花家兄弟在一起的照片，看来这位贾教授跟踪他们不是一两天了，自己千防万防还是防不胜防。

"直说吧，你到底想干什么？"老韩心里明白了七八分，这个老冤家是有备而来的。

"韩老大果然快人快语，我们还是坐下来谈吧。"贾教授指了指他们身后的东来顺。

贾教授并不是要钱，也不是要对老韩怎么样，他只想老韩帮一个忙。

确切地说，贾教授并不算老千，他只是帮古玩圈的大老千做事，但大老千并不看重他，当今社会最不缺的就是专家。起初用他是看他有资历，是正儿八经的识货人，做鉴定之类的技术活非他莫属，所以每次做完生意也分点钱。跟贾教授合作了一年半载后，他们安排了一个人当他的弟子。此人很快学会了贾教授的本事，并在他的帮助下获得了相当高的地位，得到主流鉴定机构的肯定。

这个人很快就取代了贾教授，老千们需要的是一个更年轻，更配合的自己人，这个"弟子"显然就是自己人，所以，贾教授被他们一脚踢开了。正好在那个节骨眼上，贾教授被老韩设计，贾教授请那些人帮自己讨回邮票，却被他们很冷血地拒绝了。贾教授这时的名声已经不那么好，他经手的假货日后都被买主看出了名堂。名声这种东西也是无形资产，毁了就毁了，要想再树立起来可不容易。

"说实话，我后来也想明白了，做了太多亏心事，被你骗是报应。我不怪你，你不骗我，我也会有其他报应。我年纪大了，这碗饭算是吃不下去了。不过有生之年还想做件事，不然我会死不瞑目。"贾教授说话已经没有了一丝一毫的锐气，反倒有种看破一切的坦然，"这件事我已经想了很久，应该不会有纰漏。我会提供技术支持，而且事成之后收入都归你们，我只要点纪念品。"

"我怎么能确定你不是设局在害我，毕竟当年我骗了你，我们之间绝不是朋友关系。"老韩放下手里的雪茄，定定地看着贾教授，似乎要看穿他的心。

"我可以先把这个计划的一部分告诉你，你听完后再做决定。"贾教授似乎料到老韩会这么说，他云云一番，老韩和陆钟的表情却由阴转晴渐渐和颜悦色起来。

　　"如果你不肯帮我，我只好把这些东西交给警方，不知道诈骗金额超过七位数，还涉嫌骗保的罪名会判多少年呢。该说不该说的我都说了，怎么做你们看着办吧。"贾教授双手一摊，看着面前的二人。

　　锅里的汤汁在沸腾，鲜红的羊肉放进去几秒钟就变了颜色，屋子里有些热，老韩沉默着，只是埋头吃着羊肉，也不知有没有把贾教授的话听进去。

　　"这是我最后的机会，要是你们不答应，我死也要拖你们下水。"贾教授的脸色很难看。

　　"看来我们没有拒绝的余地了。"老韩和陆钟对望一眼，已经看出了陆钟心里的答案。

　　"自问我是圈里最优秀的，你们也是老千中最优秀的，我们能在一起合作，这件事已经成功了一半。"贾教授伸出右手，要跟老韩握手。

　　"好吧，看在钱的份上。"老韩也伸出了手。

　　两只同样生着老年斑的手握到了一起。十年前，这两只手的主人以同样的姿势握在一起，那一握，老韩就成功地千走了一张珍品邮票，十年后的这一次，老韩面对的究竟是个陷阱还是个机会呢?

　　这个答案陆钟也不知道，也许只有时间才能证明一切。

第十九章 大生意

A

三个月后。

北京城一条不太打眼的胡同里有扇暗红色的大门，大门两侧是两尊石鼓，两旁是粉白的高墙，墙内探出几株青翠的枝桠，一蓬浓艳的紫藤探出头来，在白墙的映衬下有种水墨画的美感。走得近些就会发现那紫藤的茎居然有手臂粗细，至少上百年光景。

北京城里这样的宅院很多，不过位置如此优越的，价钱可就是天文数字了。能住得起这样宅院的人，当然也不是普通的老百姓，非富即贵，还得有点品位，崇尚古风。

外面人能看到的还只是一堵墙一扇门，却不知里面是四进四出的大四合院，相当气派。主人深居简出，自从他买下这宅院就很少露面，平日里总有些奇怪的人进进出出，或衣冠楚楚或獐头鼠目，其中还有不少西装笔挺的老外，这挺让人费解，不过似乎也从另一个方面说明了这位主人身份神秘。

汪锦保，个子不高身材微胖，生得圆头圆脸弥勒佛模样，但他笑起来可不像弥勒佛，听口音分辨不出是哪里人。之所以神秘是因为他的生意，他是名古董商人。国家有规定，真正有价值的古物是不能流通的，所以汪锦保银行账户里的天文数字主要靠黑市交易和走私。他的客户大多是外国人和外籍华人，货也绝非市面上的凡品，把那些东西带出境也没问题，他总能弄到合法的高仿证明。

汪锦保拥有世界各地的顾客，在古玩圈子里也有一帮自己人，有专门打探各路消息的寻找货源的，也有各地盗墓的，这拨人统称送货；还有另一拨专门负责做伪鉴和制作高仿品的专业人士；更有不少为他打通关节，保证交易的。这群人比较复杂，黑道白道都有，贾善仁贾教授，就曾为汪锦保服务，不过失去利用价值后却被他一脚踹开。

汪锦保的发迹史贾教授是清楚的。汪锦保年纪比贾教授小上一轮，但为人极老成精明，早些年只小打小闹，但此人天生胆大，点子也比别人多。

贾教授跟他合作的第一笔交易是个清乾隆的粉彩梅瓶。内行都知道，真正的传世珍品其实极少，中国上下五千年里，最大的收藏者和消费者只有皇室，流传在民间的凤毛麟角。

那次合作中，贾教授的作用就是把高仿品说成是真的，当时他的权威地位尚未被人质疑，几位买家各自给汪锦保出了价，最后梅瓶以非常公道的三百万成交。十几年后，香港索斯比拍卖行类似款的粉彩梅瓶拍卖价达到四千万。

汪锦保当然不可能让人占到便宜，这一点，贾教授感触良多。就拿那次梅瓶的交易来说，他得到的不是一个三百万，而是五个三百万，因为他手上有五个梅瓶，五个一模一样的高仿品。交易后他又叮嘱各位买家千万不要张扬，毕竟是违法的交易。单这一手就进账一千五百万，还不要交税。

五十大寿那年，汪锦保为自己买下了这座天价宅院，其江湖地位早已高高在上，人面也更广了，大大小小的古董商都想跟他搭上交情。有奶的不一定是娘，但有钱的一定是爷，而且是大爷。有人开始称呼他汪爷。不少私人收藏家和国外的博物馆都跟他有接洽，他从不在乎国宝流失，他在乎的只有自己的银行账户。

B

十一月中旬的北京已经很有些寒意了，墙上的紫藤花也已凋零。这一日的傍晚，汪锦保刚刚吃罢谭家菜回到宅子里，今晚的黄焖鱼翅很不错，他多吃了些，觉得有点撑，想喝点茶解解腻。习惯性地摩挲着左手拇指上那枚黄玉扳指经过影壁，却看见院子里早有个三十多岁的年轻人候着了。这小子专为汪锦保跑腿盯梢，人勤快嘴也甜，办事牢靠，深得汪锦保器重。

"汪爷，最近得了个消息，觉得有点奇怪。"

"说。"

"贾善仁最近跟一个日本人来往密切，还有一个老头也跟他见过几次面。"

"老不死的在赚棺材本。"汪锦保对贾教授早就不感冒了。

"您说的是。但跟他见面的老头好像有点来历，听说是夏春秋夏老爷。"

"什么，夏老爷？"汪锦保差点把嘴里的茶给吐出来，"你确定没搞错？"

"那人的做派，还有脸上的痦子，看起来十有八九。"

汪锦保心里活动开了，夏老爷可不是个一般的人物。这位老爷的身世传奇，据说曾被清末的大太监收作养子，进过宫见过大世面。算起年纪来，夏老爷只比溥仪小上几岁，有人说，当年他还跟溥仪斗过蛐蛐，这是传说，不是传说的是夏老爷从小就帮养父往外捣弄宫里的宝贝。见多识广，夏春秋也就自然而然地吃起了这碗饭。他汪锦保最多算个爷，夏老爷却真当得上老爷二字，那辈分，那资历，那见识，京城无人能及。夏老爷早已退隐，这些年来多少人想出高价请他掌个眼，都求之不得。不知道是什么，能吸引夏老爷出面呢？

"你继续盯着，一有消息马上通知我。"汪锦保的嗅觉极为灵敏。

领过赏钱后，年轻人匆匆离开了。

三天后，年轻人又来了一趟，这一回，他不仅带来了详细的资料，还有偷拍的照片。日本人名叫山下大藏，据说来自某民间财团，是个穿西装的胖子。山下大藏身边有位容貌秀丽的年轻女子，该女名叫观月真砂，十有八九是山下的私人保镖兼助理。至于那位夏春秋夏老爷，的确如江湖传说的那样，拥有超乎寻常的气质和贵族风范，满头银发身形清瘦，身穿一身素色织锦缎唐装，手上总是捏着白色真丝的帕子，不时咳嗽，说话时总掩住口鼻，额上还有枚面积颇为可观的痦子。

汪锦保听说过夏老爷年轻时生了一场肺病，多年的咳嗽一直未愈，也总是随身携带白色真丝的帕子。不过夏老爷神龙见首不见尾，他从未见过真容。这照片上鸡皮鹤发的老人家，倒当真是仙风道骨气度不凡。

"他们谈些什么？"汪锦保脸上虽保持着平静，心内却已生波澜，能让夏老爷出面的绝对不是小事。

"这个暂时还不清楚，他们好像在看地图和一些乱七八糟的东西，听说要去武当山，连夏老爷也在做准备。"

"武当山？"汪锦保好奇心大盛，"他们都看了些什么乱七八糟的东西？"

"好像是瓷片之类的，我不识货，看不出名堂，不过照片都是风景照，是深山老林里的房子。"

汪锦保心道：老狐狸绝对不会看什么风景照，这里面肯定有名堂。如今国家对文物的管制越来越严，民间藏家也越来越识货，好东西更是越来越难找了，这两年来他手上的买卖全都不大不小，提不起精神。不如跟在老狐狸身后去看看，他们到底在搞什么名堂。

C

三天后。

武当山天柱峰往西的五龙峰山麓某处，远离游人熙熙攘攘的景区，距离武当山最早的道教建筑五龙宫亦相隔甚远，这里绿树成荫，地面上随处可见七叶一枝花、曼陀罗，以及种种叫不出名字的奇花异草，山林是绿色的，空气是绿色的，连山雾也带着绿意。

汪锦保带着手下的几个人飞机转汽车，又走得气喘吁吁才辗转到了这里，毕竟不是自己的地界，消息还得跟本地人买。

"真的是这儿？"汪锦保在山脚四下看去，发现根本没有上山的路，最近的小村子也在十里之外，而这个卖出消息给他的人却说贾教授他们在半山上。

"瞧您说的，我骗谁也不敢骗您呐，您就放心吧。"此人能说会道，一边说着已经走到了前面，用手里的开山刀披荆斩棘。

汪锦保也只能跟着走了，虽然一路上野荆丛生杂草遍地，但好在地势平缓，前有人带路旁有人搀扶，身后还跟着几个拎行李的，他也还扛得住。一个小时后，终于找到了贾教授他们。能听到对话声，本地佬竖起食指做了个噤声的动作，示意大家蹲下身子，他用手里的棍子轻轻拨开一丛树枝，从缝隙里正好看见对面有个不大不小的院子，院子里有几间破烂不堪的茅草屋。院子里站着好几个人，其中就有贾教授和另一位须发皆白的老人，一个日本人，一个年轻女子。他们围在一起，看人用锄头挖着什么。由于院墙的遮挡看不见挖土的人，只见锄头上下翻飞，泥土不断被扬起。汪锦保很想知道他们在挖什么，只可惜说话的人并不是院子里的那几个，院墙外还站着一男一女。

"师妹，难道你真的不再考虑了？"

"你死了这条心吧，就算师兄不喜欢我，我也不会跟你在一起的。"

"师兄在外面已经有人了，真的，那个女人……"

　　"我不管，我也不想听。"

　　"师妹，你到底要我怎么做才能明白我的心。"

　　"我警告你，别再缠着我了，要不然我就去告诉爸爸，让他逐你出门。"

　　"师妹，你……"

　　这番对白有够狗血，一听就是烦人又磨叽的三角恋情，不过女主角有一头黑亮直顺的长发，从背面还能看到一双笔直的长腿，声音也很动听。男主角倒是能看到侧面，那是个很英俊的年轻人，走在大街绝对是女人们关注的焦点，只可惜女主角芳心已许，真不知她的心上人究竟是谁。汪锦保轻笑一声，对年轻人没多少兴趣，他更想知道他们在挖什么。

　　"汪爷，我已经安排好了埋伏的地方，不如晚上再来看。"本地佬讨好地说道。

　　汪锦保的确累了，吩咐两个手下在这里盯着，一有消息随时汇报，自己则跟本地佬先行离开了。他能肯定贾教授肯定在做大生意，待到夜深人静时，才是下手的好机会，现在的他已经疲惫不堪，需要养精蓄锐。走到半路上，他忽然问道："这个院子是谁家的，怎么会被这帮外人发现，他们在这里乱挖就没人管吗？"

　　"说来也怪，那个姓贾的老头半年前来武当山买了这院子。原本住的是个老寡妇，看到几万块钱就二话不说去办了手续，现在的户主是姓贾的老头。"本地佬嘻嘻一笑，接着道，"也不知这里有什么好，方圆十里都没有人家，房子又破，除非是得了高人的指点，知道下面有宝还差不多。不过他挖自家院子，谁也管不着不是。"

　　"你说的高人是……"汪锦保已经听出了本地佬话里有话。

　　"这个嘛。"本地佬凑近汪锦保的耳边低声说，"听说姓贾的在山里遇了高人，那人给他卜了一卦。这种事挺玄乎的，说出来也没人信。"

　　"是这样。"汪锦保不是个相信求签卜卦的人，对这种事通常嗤之以鼻。

D

　　武当山贵为天下第一福地仙山，最聚灵气，自古以来就是道家修炼的圣地。

　　本地佬为汪锦保安排的是帐篷，绿色迷彩的双层防水帐篷，有防蚊通气孔，铺上防潮垫，倒也别有一番情趣。路途辛苦，大家早就饿了，连罐头肉和方便面也觉得好吃。不过汪锦保却胃口不佳，对于吃他很挑剔的，就像对古物的挑剔一样，如果不弄明白贾教授一伙人究竟在挖什么宝贝，他恐怕连觉也睡不着了。

听着林中的喊喊鸟语，呼吸着最清新的空气，汪锦保好不容易等到天黑，又等到手下人用寻呼机传来消息，小茅屋里的灯全都熄灭了，他们才动身。为了不被发现，本地佬把宿营地选在距离贾教授一公里远的地方，又走了好一会儿的夜路，终于到了白天到过的地方。

月色如洗，几个人蹑手蹑脚地摸进院子。整个院子的地面都被人挖过一遍，坑坑洼洼，脚踩上去土都是松的，汪锦保更确信他们肯定在挖宝了。借着月光，他找到了坑最深的地方，破得随时会倒的柴棚里有个直径将近两米的大坑，坑边散落着泥土，坑里散发出一种难以言传的腐败气味，那绝不是烂木头和破砖瓦就能散发出来的气味，虽然那气味让人作呕，却也让人心动。

这么多年来跟汪锦保打过交道的送货人也不少，其中还有不少是盗墓高手，他们的鞋上就带着这种味道。土里埋着什么？汪锦保心里痒痒的，忍不住去摸那些尚未干透的腐土，可惜，他手气没本地佬好，本地佬一伸手就摸到了一块碎瓷片。

汪锦保赶紧抢过来看，纯净的釉色在月光下看起来呈现出优雅的蓝色乳光，釉水肥厚，其中还带着一线蜿蜒的釉痕，其质温润如玉。凭着多年的经验，汪锦保断定这是上好的钧窑瓷片，可惜瓷片太小，不过两片指甲大，看不出究竟是多大的器物上碎下来的。汪锦保心道这几年钧窑的价码一飙再飙，不知这下面埋着几件呢？

旁边的小屋忽然亮起了灯，紧接着传出了响动，有人起来了。不能打草惊蛇，汪锦保不甘心地抓上一把泥土，带着手下轻轻退出了柴棚。

没想到出来的还是白天见到的女子，月光下，此女披散的长发映衬着秀丽的面容，宛如天人。汪锦保的跟班们全都瞪大了眼睛，跟汪爷混当然见过美女，但美到这个地步的却还是第一次见到。可惜男主角却换了人，这男人也生得相貌堂堂，身材比白天那个稍显健壮，却满脸不耐烦，颇有点玩世不恭。

"荷妹，现在很晚了，我也很累。"男主角对美女兴致不高。

"师兄，你能不能告诉我，到底要我怎么做才会对我不再冷淡？"美女眼中闪着盈盈的泪光，情真意切。

"我已经说过很多次了，这么多年来一直当你是亲生妹妹，以前是这样以后也会是这样，简易比我更适合你。"听起来，白天那表白的帅哥就是简易了，可惜落花有情流水无意。

"难道我真的一点希望都没有？"

"我希望以后不要再讨论这个问题了，我还是去叫简易来陪陪你吧。"

"不，不要……"

说完最后的话，"师兄"径自回了房，不再理会"荷妹"的悲喜。可怜的"荷妹"坐在院子里，望着清冷的月光默默流泪。在她背后，半开的门内躲着个同样苦着脸的帅哥简易，他甚至不敢靠近她，只是站在身后默默地守望着，良久良久。

碍于这两个年轻人，汪锦保难以靠近柴棚，夜深露重，他和手下在院墙外蹲得双腿麻木衣服也湿了，最后只能不情愿地离开。

荷妹，简易，师兄。

夏老爷身边只有三个人，宝贝女儿夏宜荷和两名关门弟子，他家产颇巨，不得不提防着外人打主意，所以就连知道的人也是寥寥。汪锦保是花了大价钱才打听到这些的，夏老爷六十岁上才得了女儿，当成心肝来疼，八成就是这个荷妹了，那气质和容貌也假不了。不解风情的师兄应该就是大弟子张亚睿，不被荷妹待见的帅哥一定是二弟子简易了。贾善仁这个老不死的，想瞒天过海，没门！汪锦保已经想到了介入的办法。

E

回到宿营地后，汪锦保做了两件事：手里那把土和瓷片被连夜送下山，以最快的速度送回北京请行家鉴定，另外还让本地佬找一株够粗壮够高大的树，又令手下砍了些杂木，在树上搭了个小小的观景台，用带来的绳子结了个绳梯，方便上下。站在观景台上，能用望远镜看到贾教授那个小院子里发生的一切，虽然不太清晰，但也能看个大概，至少他们做些什么还是能看到的。一连三天，简易和张亚睿轮番挖掘，工具变了又变，从铁锹到鹤嘴锄，最后是那种园艺用的小铲子小耙子，还有毛刷，进度越来越慢。那个日本人山下大藏更是每天守在坑边，他本来就胖，跟身边的女保镖这么一对比，远看就像一个1和一个0。偶尔他们也会欣喜若狂地捧着什么东西回到屋里仔细研究，距离实在太远，汪锦保看不清他们手里的究竟是什么，自然越发心焦。

三天后结果出了，土是陈年腐土，瓷片也是宋代钧窑，且质素很高，上面的釉痕是蚯蚓走泥纹。这种纹路是因为钧窑瓷胎在上釉前先经素烧，上釉又特别厚，釉层在干燥时或烧成初期发生干裂，后在高温阶段又被粘度较低的釉流入空隙所造成，系钧窑独有。

汪锦保只相信仪器的鉴定，得到消息后，他才着手联系一个人。这个人就是"师兄"张亚睿，夏老爷那位大弟子。据说他天资颇高却恃才傲物，已经有了自立门户的打算。

汪锦保要做的就是乘虚而入，这是他最喜欢也最擅长的一件事。要想搞定一个人，不外乎威逼利诱，威逼的手段大同小异，而利诱则要见人下菜碟了，这次他打算先来软的。住在山上免不了要吃要喝，院子周围又只有七零八落的小菜，根本不够，所以每两天就会有人下山采购食物和生活用品带上来。这天轮到张亚睿下山，汪锦保带了两名手下尾随其后。张亚睿出了武当山，准备找辆车去十堰城，可山下的游客很多，他不得不耐着性子等车。一辆黑色的汽车停在了他的面前，车窗里看不清面目的司机扔出两个字："上车。"光有些刺眼，张亚睿不得不眯起眼睛才能看清车内的人，黑色唐装，光头，一对剑眉下是深邃且老于世故的双眼，不怒自威。来者不善，他沉吟片刻还是上了车。"小兄弟，我叫汪锦保，久仰夏老爷大名一直无缘见到本尊，今日见到他的高徒很是荣幸。"汪锦保先开了个场，接下来才好唱戏。

"原来是汪前辈，失敬。"张亚睿亮出招牌微笑，客套道，"您生意做得大，我师父也常提起。"

两人寒暄几句逐渐进入正题，让汪锦保没想到的是，张亚睿不仅听过他的名头，对他还很感兴趣，两人聊得甚是投机。汪锦保心里又是得意又是怀疑，这小子跟夏老爷孤傲的脾性可差太远了，完全出乎他的意料。不过有话说总好过没话说，要是两个人谈不开那问题也就没法搞定了，汪锦保存着这份疑心，继续深入话题，车还没到十堰，两人已经谈到了实质性的问题上。

"师父他老人家见过大世面，对钱财并不看重，这点我们年轻人还真比不上，毕竟我们什么都没经历过，没想法是不可能的。"张亚睿这番话颇有点与夏老爷不合之意。

"小兄弟，我有个想法。"汪锦保心下一喜，等的就是这一茬，"我身边一直也没个合适的人帮忙，不知道你肯不肯屈就，我虽没夏老爷那么大的本事，但生意也还算过得去。"

这下轮到张亚睿意外了，"原来您找我是为了这个，我还以为您是想了解贾教授的这笔生意。"

汪锦保被说中了心事不免讪讪，这小子果然厉害，打了个哈哈道："呵呵，小兄弟快人快语，其实我找你和贾教授的生意这两件事就是一件事。"

话说到这份上谁都能听明白了，那意思如果张亚睿把贾教授跟夏老爷之间的交易说出来，汪锦保就会让他跟自己混了。

"前辈，我只是小角色，我就这么跟了您可有些不清不楚。万一被圈子里多嘴多舌的人胡说一番，没准给我安个背叛师门的罪名。师父待我不薄，那是天地良心，我丢自己面子事小，丢了他老人家的面子可就大了，这事我还得跟您说句对不住了。前辈能不嫌弃，交我这个朋友我倒是很愿意。"张亚睿这番话说得滴水不漏，既为自己摆明了态度，还给夏老爷增了光。

"好，我就欣赏你这样有骨气的。"汪锦保话虽这么说，其实心里明白，这小子精着呢，是个不见兔子不撒鹰的角儿，不过这样的人才正合他意，"如果我帮你自立门户，应该不算背叛师门吧？"

"您的意思是……"张亚睿佯装不解。

"你过来帮我也不一定要打我的旗号，有时候两家人反而更好办事，只要吃的是一碗饭那又有什么关系呢？"汪锦保半眯的眼中精光一闪，低声道，"放心，你大大方方地离开，外面谁也不知道我们的关系，我在暗中帮你打点店面和客户，不用你出一分钱，你只要露个脸，帮我掌掌眼，赚的钱咱们五五分。"

如此优厚的条件，张亚睿并没马上给他答复，只说考虑考虑再说。整个过程中，张亚睿都笑得很发自内心，让汪锦保很放心。

F

三天后，张亚睿留下一封告别信后就下了山。

他告诉汪锦保，贾教授买下的院子里很可能藏有一件足以震惊全国考古界的宝贝。至于是什么，在尚未开挖前还不得而知，只不过现在已经成功地挖出了十来件宋代瓷器，除了钧窑外还有一件汝窑的小盏，全都是上品，不过根据夏老爷和贾教授的判断，距离真正的宝贝还有相当的距离。这次来武当，夏老爷和日本人都是买家，是竞争关系。

"汝窑？不会吧。全世界的汝窑瓷器也不足百件。如果我没记错，2004年在郑州日信的拍卖会上一件只有四厘米宽，高也不过六厘米的汝窑鸳鸯水以一千零五十万成交。已经有很多年没有新汝窑瓷器面世了，还有什么宝贝能比这更珍贵的？那院子下面可能是有古墓，但距离五龙峰有一定的距离，最多算个龙尾，又是背阴，依我看风水并不出色。"汪锦保其实也用了不少心思。

"话可不能这么说，我师父倒是在院子里卜出了一个乾卦，九四，或跃在渊，无咎。九四这个位次属于上不在天，下不在田，悬在半空之中，处在这个位次的龙可以做出两种选择：或者往上向天空飞升，或者往下退居深渊。渊，可以说是水，也可以说是下方下层。说不定那真是个宝穴，越是藏在深处，越有宝物。"

"夏老爷的修为高深呐，相比之下我还是懂得太少了。"汪锦保平日自诩懂行，但在真正的行家面前一比就分出了高下。既然夏老爷认准的事，十有八九错不了，不如守株待兔，且看他们有何发现，到时候再插一脚也不迟。

汪锦保履行了诺言，先安排张亚睿帮自己清点库房，全部重新做个估价，顺便看看有没有什么看漏眼的宝贝，等贾教授的事情忙完后他会再安排全新的店面给张亚睿掌管。清点库房得让张亚睿进入自己的密室，他倒也放心，已经派了四名心腹日夜看守，做不了什么小动作。这一来是摸摸张亚睿的底细，看看他到底是真有本事还是虚张声势，二来也是拖延时间，他已经察觉到张亚睿对自己有所隐瞒，肯定还藏着什么话没说，而他没说的话里肯定有大秘密。

汪锦保送张亚睿回京后，也没忘记盯着贾教授他们，夏宜荷哭了好几天，被老爷子狠狠地骂了一场。简易对她更加关心，可换来的依然是一张臭脸。这场毫无新意的感情戏汪锦保可没兴趣，他感兴趣的是那眼土坑里的秘密。另外他还得跟简易联络联络感情，毕竟现在每天在坑里跟宝贝打交道的人是他。

日有所思夜有所梦，汪锦保一连三天都梦到了光洁如玉的汝窑瓷器在腐土中闪着光。他并不知道，同一时间张亚睿在他的库房里发现了一样不打眼的小宝贝，激动得热泪盈眶。

第二十章　插一脚

A

某日傍晚，当汪锦保在望远镜里看到守在大土坑旁的贾教授脸上露出了难得惊喜的神色时，他知道是时候现身了。毕竟那块地是贾善仁的，还有夏老爷和日本人在，大家都是有头有脸的人，明抢还是不太妥。

"老贾。"汪锦保带着几个手下闯进了贾教授的院子，那架势就像逛街忽然逛到了某个熟人的店里一样。

贾教授见到汪锦保就像看见鬼一样，脸色大变，他当然知道汪锦保要来干什么，"你的消息还真灵通。"

"呵呵，咱们差不多十年没打照面了，你一见面就这样夸我，真不好意思。"汪锦保打着哈哈，多年前的往事已在他心里过了一遍：贾教授当年被干走了一枚珍品邮票，找他帮忙时他没给面子，从那之后贾教授就开始消沉了。话说回来，汪锦保的原则是出了事有专家顶着，毁的只是专家的名声，客户怪不到他头上，国内专家一抓一大把，何乐而不为呢？

"你比以前更不要脸了。"贾教授没给汪锦保好脸色，只是赶紧护住手里的黑色铁匣，生怕被汪锦保看到。结果这个动作越发引起了汪锦保的兴趣，他眼皮一翻就看到那个匣子外面的锁扣已经开了，只要再进一步就能看个清楚。

"你比以前更胆小了，哈哈。"汪锦保也不生气，他感兴趣的并不是贾教授，而是他手里的东西。他也不多说，熟门熟路地进了柴棚蹲在刚才贾教授蹲过的地方，往下一看才发现，这个坑居然已经到了三四米深，毕竟是非法挖掘，不能把洞口弄大，简易弄了盏灯在下面照着，小心翼翼地用刷子整理着什么。汪锦保趴在坑边一瞧，可不得了，下面隐约可以看出一个用青砖砌成的八角形塔基，塔基的正中有个空着的长方形空档，想来那个铁匣子就是刚从里面挖出来的。

　　"老贾你真不够意思，挖到宝贝也不告诉我，下面的东西你开个价，我包了。"汪锦保拍拍身上的泥，把贾教授拉到一边小声道。刚才那一眼他就看出来了，这下面八成是个地宫，刚才那个铁匣子里极可能是舍利子之类的宝贝。大部分人都知道武当山上道士多，其实这山上也有过高僧。明代的不二和尚曾在武当山的虎耳岩参禅四十多年，行善积德声名远播，连皇帝也嘉奖，另外还有慧元慧哲等多位高僧曾在武当山参禅，说不定这下面埋着的还真是位了不得的高僧。

　　"院子里的东西已经被夏老爷和那位日本客人定了，他们不会同意的，对不住了。"前几年贾善仁曾找汪锦保借过钱，但他完全不顾旧日情谊，让他伤心。

　　"呦，我给您道个歉，以前的事对不住了。您辈分可比我高，还请您大人不计小人过。这次我可是百分百真心诚意来的，价钱不论他们给多少我都比他们高出两成，而且是现金。"汪锦保在商言商，当下把话给说透了，"您是聪明人，不会放着钱不赚的，再说多个朋友总比多个仇人好，是吧？"

　　"照你这话我还不能拒绝了。这事光我说了不算，等我跟里面二位先通报一声，你别急，过几天我再联系您。"贾教授也是老江湖，打起了太极。

　　"这你就别担心了，我自己去跟他们说。"汪锦保当即撂下话就冲进了小茅房里，如果乖乖等上几天，黄花菜都凉了，他从来就不是按规矩出牌的人。

　　在汪锦保的强势介入下，似乎没有拒绝的余地，虽然夏老爷很生气，山下大藏也很恼火，不过他们一个是日落西山，一个是外来的和尚，谁都硬不过带着众多人手的地头蛇汪锦保。最后贾教授不得不弄了个小型拍卖会，拍卖已经发掘出来的瓷器。但令汪锦保意外的是，那铁匣子里居然是空的，按照佛教传统，一般会在地宫和铁函内部或者周围放置一些经文、佛教故事图像、舍利之类的。

　　汪锦保非常怀疑是否贾教授藏了私，不过他没发作，等东西全都挖出来了再找他也不迟，料定他也玩不出什么花样。

B

　　简陋的茅草屋里泥巴墙上满是烟熏火燎的痕迹，腿脚都不齐整的小桌那坑坑洼洼的桌面上却放着六七件透着千年气韵的瓷器，难以用言语形容的釉光把整个茅屋都映得亮堂起来。

夏老爷让夏宜荷一件件把东西递到他手上，用放大镜细细看过，又嗅了嗅气味，这几天来，同样的动作已经重复很多次了，看得出他很喜欢这几件东西。山下大藏正襟危坐，不时跟身边的女保镖低声说几句，像在商量着什么。贾教授略有些得意，他宣布这几件东西做一次小型拍卖，夏老爷、山下大藏和汪锦保三人竞拍，价高者得。

按照规矩这类私人交易是不可以退款的，如果有质量问题都得自己负责，一连好几件钧窑小件汪锦保都没有出手，面对一桌子好东西，他就像一个饿极了的人面对满汉全席，不得不拼命忍耐着才能做到一件也没要，眼看着夏老爷跟山下大藏轮番报价，老爷子还有所保留，以至于好几样东西都以略低于市场价的价格被山下给抢下了。最后轮到汝窑小盏出场时夏老爷才出手，以高出日本人两百万的价格把小盏给拿下了。奇怪的是汪锦保依然没有动作，贾教授也不解，难道这家伙插这一杠子只是为了看热闹？

汪锦保心里自有打算，虽说机会难得，但看过圈子里太多太多的弄虚作假，他已经到了百毒不侵的境界。另外，他已经高价收买了简易，这小子透露在地宫的下面应该有其他宝贝，那才是贾教授真正想要的，价值也远在瓷器之上。

汪锦保想破了脑袋也没想明白什么能比汝窑还有分量，他真正想要的，就是这个神秘的宝贝。他可以肯定贾教授那个老狐狸肯定有了不得的大发现才会对自己有所隐瞒，真正做大生意的人当然能沉得住气，就算错过一个汝窑小盏也在所不惜。他的眼睛死死地盯着简易，就像在说：你小子最好别骗我，要让我错过好东西老子绝饶不了你。

汪锦保自打上山来心里就不踏实，他已经很多年没有这种感觉了，不过他也打定了主意，等着看这块巴掌大的地里到底能出什么宝贝。

拍卖结束，贾教授打开笔记本电脑，连上了无线网络，大家当即把钱过户。

钱货两讫，贾教授叼着他的海泡石烟斗松了口气，悠悠地说："诸位，能跟你们合作我非常荣幸，为了感谢你们的慷慨，我有个好消息宣布。就在我们挖掘的坑里，更深的土层中，已经发现了年代更久远的东西。"

"教授，是什么宝贝？"山下大藏的小眼睛里闪着精光。

"具体是什么我也不知道，因为那东西很可能是密封的，根据已经出土的部分，我估计是两个倒扣在一起的陶缸。"贾教授不自觉地压低了声音。

"陶缸，莫非是缸葬？缸的封口处可有白膏泥？"夏老爷那藏匿于众多皱纹之中的混浊老眼也亮了一下。

"有这个可能。但以我们现在的条件，还不能让那东西出土。据我的观察，那缸至少有一千五百年，里面也许是失传多年的手卷经书，也许是什么从历史中消失了的惊天宝物，也许是一尊肉身菩萨。如果盲目开挖的话，里面的东西肯定会因缺乏保护而氧化破坏，如果真是那样就太可惜了。所以……我想等到条件成熟后，再动手，希望大家能理解。"贾教授认真地解释着。

佛教认为，佛菩萨或高僧大德圆寂后可得舍利。高僧示寂后，身体经久不烂栩栩如生者就是肉身菩萨，也被称为全身舍利。《金梵明经》说：舍利者，是戒定慧之所熏修，甚难可得，最上福田。别说是肉身菩萨，就是舍利子也都是无价之宝。

"不用等了，这个问题我来解决。"汪锦保终于等到了这一刻，他拍着胸脯说，"国家怕保存不当，不敢挖武则天的乾陵，我们要挖的可比不上那个大工程，乾陵里的宝贝有五百吨，咱们不过是陶缸怕什么。"

"此言差矣，万一挖出来的是丝织品或者经书，只要遇到空气就会迅速氧化，还是要慎重啊。"夏老爷也面露忧色。

"放心吧，我有世界上最先进的恒温真空保管箱，肯定没问题，你们在这边准备好，等我回来就开缸。"汪锦保命令道。

"可是……"贾教授还是不放心，可他已经没有发表意见的余地了。

"别可是了，我这就动身，三天之内可以回来，你们在这里准备好就行了。"汪锦保撂下话就带着手下人头也不回地走了。在这山上十来天，他已经被方便快餐弄得快要疯了，多年来锦衣玉食的习惯让他迫不及待去吃一顿像样的饭，还有，早日结束这牵肠挂肚的折磨。

第二十一章　国宝珍品

A

让汪锦保迫不及待的还有一件事——他急于见到张亚睿。

这几天手下人报告张亚睿进行得很不错，他已经找出了三件高仿品，还有一张汪锦保很看重的画居然是揭画。

所谓揭画，就是把一张真品字画的纸张像剥皮一样层层揭开，传说最厉害的高手能把一张画揭出七层，每一层精心勾勒修饰，即可成为难以鉴别的真画。不过这种技术难度相当高，一旦失手画就废了。张亚睿不仅能看出那是张揭画，还能判定那是张揭到第二层的画，眼光相当老辣。

夏老爷和贾教授的紧张让汪锦保猜到这次的武当之行一定策划已久，说不定他们心里什么都明白，只是在对自己隐瞒。商场如战场，他从来不打没准备的仗，如果地下是真宝贝，那说什么也不能错过这千载难逢的机会。

汪锦保订下了谭家菜的包房，让手下带张亚睿去见他。

张亚睿进门时，罐焖鹿肉和罗汉大虾刚好上桌，汪锦保亲热地请他一起吃。张亚睿倒也没拒绝，大大方方地坐了下来，酒过三巡，菜也吃得七七八八，汪锦保才开始说正事。这一次，他开门见山地说自己已经跟贾教授摊牌了，贾教授也表示那地下很可能还有东西。

"我看得出来，你师父跟那个姓贾的都知道下面藏着什么，你就别跟我打马虎眼了，都自己人了，有什么不能说的呢？"汪锦保亲自端着一碗清汤鱼翅送到张亚睿手上。

那鱼翅味道的确美妙，几乎所有尝过的美食家都赞为人间极品，还有人夸张地形容喝上一口就能通七窍。俗话说吃人嘴软，张亚睿不能不识相点。

"汪爷，不是我不想说，我是不敢说。东西还在土里谁也打不了包票，万一说错了您会失望的。"张亚睿的口风明显松了。

"我让你说你就说，不要紧。"汪锦保心里有了底。

"我也是偶然听师父跟贾教授的谈话才知道的，既然您很快就要见到实物了，我再不说怕是要错过立功的机会了。"张亚睿终于开始讲述这个天大的秘密，"您在武当山有没有留意那里的鹅？"

"鹅？这跟宝贝有什么关系。"汪锦保有些摸不着头脑，有些烦躁，"别卖关子了，你就直说吧。"

张亚睿不以为然地笑笑，到底是夏老爷的弟子，并不太把汪锦保的脸色放在眼里，依然以自己的速度和节奏娓娓道来："《晋书·王羲之传》中写道：王羲之性爱鹅。会稽有孤姥，养一鹅善鸣，求市未得，遂携亲友命驾就观。姥闻羲之将至，烹以待之，羲之叹惜弥日。又山阴有一道士好养鹅。羲之往观焉，意甚悦，固求市之。道士云：为写《道德经》当举群相赠耳。羲之欣然写毕，笼鹅而归，甚以为乐，其任率如此。"

"该不会是宝贝跟王羲之有关吧。"汪锦保猜测道，胃口已经被高高吊起。

张亚睿亮出才子本色，慢条斯理地解释："您先别急，听我慢慢说。魏晋时期的文人墨客都是率性洒脱的前卫青年，竹林七贤就是魏晋时期的代表人物，王羲之虽不是竹林七贤，但他爱鹅成癖，从鹅的姿态和动作中领悟了不少运笔上的道理，还曾创造了一笔鹅的写法。'双指包管，五指共执'，'其要实指虚掌，钩擫讦送，亦曰抵送，以备口传手授之说也。'都是我们最熟悉的执笔法。朝上的食指像高昂的鹅头，王羲之爱鹅的传说也源于此，就连食指和中指'双苞'的执笔法也被现代书家奉为标准姿势。古代的山阴就是如今的绍兴，是王羲之的故乡。山阴县玉皇观有个老道士，希望得到一本王羲之写的老子作品《道德经》，但右军大人名满天下，又怎会卖一个无名老道的人情。幸好他打听到大人爱鹅，便精心调养了一群良种白鹅，以之相赠，讨他欢喜，王羲之果然愿抄写经书来交换，心满意足地'笼鹅而归'，各得其所。《黄庭经》原文载于南朝《论书表》，文中叙说王羲之所书为《道》、《德》之经，后因传之再三，就变成《黄庭经》了，因为这个故事，《黄庭经》又被世人称为《换鹅帖》。王羲之写《黄庭经》时五十四岁，个人风格早已形成，此经书是王的楷书代表作，人称为右军正书第二，是极有名的法帖，为黄素绢本，原作早已失传，在宋代曾摹刻上石，如今也只有摹本传世，共计60行，全文1200余字，北京故宫博物院里还收藏着一幅摹本。李白有诗为证：《送贺宾客归越》——镜湖流水漾清波，狂客归舟逸兴多。山阴道士如相见，应写黄庭换白鹅。"

B

"别拽文，你不是想说经书就在贾教授那个破院子下面吧，那怎么可能。"汪锦保一边摩挲着左手上的黄玉扳指一边问道。他心里存着大大的疑问，毕竟故事的主人公是距今一千七百年的古人，换谁也不敢轻易相信。

"贾教授第一次去武当山就遇到了异人，据说是那道士的后人，经那人的指点他才买下了小院。"虽然此事有点离谱，但被张亚睿说出来却多了不少真实性。

"世上真有异人？"汪锦保不信任地眯起眼睛开始转动黄玉扳指，这是他想问题时的习惯动作。

"也许异人就跟外星人和鬼魂一样，信则有，不信则无。没亲眼所见的东西也不能表明真的不存在吧，毕竟世上太多传说都是有根据的。修道之人大多喜欢云游四海，寻一个最适合集气炼丹的地方是他们的目标。武当武当，非真武不足以当之。从上往下看整个武当山呈现出龟蛇相缠的形象，龟蛇是玄天真武大帝的化身，传说真武大帝也是在武当山上修炼了四十二年才得道飞升的，武当山自然是修炼最佳选择。道士很可能被络绎不绝上门来讨经书欣赏的人给弄得没法修炼，索性带着宝贝经书一走了之，千里迢迢去了武当。武当山的水好，他也把养鹅的技术教给了当地人。所以我之前问您，有没有注意山下农民家的鹅。"张亚睿从容不迫地说完，喝干了碗里的所有汤汁。

"我发现什么事从你嘴里说出来都像真的一样，你小子挺能掰。"汪锦保虽然这么说，但心里还是觉得这事匪夷所思。

"道士大多炼丹，而古代丹药的成分中含有大剂量水银，水银能杀菌，并有一定的防腐作用。如果我是那个道士，肯定要把宝贝经书带进棺材里。如果他的尸体不至于烂到流水的话，没准棺材里的东西还能保存。"张亚睿细细地分析道。

"他没有埋棺材里，据说是两口扣在一起的缸。"汪锦保已经不由自主地顺着张亚睿进入了他的思路。

"他们已经挖到了？"张亚睿面露喜色，"道教也兴缸葬的。前不久一位武当山的百岁道姑就是缸葬，场面很是壮观。说起来，我越分析越觉得那个道士有可能去武当。晋朝跟王羲之同一年代中曾出过一位有名的道士，此人名叫谢允，号谢罗仙，据说也是进入武当山修炼且有奇遇，最终修炼有成，能飞行于绝壁之上。古书上说他师父是神仙，传授了他炼神冲虚之道。这炼神冲虚之道，也就是《道德经》上'锉其锐，解其纷；和其光，同其尘'的修炼方法，《黄庭经》就是老子所作的《道德经》。所以细想起来，这位道士极可能慕其大名追随着来到武当山，或者跟谢允结过缘，一起悟道也未可知。这个谢允是《水经注》里记载过的，应该是确有其人。"

"你怎么知道那么多，你也修道？"汪锦保被张亚睿说得一愣一愣的，越发觉得这小子真有两把刷子。

"我这人俗，爱钱爱女人，这辈子也达不到参禅悟道的境界，不过是跟着师父久了才略知一二，我这点修为跟真正懂行的人比起来不值一提。"张亚睿露出一个既谦虚又不失优雅的微笑，体现了师出名门应有的气质。

"你爱女人？那小师妹如花似玉你都不动心。"汪锦保闲话一句，如果张亚睿真的既爱钱又爱女人的话，会跟他更投缘。

"您说荷妹？我还记得她小时候流鼻涕穿开裆裤的样子，天天见也不觉得她美，大概男人都喜欢新鲜感吧，有时候不太标致的女人反而更有吸引力。"张亚睿侃侃而谈，正好汪锦保也亲眼目睹过他对夏宜荷的冷淡。

"你有其他女人？"汪锦保想更多了解一点这个年轻人。

"没有，师父管教得严。"张亚睿不太好意思。

"哈哈，不要紧，从现在起，咱们有的是机会。"汪锦保满意地拍了拍他的肩。

C

回去的路上虽然跟张亚睿同乘一车，但汪锦保没再说话，他心里翻来覆去地想着几个词：王羲之，道士，鹅，贾善仁，夏春秋，山下大藏。

据他所知王羲之《妹至帖》摹本在一位日本藏家手里，此人已经联系了佳士得拍卖行准备拍卖，估价是两千四百万。此摹本长二十五点三厘米，宽不过五点三厘米，共两行，全文十七字，草书，纸本，因其篇首的"妹至"二字而得名。区区十七个字的家书，每个字就价值百万之巨，还只是摹本。张亚睿说《黄庭经》有六十行，全文一千两百余字，倘若按照一字百万的摹本价钱算去，那该是多少？

汪锦保只觉得自己的心很久没跳得这么厉害了，不激动是不可能的，一千多年的东西即便不是真货那也难得。如果是真的手迹，那可就……

武当山上的一草一木也都浸透了千百年的香火气，道士应该是真实存在过的。鹅，仔细一想，好像在第一次上山的时候，本地佬带着大家经过一条小溪时曾见过几只，当时只觉那鹅很肥。李白的诗词也不会瞎掰，《换鹅帖》的典故肯定是真的。以上三个关键词汪锦保都觉得没问题，有问题的是剩下的三个人。

首先可以肯定十年前的贾善仁就不是好东西，现在也好不到哪去。夏老爷子也只是传说中的人物，说句不好听的，真被这老鬼坑了说出去也没人信。日本人就更不靠谱，他做了这么多年的生意，日本那边黑道白道的客人也见过不少，但从没听过此人的名字。

一方面是太有吸引力的宝物，另一方面是三个让他很不信任的人，个中取舍他竟难以定夺。车窗外是灰蒙蒙却无比浩大的京城，据说武当山上紫金城和这京城紫禁城是同年动工，为了修筑位于天柱峰之巅的紫金城，明成祖朱棣调集了三十万能工巧匠，紫禁城内汇集天下奇珍异宝，那紫金城脚下何尝不能有宝物呢？

也许是吃得太饱汪锦保有些犯困，眼皮上下打起架来，心里还在想着武当山上的事，半梦半醒之中，忽然迷糊地睁开眼看了看窗外，奇怪，路上怎么没人。为什么现在车朝着城外开，看来已到城郊。汪锦保觉得不对劲，他还等着去库房看看张亚睿查出来的赝品和那幅画，这司机小李难道偷喝酒了，居然朝城外开。

"小李，你……"汪锦保的话没能说完就停住了。坐在驾驶位上那个穿着黑色西装戴着司机帽的根本就不是小李，小李哪去了？难道自己上车时没留神？他心中一慌，该不是哪个仇家找上门来了吧？他尽量不动声色，不过手却拽了拽坐在旁边的张亚睿，用眼神暗示他不对劲。

司机从后视镜里看出了汪锦保的小动作，忽然猛踩刹车，让汪锦保失去平衡直朝前方撞去。同样失去平衡的还有张亚睿，不过这小子还挺机灵，就在汽车轮胎发出刺耳的摩擦声时他已经扭着身子极力去打开车门。

　　可不论他怎么用力都无济于事，车门和车窗已经都被司机锁死了。后座的两人就像瓮中之鳖，完全失去自救能力。司机熄了火，又拔出了车钥匙，飞快地下了车，这时汪锦保才看出司机帽下那张清秀的脸居然是山下大藏身边的那个女人观月真砂。这女人平时很少说话，就像个立体的影子悄然无声寸步不离，她是什么时候下的山？难道跟自己同班飞机来的？汪锦保已经想不出答案了，事实上他也没有时间去想。

　　"糟了，师父要抓我回去，我死定了。"张亚睿变了脸色。

　　"这是怎么回事？"汪锦保觉得自己有点冤。

　　"我拜师时发过毒誓背叛师门就会死，他一定知道了我在帮你办事。"张亚睿一边说着一边拼命地按着车门开关，手抖得厉害。

　　"那日本人怎么……"汪锦保觉得这几天像在做梦一样，什么事情都让自己碰上了。

　　"师父跟山下是亲戚，没时间解释了，汪爷，我们一定要逃出去，这女人是山口组的，落在她手上我就完了。"张亚睿脸都白了，歇斯底里地开始用手肘和头撞击车窗，试图逃出去。

　　山口组？怎么连日本黑社会也掺进来了。汪锦保已经被张亚睿的紧张感染了，他学着张亚睿的样子去撞车窗，可惜怎么也撞不开。就在两人对话的同时，观月真砂已经提着根甩棍走过来了。轰地一声，车窗碎成了无数小碎片，但因贴着防爆膜而没溅出，车内的两人本能地缩成一团，双手护住头部。紧接着第二下敲击也很快来了，观月真砂的脸色很冷，那双秀气的眼毫无表情，一直到整个车窗玻璃都破碎得变了形，她才伸出一只雪白却铁爪般的左手，抓住张亚睿的衣领猛地一提，他的身体立刻离地半尺，很狼狈地被揪了出去。

　　紧接着的是让汪锦保眼花缭乱的一段打斗，捆手、封缠、藕手，观月真砂不愧搏击高手，招招干净利落，把张亚睿逼得毫无反击的余地，不过半分钟，他已经被逼到一个死角里。

　　汪锦保趁着观月真砂把张亚睿带走的时机，赶紧爬出车门，他太心急，反倒被观月真砂发现了。此时张亚睿已被打得落花流水，一记利落的手刀劈在他侧颈的动脉上，使他立刻昏迷。看到这女人要对自己下手，汪锦保吓得腿都软了，赶紧头也不回地朝着路边一条小巷子狂奔，多年的老北京他知道自己最大的希望就是这些胡同了，里面七拐八拐四通八达，别说是日本人，就是本地人不熟悉的也不一定能拐出去。

D

夜色早已黑透，看不见的角落里不时传出谁家的狗在叫。

汪锦保摸着黑，跑到了一个三岔口的地方，这里大概是三条胡同的交汇处，躲在这里也许能逃掉。他并没有体力跑太远，只能小心翼翼地把自己藏在一户人家门口装垃圾的大篓子里，竭尽全力控制住急促的呼吸，这垃圾篓下面还有谁家刚扔出来的鸡鸭内脏，带着体温和血腥气，让他不免想到刚在他眼前被放倒的张亚睿，胃里一阵翻涌，差点忍不住呕出来。刚刚把旁边的两个黑色垃圾袋扯过来顶在自己头上，汪锦保就从篓子的缝隙中看到一个黑色的影子朝自己逼近。

观月真砂来了。

她脚步很轻，像个幽灵，站在巷子正中视线最开阔的地方，像是在考虑究竟该朝哪个方向追去。她手上有把寒光逼人的刀，就在距离汪锦保不到一米的地方，汪锦保赶紧捂住嘴，屏住呼吸，生怕暴露自己。也许只过了几秒钟，也许有好几分钟，汪锦保只觉得时间从没这么慢过。

就在这时，对面的一扇门吱呀一声扭开了，一个头发花白的老太太探出了脑袋。观月真砂听到动静赶紧把刀子藏在身后，然后就离开了，依然是轻手轻脚，老太太根本没发现这里站过一个手持利刃的女人。

担心观月真砂还没走远，汪锦保在篓子里蹲了半个小时，才想起可以打电话叫手下过来接他。而司机小李被人发现莫名其妙地晕倒在路边的公厕里，已经被人送去了医院。

头上顶着烂菜叶子，全身散发着臭气，真丝褂子上满是污渍，汪锦保从没这么狼狈过，但他已经毫不在意了。上了车后，他让司机在附近又兜了个圈子，张亚睿晕倒的地方已经不见了他的踪影，肯定是被观月真砂带走了。

他的心情很复杂，张亚睿说过夏老爷跟日本人有点关系的，究竟是什么关系呢？那个战火纷飞军阀混战的年代里，就连婉容皇后身边也还有个川岛芳子，身为大内太监的养子，跟他们有所接触也不是不可能的事。不过现在没时间想这些了，汪锦保的直觉告诉他，那个尚未出土的宝贝实在太诱人了，以至于日本人和夏老爷都不希望他参与。如果土里埋的的确是王羲之的真迹，那能带给他的可不仅仅是钱，就连他的名字也会因此而载入史册。

汪锦保已经不想回家了，家里地下室里的东西都是有人看着的，赝品和揭画什么时候看都可以，比不上眼下这档事要紧。他吩咐司机掉头，立刻去找京城最具权威的考古专家，还得多雇几个保镖，然后要以最快的速度赶回武当。

姓贾的老狐狸会不会已经带着那两口缸下山了？唉——宝贝不在自己眼皮子底下，他无论如何也不放心。夏老爷也不是什么良善之辈，不过这倒更合他意，这下可以放开手脚黑吃黑了。越想越觉得兴奋，汪锦保恨不能立刻插上翅膀飞回武当山。

"喂，你在局里有人吗——好，尽快帮我联系上他们，我要请他们帮个忙，钱不是问题。"汪锦保给武当山的本地佬打了个电话，挂断电话后，他脸上露出了得意的笑，一个劲地催司机快些，再快些。

第二十二章　横空出世

A

原本计划是三天后才回武当山的，可汪锦保只用了一天半就找齐人马备足装备，第二天晚上就启程了。这一次他带去的是大部队，光是负责他安全的就有六七个高手，同行的还有三四名考古专家，不仅带来了恒温真空保管箱，还有一大堆仪器。

"这不合规矩。"贾教授一见这么多人就知道不妙，本能地上前阻挡。

"老贾，我要加入当然要按我的规矩来，我的规矩是什么你应该很清楚。"汪锦保冷笑道。

"我可没有请你。"贾教授尽量克制住怒火。

"现在我已经加入了，一切就要我说了算。"汪锦保看也不看他，就指挥手下人把东西放进柴棚。

"你，你，你会后悔的。"贾教授的眼中流露出怨毒，苍老的身体显然抵挡不住这帮人马，他清楚姓汪的早就把自己当成了古玩圈里的教父。

这伙人强行进入院子，汪锦保大手一挥，几位专家就开始拿出洛阳铲来在院子周围动手采土取样。虽然按照惯例，土层上方的东西应该比土层下方的东西年代久远，所以挖出一千两百多年的钧窑和汝窑后，在同一土层下存在一千七百多年的东西是有可能的。汪锦保见过太多搞鬼的手段，他相信越是大的生意越需要加倍的谨慎和认真，就连这次带来的专家，不仅有学院派的教授，也有经验丰富的盗墓贼。目的只有一个，证明这院子下面的东西没有人搞鬼。

就在一大群人忙得不可开交时，依然穿着一身素色锦缎唐衫的夏老爷拄着拐杖被夏宜荷搀扶着走了出来，跟在他身边的还有二徒弟简易。老爷子阴郁的目光环视全院，立刻从汪锦保和贾教授的脸上知道发生了什么，他很不满意地从鼻子里哼出了一声。虽然年逾九十，但老爷子余威犹在，一亮相立刻吸引了所有人的目光。两名教授大概听说过夏春秋这三个字，立刻肃然起敬。

与此同时，另一边的小茅房的门也开了，里面走出个头发一丝不苟的胖子，汪锦保当然知道他是山下大藏，他身边依然站着影子一般的观月真砂，两个人同样的面无表情。

汪锦保见夏老爷和山下大藏的眼睛都盯着自己，心里透亮，老怪物和日本佬虽然知道自己没死，但这么快就回来了肯定在他们意料之外。没看到张亚睿，他估计这小子八成已经被老爷子给杀了。

洛阳铲挖遍了院子里外，汪锦保耐心地等着，几名专家的结果先后出来了。答案是一致的，这附近没有最新挖掘过的痕迹，所有的土层都是陈年腐土，应该没有作假。就连那个露出来的缸，也已经被几位教授仔细地看了又看，两口缸对口处的白膏泥也被取了样本做检测，能够确定是上千年的东西，除了这里的设备不能进行碳十四的检测外，基本上可以肯定是真东西。

"好，准备好保管箱，现在就开缸。"汪锦保眼中放光一声令下，就好像他才是这个院子的主人。他实在太兴奋了，完全没有发现旁边的夏老爷、山下大藏，还有贾教授几个人对望了一眼，嘴角居然流露出一丝让人不易觉察的微笑。

B

众人合力，一口直径七八十厘米的大缸终于缓缓吊起。让所有人都震惊的是，没有尸体的腐臭，就在两口缸分开的瞬间，一种极朴素极悠远的香味钻了出来。那气味就像是长着脚，迅速溜进每个人的鼻孔，说不出的沁人心脾。

汪锦保站在已经扩大了的土坑里，眼睛死死地盯着缸中，心里咯噔了一下，该不会真的挖到肉身菩萨了吧，传说中肉身菩萨重新开缸时大多会有异香。

大缸被小心翼翼地移开，缸中露出一具坐着的道士尸体。

历经了一千多年的光阴，这具尸体已经变得干枯坚硬，颜色发黑，就像一尊坐着的木乃伊，他头发有些蓬乱，头顶上的道士髻也歪了，指甲也很长。在他盘着的双腿上放着一个长长的方形木盒，看起来黑黝黝的，粗看并无任何雕刻和铭文，除此之外，缸中再无其他物品。

"是沉香木。"一名教授惊叹道。

汪锦保立刻明白了刚才闻到的是什么气味,沉香是极品香木,年数越久越是馥郁,能静心避秽。据说沉香能汇集天地阴阳五行之气,是唯一能通三界的香品,这种神秘的芬芳至今无法人工合成。早在宋代就有过记录,沉香木"一片值万钱"。这个名贵木盒里放着的难道就是《黄庭经》?他的心一下子蹿到了嗓子眼,感觉连气都快喘不上来了。

"保管箱,快快快。"汪锦保的声音在颤抖,他的手也哆哆嗦嗦的,这辈子还是第一次这么紧张。保管箱是全透明的,还附带一双内置式操作手套,可以把整个木盒放在箱子里之后再开盒操作。

站在旁边的贾教授似乎再也不能忍受汪锦保的为所欲为了,毕竟这块地是他的,地下的宝贝也是他的,汪锦保今天这架势简直是动手明抢。他趁着汪锦保指挥地面上的人小心地把保管箱用绳子吊下来的当儿,飞快地冲到缸边一把抢过沉香木盒。

"老贾,你这是干什么,现在别打开,千万别打开,万一进了空气,东西被氧化了可不是闹着玩的。"汪锦保被贾教授这一出给吓到了,他尽量放低声音,柔和地劝道。

"放心,我当然不会打开,这可是我的宝贝,它还不是你的。"贾教授冷笑着退到了坑边,背后就是土,无论是谁一动手他马上就能反应过来,为防止旁人来抢,他的手更是放在了木盒的封口处,做出随时可能打开盖子的动作,"你就算仗着人多也不能强抢,在我没拿到钱之前,这宝贝谁也不能碰。不然,我宁可毁了它,也不留给你。"

汪锦保看出贾教授是玩真的了,他那孤注一掷的狠劲还真有点像当年抱着和氏璧的蔺相如。说到底,还是宝贝要紧,他想要的并不是贾教授的命,虽然恨得牙痒痒,但也不能不妥协,马上讨好着说道:"好好好,你说怎么办我们就这么办,一切你说了算。"

"先上去,我要亲自开盒,如果里面真有宝贝,大家再来一次竞价,价高者得,然后立刻网上银行转账。"贾教授当然不傻,不过片刻已经想好了对策。

"行行行,您说了算,可千万小心着点别打开盖子。"这种形势下汪锦保不得不赔着小心,不过这都是假的,他一边拖延着时间,一边冲身后的本地佬打了个手势。

C

"我命令你们立刻放下手里的东西,举起手来,你们涉嫌盗掘古墓葬,请跟我们回去协助调查。"一个穿着警察制服佩戴着警督肩章的中年男人大声喊话。

没人想到，在这个小小的院子附近已经埋伏了十多位荷枪实弹的警察，除了汪锦保外，所有人都大惊失色。

汪锦保的打手本来还想反抗的，却被他制止了，他低声对着请来的专家和教授暗示配合一下。这帮警察已经被他收买了，他从北京打电话给本地佬为的就是这个，这样一来他就可以不花一分钱把宝贝从贾教授的手里夺走。

警察们动作麻利，有人掏出手铐有人掏出了枪，这种情况下大家只能配合。贾教授虽万分不舍，也不得不放下了手中的木盒，被警察拉出了土坑，垂头丧气地跟在夏老爷和山下的身后，戴上手铐被押下山去。

既然是被收买过的，自然是最后才轮到汪锦保，山路曲折，贾教授他们的视线只能看到几名汪手下的打手被押了下来。而汪锦保不会被带走，木盒也落到了他手上，因为两个小时前他已经打了五十万的现款到那位带队警长的私人账户上。

小茅屋里挤满了人，几位专家和汪锦保都围着那张腿脚不齐的小木桌，桌子腿已经被小心地垫平了，桌面上摆着透明的保温真空保管箱，一位专家的手已经伸进了箱子附设的手套中，正准备打开沉香木盒。

没有一个人出声，但每个人都能听到身边人的心跳。那位警长也还没走，这让汪锦保很不满意，却又不好明着赶他，况且这节骨眼上，他也没精力想别的，一心只想赶快见到宝贝。

摸索了片刻后，木盒盖终于开启，深褐色的内容物露出了一角，在场的几位教授都忍不住发出了低呼声，看来已经有些轻微氧化了。毕竟是一千多年前的东西，最细小的触碰都有可能会造成不可弥补的伤害，动手的教授额头沁满了细密的冷汗。

汪锦保只觉得心里热得慌，背心却凉透了，不知不觉中他也急出了一身汗，除了那天躲在垃圾篓子里之外，就数今天时间过得最慢了。

十多分钟后，一卷黄褐色的帛本经书终于呈现在大家面前，可惜保管箱体积不够大，只能展开一部分，暂时还不能把全本一次性打开。不过书圣真迹的风采已初现端倪，帛本颜色虽已变成褐色，字迹却清晰可辨，全文没有署名，只在末尾处注明：永和十二年五月二十四日山阴县写。

专家们各自端详，掩不住地赞叹。

"一千七百多年的丝织品还能保存这么好，实属难得。除了长沙马王堆的汉墓外，还很少有丝织品能保存这么好的。一定是沉香木的作用，沉香本身就能杀菌消毒，也有防腐的作用，古书上说用沉香木做的棺材可保肉身万年不腐。"

"书圣的行书飘若游云，矫若惊龙，这《黄庭经》平和自然，笔势委婉含蓄，遒美健秀，的确是功力深厚，造诣非凡，跟拓本比起来，更是经得起细看。"

"其法极严，其气亦逸，秀美开朗，我看此书足以担当天下第一正书。"

"看得出这帛是施过胶浆的，否则书写时会洇，从墨迹中可见此帛本完全不洇，笔迹顺滑流畅，绝对是当年专供官家使用的上等帛。宋代赵构的《翰墨志》中说王羲之作《兰亭序》用的是蚕茧纸，而此帛本的质地跟蚕茧纸质地相近，的确是书圣的风格。"

几位专家一个个全都表示认可，最后一位发表意见的专家更是以研究王羲之的字见长，曾经发表过多篇学术论文，得到他的认可基本上也就可以放心了。更何况大家是亲眼见到东西从土里挖出，旁边的土质也都检查过了，肯定不会造假。

"您辛苦了，今晚我请吃饭，您把弟兄们都叫上吧。"汪锦保心情大好。

"吃饭就算了，咱们还是把尾款先付清吧。"警长高大威猛，斜着眼俯视着汪锦保。

"尾款？咱们不是已经结清了吗？五十万。"这警察怕是要狮子大开口了，汪锦保心道不妙，可本地佬不知躲到哪里去了。

"那五十万帮你搬走绊脚石，现在我要的是可以让你带着宝贝下山的钱，有什么不对吗？"警长不是吃素的，白吃黑可比黑吃黑更不讲规矩。

"你想要多少？"汪锦保决定谈谈价钱。

警长不说话，只伸出了一个巴掌。

"还想要五十万？"这个数倒也不高。

"五百万，外加你手上的那个扳指。"警长不仅翻了十番，还看上了汪锦保的扳指。这扳指可有点说道，明清时期新疆黄玉产量极少，比羊脂白玉要贵得多，且黄色代表皇室，深得乾隆青睐。如果细看，还能看到这枚扳指上有馆阁体的楷书御题诗。此扳指是十多年前贾教授帮汪锦保做假鉴定低价骗到手的，汪锦保爱不释手从不离身。

"你也太黑了。"这个数字显然超乎了汪锦保的心理预期。

"您赚的是大钱，我们分点汤喝不算过分吧。"警长冷笑一声，意思是没有讨价还价的余地。

"好，五百万就五百万，你拿到钱马上让我们走。"汪锦保厉声道，他早该想到上什么山头就要拜什么菩萨。

"我说话算话。"警长得意地笑了。

D

第二天早上，汪锦保躺在他的紫檀罗汉床上懒洋洋地伸了个懒腰。昨晚睡得又沉又香，因为他把那个沉香木盒子放了床头柜上。都说陈年沉香的香气最是浓郁，果然没错，那历经千年的木头香气浓得连做梦都是香的，果然是好宝贝啊。

如果不是该死的警察太贪心，一切都还算顺利。那位贪心的警长也算识相，收了他那么多钱答应会让贾教授那伙人待久点。真有点心疼那扳指，手指头上空落落的，总觉得少了点什么，如果送出去拍卖，一百多万还是值的。

有道是有得必有失，汪锦保心情奇好，也就不计较那些了，不紧不慢地穿好衣服，洗净手，去书房欣赏经书。这宝贝究竟该怎么露面，怎么炒作，究竟是该拍卖还是先存在手里，都是要慎重考虑的问题。五六百万就换来个绝世好宝贝真是太划算了，贾善仁一点好处都没捞到，真是越想越开心。

汪锦保带着得意的笑来到经书前，只一眼，他的脸色就变了。经书原本是褐色的，现在变成了深褐色，那颜色要是再深一些连上面的字迹也看不清了。

怎么会这样的？他心急如焚，又是找专家又是联系保管箱的销售商。专家很快就来了，说这样的情况极可能是发生了氧化反应，必须马上控制，这种反应是不可逆的。销售商是国外的，电话里听来听去都是外国腔，就是打不通。

"奶奶的，老外的东西也有次品！"汪锦保心急如焚，他压根就没想过，几万欧元买回来的东西居然有质量问题，而这质量问题造成的损失是不可估量的。

"汪爷，保管箱的使用手册上说要修理必须退回原厂，国内没有配件。"助理小心翼翼地说着，生怕惹得汪锦保更生气。

　　汪锦保已经没工夫生气了，他更担心的是箱子里面的经书该怎么办。他连脸也顾不上洗，就带着箱子直奔相熟的博物馆。他知道哪家博物馆有同样的保管箱，手脚快些说不定还能阻止恶化。

　　不知道为什么，移动箱子后经书变黑的速度加快了，又正好赶上上班高峰期，路上堵得厉害，汪锦保急得直跳脚。等他们赶到博物馆时，那经书已经变成了黑炭一般，汪锦保欲哭无泪。

　　可这还不是最糟糕的，更糟糕的是他回到家时，门口居然停了一辆警车。警方说汪锦保涉嫌走私多件国家级保护文物，要请他去协助调查。

　　"我是个遵纪守法的商人，每年都按时纳税，一切都是照规矩办的，我经手的也全都是仿品，我想你们一定是误会了。"虽然心情极度恶劣，但汪锦保不得不强作笑脸。

　　"你看这是什么？"警察拿出了一叠照片，全是他地下室秘密库房里藏着的那些东西，青铜器，唐三彩，甲骨……没有一件不是国家级保护文物，最后一张照片更是让他胆颤，那是放在保险柜里的账本，里面登记的全都是不可告人的秘密交易。看着这些照片汪锦保只觉得天旋地转两眼发黑，这是怎么回事，手下人绝对不可能做出这种事来的。

　　他这才想到张亚睿，那小子，一定是那小子搞的鬼！可库房有人严密看守，他怎么能搞鬼？不，不对，不仅是张亚睿不对劲，《黄庭经》也不对劲，贾教授、观月真砂、山下大藏、夏宜荷、夏老爷、简易，这些人统统不对劲。可是这些人该去哪里找，他们真的还在公安局吗？他这才发现，连那个黑心警长也不太对劲。

　　一时间千头万绪，汪锦保头疼欲裂，警察已经把手铐套在了他的手上，一切都晚了。被押上警车的前一秒，他才恍然大悟地冲手下大喊道："赶紧去找那个姓贾的，还有那帮骗子，活要见人，死要见尸！"

第二十三章　真作假时假亦真

汪锦保的人马再多也找不到贾教授了，这辈子都找不到。

因为贾教授已经从这世界上消失了，贾善仁这个名字再也不会被使用。

就在汪锦保被押上警车时，远在千里之外的武当山金顶附近一间客房里，传出了欢声笑语和酒杯相碰的清脆声音。在座的不仅有老韩和他的徒弟们，还有好几位在这场骗局中出现过的重要角色。今天不仅是来庆功的，账户里的五百五十万通过层层周转进入了老韩的名下，他已经取出了一部分，用来支付各位龙套演员的出场费。

"来来来，我为大家介绍一下，这位就是千面小马哥——马慎弥，他是我们江相派最帅最有实力的提将兼除将，也是段七师父的小舅子。"老韩也换下了那身唐装，把那位敲了汪锦保五百万的"警察"介绍给大家，段七和他的太太都是江相中人，而这位小舅子也就是段七师爸最小的一个儿子，当年跟驼爷在福建设赌局的时候，正是马慎弥担当的提将和除将。

马慎弥今年四十七，身高一七四体重一四七，因为保养得当，说他三十几也有人信，虽比不上韩枫的天生偶傀，但生了一张极为正派的脸，每每扮演假警察假法官之类的总是百试不爽。陆钟在张亚睿的戏份结束后，第一时间跟他取得联系。

"您又拿我开涮，谁不知道最帅的就是您啊。"马慎弥换下那套假警服，恢复了亲切幽默的本色，这点跟他的姐夫段七截然不同。

"还要谢谢你，带了这帮兄弟来帮忙，最后这场戏演成功，我们才能全身而退啊。"老韩举起了手里的酒，诚挚地感谢道，"辛苦大家了，来，干一杯。"

大家纷纷响应号召举起酒杯，一饮而尽，那些跑龙套的假警察全是马慎弥新收的徒弟。老韩不免感慨，拉过马慎弥低声道："你那死心眼的姐夫要是也跟你一样开窍，哪里会是今天这样。"

"他就是死爱面子。你们在广州的事我已经听说了，真该替姐姐好好谢谢您，她在九泉之下也能放心了。"马慎弥也有些感慨。

"唉，自己人说这些做什么，咱们多年不见，你怎么越来越客气了，来来来，好久没跟你玩过牌了，来一把。"老韩有阵子没玩牌了，不免技痒。

"我也想跟您玩，不过今天不行。"说完，马慎弥凑在老韩耳边耳语了几句，倒是惹得老韩哈哈大笑，"你小子行啊，那好，我就不耽误你忙大事了，下次再好好玩几把。"

说完，马慎弥就告辞了，带着一众兄弟先行下山。

"师父，马前辈有什么急事吗？"陆钟不解地问。

"哈哈，他的小女朋友帮他生了个儿子，得赶回去伺候小祖宗呢。"老韩看着马慎弥远去的身影，眼中竟有几分羡慕。

"原来是这样，对了师父，我记得段前辈的师爸是李星南大师爸，这位马前辈应是李星南大师爸的儿子，可他为什么不姓李呢？"陆钟对这位马前辈印象很好。

"还不是李师爸老来风流，六十多岁还跟外面的女人生了他，他只是私生子，所以随母姓。本来不光彩，但他从小就聪明，老爷子喜欢他，传了他不少本事。"老韩细细道来。

"我侄子说看到姓汪的已经上了警车。他绝对不会想到最信赖的手下，帮他跑腿四处搜罗消息的那小子是我的亲侄子。"贾教授拿着手机从门外进来，一定是刚刚通过电话。他身着蓝色道袍，摇身一变成了道士，倒也道貌岸然，"多谢你们帮忙，我才能在出家前了却这番心事。"

"其实我们也该谢谢您，否则怎么能赚到这么多钱。"已经恢复本来面目的司徒颖为贾教授奉上一杯清茶，出家人不能再喝酒了。

"不只是赚钱，更重要的是咱们也算为民除害了。"老韩重拾他最钟爱的雪茄。

"听说你们每次得手后，都会拿出一部分钱来做好事，我有个不情之请。"贾教授对老韩说。

"尽管说。"老韩现在心情很不错，对贾教授也改变了昔日的看法。

"我希望这次你们用来做好事的那笔钱能拿出一部分付给当年一些被我和汪锦保骗过的人，我没办法偿还他们了，请你们帮我这个忙。"贾教授有些底气不足，虽然同样是多年的老千，虽然当年老韩骗了他，但在老韩面前他还是有种抬不起头的感觉。

"没问题，你列个名单出来，我让徒弟们去办。"老韩的爽快让贾教授格外安心。

"韩老大，您扮得可真像，要不是认识您，我也会认为您就是真的夏老爷。"卖消息给汪锦保的本地佬讨好地为老韩点烟。

"夏老爷跟司徒老爷子是师兄弟，论起辈分来还是我的师叔。要不是跟他熟，我也学不出他那做派。国内人只当他还在北京隐居，其实他早就去美国了，现在唐人街做古董生意的都还得请他掌眼呢。"老韩话还没说完，竟真的咳嗽不止，弟子们忙着端茶递水。

"师父，您一定又忘了吃药。"陆钟心疼地看着师父，忽然想起了什么，"对了，这山上的道人精通医术，不如帮您请个师父看看吧。"

"不用了，拿着这么多钱得趁早享受才是正经，我已经等不及要重回花花世界了。"老韩好不容易止住了咳，就又开始说笑。

"小兄弟，我还要感谢你，如果不是你，也不会把那堆破烂换来这么多钱。"贾教授放下茶杯，对陆钟毕恭毕敬地作了个揖。

"您太客气了，其实也要谢谢您的信任，把自己的一切都托付给了我们。"陆钟赶紧对贾教授回敬，经过这些天的相处，他早就发现贾教授的确跟当年不一样了，做这些事只是为了给自己多年的罪孽一个好好的交代，并对自己的能力作出最后的证明，从此，他就要告别尘世，开始全新的潜心问道生活。

B

在正式跟老韩和陆钟见面之前，贾教授已经跟踪他们很久了。

邮票事件后，汪锦保完全放弃了他，不帮他的忙，也不接他的电话。他失去了圈中人的信任，生意是没法做了，只能吃老本。好在前些年来他也收了不少好东西，本来过好下半辈子也够，可他还有个败家的儿子，吃喝嫖赌不学好，还染上了毒瘾。这么一来，收了多年的宝贝不得不一件件被送去拍卖，可这样也挡不住儿子隔三差五把家里的东西偷出去贱卖，家底被败得差不多了。他不得不送儿子去强制戒毒，进去时还是有效果，可出来后又跟原来的狐朋狗友混在一起，没过多久就复吸了，终于有一次，因吸毒过量死在酒吧的厕所里。老伴急得脑溢血，在床上躺了两个月后也死了。

那段日子贾教授简直不想活了，某日落魄的他魂不守舍地在街上偶遇一个男人，男人狠狠地痛骂了他一顿，说那一切都是报应。男人走后他才想起多年曾帮汪锦保做过一个假鉴定，从这个男人手里骗走了一枚黄玉扳指。那黄玉扳指是男人家传之宝，本想卖给小女儿看病，结果因为他的假鉴定把真宝贝说成了仿品，汪锦保以十分之一的价钱就买到了。后来听说那男人的小女儿只撑了半个多月因为不够钱治病而死在了医院里，贾善仁心里也有些不痛快，不过后来类似的事情多了，也就习以为常了。

那男人的痛斥对他刺激很大，是啊，全都是报应，报应，都怪他做了太多昧良心的事，遭天谴了。从那时起，他开始思考该怎样赎罪，并有了要出家的想法。因为赎罪，他才有了活下去的动力，开始到处寻找当年骗过自己的老韩，希望能跟他联手干上一票大的，终结自己和汪锦保的罪恶。

贾教授找到老韩和陆钟时，手上剩下的只有几件破破烂烂的老东西：盗墓贼送货时半卖半送的一具干尸，两口几百年的大水缸，一个失去了内容物的沉香木盒子，一卷千余年历史却尚未使用过的空白帛本，几块干得裂了口子的陈年墨块，一小堆真品钧窑瓷片，以及一小包据说是从汉墓中挖出来的白膏泥干泥。值钱的东西早就没有了，这堆破烂里，最值钱的也就是那个沉香木盒子。

做古玩生意的人，尤其是做过假的人都知道，只要是上了年头的老东西就都有用，不论是死人还是泥巴，这些东西全都可能成为某次精心制造的骗局中至关重要的道具。陆钟就是利用这堆东西，想出了这个惊天大骗局。

见多识广的汪锦保不会被普通货色吸引，要让他入局，必须要足够的吸引力。这件东西应该是可能真的存在，独一无二，普天之下没有第二件能比得上它的价值。只有这样的宝贝，才能让汪锦保暂时忽略风险，自动自觉地插进来。

贾教授除了出色的鉴定能力外，还拥有一流的模仿能力，尤擅书法。他四岁习字，所有名家的法帖全都临过，近七十年的时间，练就了一手以假乱真的好手艺。

陆钟说，一只羊可以剪很多次毛，但只能剥一次皮。这一次，要把汪锦保的全副身家都搞定，让他再也不能害人。整合以上这些有形的和无形的资源后，陆钟为贾教授度身定做了这次的局，玩就玩个史无前例。

鉴定是门科学，但里面的水很深，这点贾教授最有心得。并不是东西送进研究所就能得出统一的标准答案，选用什么样的方法，各项检测安排的先后，出来的数据等等，都要靠专业人员自己分析决定，就像名医能从一张X光片中看出很多东西，庸医可能什么也看不出，同样的仪器也可能做出不同的鉴定结果。更关键的是，这不仅和鉴定师个人的能力本身有关系，还跟鉴定师跟送检人的关系有关系。

汪锦保是个极度敏感且疑心很重的人，陆钟想到最好能让他置身在只能做直观鉴定，不能做仪器鉴定的环境中，所以，他选择了距离京城千里之遥的武当山。这里历史悠久传说众多，是理想的制造奇迹的地点，也是汪锦保鞭长莫及的地方。就算他去了也必须仰仗本地人带路，传递各种消息，这么一来自然有空子可钻。

选定了地方之后，就该寻找合适的宝贝来制造了，就像是杜撰一篇小说，这需要素材，大量的素材，而这些素材最好是有根有据，于是，大家开始了对武当山的考察，上下五千年，几乎所有关于这里的传说都被挖了出来。最后，陆钟从一大堆关键词中选出了一小部分：道士，缸葬，不二和尚，晋朝，谢允。

优秀的老千离不开想象力。陆钟从关键词开始延伸，进而想到了同为晋朝最著名的人物王羲之。

东晋王家是个大家族，不仅王羲之崇尚道教，他整个家族都崇尚道教，王羲之老年辞官后更是与道士许迈修炼深山，炼制丹药，采药石不远万里，遍游诸郡穷诸名山。另外王羲之爱鹅世人皆知，《换鹅帖》也有这么一段传说，既然《换鹅帖》的主人是个道士，那么这个道士有没有可能后来就去了武当山呢？所有有利的元素都可以利用起来，加工，再造，揉碎了打散了再重新组装起来。一千七百年前的事，谁也不知道究竟是真的还是假的，历史原本就是流传于世的一段段故事，唯一的不同是正史流传在书上，野史流传在人们嘴里。

最后选定《黄庭经》也是有原因的。贾教授本人曾多次临摹《黄庭经》的拓本，自认能做到以假乱真。正好他手中还收藏了一卷将近千年的空白帛本，精心处理后，他就开始了摹写。

把经书放进沉香木盒子里，再把盒子和干尸放进大缸中，汉代的白膏泥重新打湿变软后密封了缸口，乍一看，还真像那么回事。如果不做C14鉴定的话，谁也看不出这是假的。

东西选定了，接着还得找个好地方埋下才行。

陆钟选择了远离武当山风景区的五龙宫附近，五龙宫早已破败，平时游人甚稀，但真正懂得武当山历史的人都知道，这里是八百里武当历史最悠久的第一座皇家道场。五龙宫附近的黑虎涧旁亦有着武当山规模最大的一片道士墓群。在黑虎涧的附近，陆钟他们一次次寻找，终于发现了一处位于半山之中的已经残破到只剩下塔基的道士塔。

正是利用这个道士塔，经过仔细加工处理后，变成了一个"地宫"，接着在"地宫"附近埋下货真价实的钧窑瓷片，还有贾教授精挑细选收购来的高仿钧窑瓷器和汝窑小盏。又在山下寻了户破败不堪的农家，高价买下了农家的屋子以及屋里的所有物件。

大家把那些砖一块块地拆下，运到半山"地宫"旁边重新组合好，就连屋顶上已经开始发霉的茅草屋顶和摇摇欲坠的柴棚也同样搬了上去，就这样，一处可能藏有宝贝的民宅出现在半山之上。

事已至此，已经完成了三分之二，剩下的三分之一才是最关键的部分，如何才能把那两口缸埋进地下，埋在"地宫"的下面，而又不被发现呢？

还是陆钟想了个最简单却最有效的办法，挖了个长长的地道直达"地宫"正下方，所有挖出来的土，都用麻袋装好，编上号码。把缸埋进去后，再按照编号上的顺序依次回填那些土。做完这些后，再在二十米开外的地道口上用植物遮挡起来，就谁也看不出这地下的秘密了。

C

所有的这一切从计划到完成，足足用了三个月，这三个月中陆钟还抽空把《阿宝篇》细细研读了好多遍，尤其是其中几则关于露财骗（寻宝挖宝诈骗，冒充贵人身份）的手法。又过了一个月后，等土里的一切都稳定了，又等到其他的小细节——推演完美，A和B计划全部设定，确保万无一失后，这个骗局才正式开始。

这个局跟以前的都不一样，没有正将，所有出场的人统统都是谣将，大家以各种方式给汪锦保造成一种假象，让他以为真有宝贝藏在这山上。

身在不能用仪器做鉴定的深山之中，还得制造出让汪锦保在不离开武当山的情况下就必须付款的契机。两名强有力的竞争对手，比什么都有吸引力。这两名对手就是江湖上只有传说却未见其人的夏春秋夏老爷，还有来自日本的某秘密财团的执行人山下大藏。

夏老爷自然由老韩扮演，梁融为他精心设计了一个老年妆，看起来他一下子老了二十岁，再加上定制的大瘊子，没见过夏老爷真容的人百分之九十九都不会怀疑了。夏老爷的独生女夏宜荷当然非司徒颖莫属，这次她难得出演如此清纯的形象，还跟陆钟演了把感情戏，过足了瘾。夏老爷的大徒弟就是陆钟扮演的张亚睿，而二徒弟简易就是单子凯。至于山下大藏就由梁融扮演，他还特意做了个假肚子和胡子，使自己看起来更胖。为了衬托山下大藏的形象，以及后续的"杀人"计划，陆钟特意邀请了当年广西来宾"玫瑰夫人"的女保镖曾洁（见卷一《天下有贼》）来客串这个角色。以曾洁的身手，足以让汪锦保留下深刻印象。

而怎样让汪锦保知道这么一伙实力派的存在也是个值得考虑的重要问题，一不小心，汪锦保就会怀疑，他可比狐狸还精。老韩常对徒弟们说，真正高明的老千永远不会为找不到地方下手而犯愁，因为每个人都有弱点。

这件事上，贾教授再次起了至关重要的作用，他的侄子在六年前找到他，请他帮忙谋个差事。这个侄子说话做事都挺麻利，人也机灵，在贾教授暗中帮忙下，他终于获得了汪锦保的信任。贾教授曾交代过，无论如何也不能透露这层关系，所以这次他侄子才帮上了大忙。

在武当山上帮汪锦保带路的本地佬也是老韩的熟人，当然，他要说些什么做些什么，也全都是在陆钟的安排之下。

想引诱一个酒鬼，不一定要让他看到酒瓶，有时候只要一丝酒香就够了。

想让汪锦保上钩，当然也不一定非要让他一进来就看到东西，需要的只是一步步地引导，从神秘的地宫到真正的钧窑瓷片，再到成品的汝窑小盏，他能拿到手并送去做科学鉴定的全是真货。按照惯性思维，在只有两个人的迷你拍卖会上出现的汝窑小盏应该是真货，当他发现连价值千万的汝窑小盏也不是贾教授真正的目的后，他才真的动心了。

这时候，汪锦保才正式走进这个骗局。

需要补充说明的是，那个从国外购回的真空保管箱也是做过手脚的。早在认准汪锦保作为对象时，陆钟就开始了对他的关注。后来贾教授的侄子传来消息，说汪锦保可能会出国半个月，于是陆钟就计划好了出售一个有问题的保管箱。

国人大多有种心理，在国外买的东西总是比国内的好，价格虽然高，但质量过得硬。陆钟就是利用这个心理，雇佣了的几名外国临时演员充当推销员，找到汪锦保的酒店推销给他这个保管箱。保管箱并非真空，而是会在使用过程中缓慢释放出一种催化气体，加速氧化过程，所以《黄庭经》放进去后不到三天就出现了变色。东西毁了，谁也不会相信汪锦保手上的真是《黄庭经》。

马慎弥的出现其实不在A计划内。汪锦保请"张亚睿"去吃谭家菜的那天，陆钟看出他起了异心，十有八九会黑吃黑，所以干脆将计就计，上演了B计划。

D

"我有一个地方不明白，六哥，你怎么能在汪爷的密室里拍下那么多照片，还能打开他的保险箱拍摄秘密账本，难道那些监视的人都不闻不问？"曾洁在听完老韩讲述整个过程后，提出了疑问。

"多亏师父，请来了一位拍花高手。"陆钟说的正是花不毁。

"原来是拍花，我还以为那只是传说，真是太可怕了。"曾洁脸上露出了难以置信的表情，虽然她拳脚厉害，但她知道江湖上最厉害的人从来都不只是仗着拳脚。

"告诉你一个秘密，如果觉得被人拍了，头晕或者神志不清，赶紧用冷水洗脸，或者拿瓶凉水浇一下头就马上会清醒。"陆钟轻声告诉曾洁。

"既然你们有拍花高手，为什么不直接把汪锦保给拍了，让他直接给钱然后自首呢？"曾洁不解地问道。

"我们虽然是老千，但绝对不搞潜规则。"陆钟轻轻晃着手中的酒杯，笑道。

"凯子哥，你猜他们在聊什么呢，怪开心的。"司徒颖有点阴阳怪气，其实是看到漂亮的曾洁和陆钟距离太近，敏感了。

"都说过别这么叫我了。"单子凯无奈地抗议。

"我爱怎么叫就怎么叫，凯子哥凯子哥凯子哥。"司徒颖故意引起陆钟的注意。

"大家先听我说。"时间不早了，老韩端着杯子站了起来，"庆祝归庆祝，但我必须提醒大家一下，汪锦保已经被警方控制，他会说些什么，警方是否会顺藤摸瓜找到咱们都很难说，所以，咱们得先去避避风头。"

老韩这么一说，大家都安静下来。

"干咱们这行唯一的原则，不用我提醒大家也早就铭记在心了，安全，安全，只有安全。有命挣还得有命花，所以我想，我们还是尽快离开这里，也不打扰贾教授清修了。"老韩放下酒杯开始道别，是时候去西安了，为了帮贾教授这个忙，他已经耽误了太多时间。

"韩老大，现在时间不早了，明天下山也不迟，在这山顶上过一夜，明早还能看到金顶的日出。"贾教授出言挽留，现在窗外已经挤满落日余晖了。

"不了，我们还是走吧，东西也不多，司徒，陆钟，你们去收拾一下。"老韩已经拿定了主意。

师父身体不舒服，还是预感到了什么事情要发生吗？陆钟不由猜测着。

"既然你执意要走，我也就不留了，大恩不言谢，是你让我可以坦然地告别尘世，我就给你鞠个躬吧。"贾教授恭恭敬敬地鞠了个标准的九十度的躬。

老韩赶紧把他搀起来，"江湖儿女，不必客气。"

贾教授眼中有依稀的泪光在闪烁，还没开口就先从口袋里掏出那枚黄玉扳指来，"韩老大，这件事之前我就跟你说过，完事后钱归你们，纪念品留给我。这枚扳指，其实我也不是留给自己，请你帮我转交给它原本的主人，帮我跟他道个歉吧。我今后怕是不会下山了，另外你再告诉我的侄子，我在北京的房子送给他了。"

"好，你说的我一定做到。你自己也要小心爱惜身体，咱们都不年轻了。"老韩紧紧地握着贾教授的手，这一次，他们已经是真正的朋友。

"干爹，东西准备好了。"司徒颖站在门口唤了一声。

"山水有相逢，咱们后会有期。"贾教授还记得老江湖的切口，不过这怕是他最后一次说了。

"后会有期。"老韩站在门口冲他挥了挥手，然后大步流星地领着徒弟们下山了。

"凯子哥，你看他脖子上挂的是什么？"司徒颖发现陆钟脖子上多了一块水汪汪的玉竹，又不好意思直接问。

"我看看。"单子凯也是识货之人，"不错哦，是难得的温玉。你在哪弄的？"

"这是我爷爷的遗物，在我们家已经传了五代。当年我在深圳火车站被人给抢了，没想到居然在汪锦保的库房里看到了，真是巧。"陆钟爱惜地摩挲着玉坠，很是欣慰。

"既然是传家宝，以后你也得传给你儿子才行。干咱们这行的没空找对象，干脆内部组合好了，那个谁，你们要是生个小老千出来，可得认我做干爹呦。"梁融早就看出司徒颖和陆钟之间的小暧昧，开起了他们的玩笑，却不敢指名道姓。

"是啊，我也要当干爹。"单子凯也跟着起哄。

"唉，女人太漂亮总免不了绯闻，为了我的名声，还是跟某人保持点距离才好。"司徒颖端着架了假装撇清，可一张粉脸分明红了，赶紧躲到老韩身边，不让陆钟看见。

"别说我只给自己带了东西，大家都有纪念品，要什么颜色自己来挑。"说罢，陆钟就从怀里掏出了一个精美的剔红圆漆盒，冲大家挥了挥，"乾隆真是有史以来最自恋的皇帝，光玉玺就弄了几十方，扳指也不知道有多少枚，真是便宜咱们了。"

盒子里装着的是四枚精致的扳指，羊脂白玉、汉玉、赤皮青玉、碧玉各一枚，玉色温润，扳指上还刻有蝇头大小的馆阁体御诗，雕工比汪锦保手上那枚还稍显精美，是如假包换的乾隆御制扳指。

"好东西！"老韩第一眼就看中那枚羊脂白玉的。

"好兄弟，讲义气！"梁融和单子凯异口同声道，各自挑了一枚，剩下的那枚陆钟才留给自己。

司徒颖看得眼热，却因刚刚才说了保持距离的话，不好过去欣赏，只能暗自心急。

"还有最后一个纪念品，据说是慈禧老佛爷的，某人要是不保持距离的话……"陆钟边说边从怀里掏出一样东西，话还没说完，东西就被司徒颖眼明手快给抢了去。

那只通体碧绿的翡翠手镯，在光线的照耀下仿佛有一波碧水在暗自流动，极好的水头，戴在司徒颖白嫩细滑的手腕上越发显出她的古典美。

"真是羞，你不是说要保持距离嘛。"老韩开起了干女儿的玩笑。

"哼，怕羞是要吃亏的。"司徒颖自顾自地欣赏起来，满心欢喜乐上眉梢，"喂，某人，干爹说下山后休息一阵子，你要做什么？"

"我要搞个网站，让网友把自己最想骗的人名字和恶行都写出来，然后每个月搞一次全球我最想骗的人排行榜，再号召所有同行一起开工，把天下的坏人都骗得不敢再做坏事。"陆钟灵光一闪，开了个玩笑。

"哈哈哈，你还真是伟大。"单子凯乐了。

"不错哦，很有创意啊，不如咱们合作搞网站吧，点击量肯定很高，说不定还可以挂广告赚钱哦。"梁融一听也来了精神。

"是啊是啊，说不定还可以鼓捣上纳斯达克，哈哈哈。"单子凯也跟着一起疯。

"那咱们以后花的就是美国股民的钱了……"连老韩也忍不住笑了。

小小的山路上留下了大家的笑声，可始作俑者陆钟却笑不出声，重任在肩岂能儿女情长，他能给司徒颖的，也只有这样一只镯子而已。能看到亲爱的师父兄弟们开心已经很满足了，他微笑着，低着头，继续一步一个脚印地走着山路。

"少年英雄江湖老，昨夜拈花曾一笑。白衣何必知寒暑，半世风流亦逍遥。"贾教授站在门口，远远地望着渐行渐远的几个人影，长长地叹了一声，不知道叹的是自己，还是离去的那些人，然后转身，头也不回地朝着洒满落日余晖金碧辉煌的金顶大殿走去。他要开始履行作为一个道人的职责了，人届古稀，居然有了截然不同全新的开始，也算是个奇迹。

这个奇迹，虽只有他独自体会，足矣。

就像正在下山的那一行人，也要继续缔造属于自己的奇迹。未来是充满了希望的，也许，司徒颖会跟陆钟有所突破；也许，传说中的江相派秘籍会被全部集齐；也许，江相派真的会在这帮人手里重振雄风；也许，老韩真的能骗过阎王爷，好好活下去……

简单的也许两字，可能是希望也可能是奇迹，每个人都有也许，每个人都有属于自己的奇迹，不努力试试，又怎知不行呢？

楔子

司徒家族血脉旺，老爷子有三房太太，每位太太各有所出，司徒颖上头有八位大哥，只她一个闺女，偏又俏皮可爱冰雪聪明，全家老小都当她是宝。虽然排行最小，但小姐辈独她一人，所以大小姐的名头也是当得的。

自打大小姐出生就衣来伸手饭来张口，在她的字典里，没有犯错这两个字，但这并不代表她没犯过错或者看错过人。看错一个人的代价往往比做错一件事后果严重得多。

漫漫人生路，总会错几步。大小姐当然也看错过人，只是需要为此付出代价的从来不是她自己。

A

万达影城的大堂里，电子钟刚好跳到三点半，在这个乍暖还寒的春天，身高一六五，体重却只有九十五的司徒颖穿着及膝短裙，捧着杯热奶茶正翘首企盼着。满大街都是裹着厚厚羽绒服和羊绒大衣的女人，养眼的丝袜短裙吸引了无数人的视线，司徒颖要的就是这样的效果，没挑战性的事她可不喜欢。

这天是她的十六岁生日，逃学出来跟大魔见面，这家伙十天前说要出趟远门，两人约好今天见面看电影。

大魔，小混混，复读两年，且有一直复读下去的趋势，除了人比较帅说话比较拽开车比较快之外没什么特别。他家里也做生意，不过那规模跟司徒家比起来只能算小打小闹。某日他带着两名小弟，挥着西瓜刀赶跑了正欲送情书给司徒颖的高年级学长后，这种新鲜感让大小姐体会到了前所未有的刺激。十多岁的少女情窦初开，尤其是司徒颖这号从小就被家里管得死死的姑娘，内心狂野着呢。

　　舆论成就绯闻。第二天，这事就传遍了全校，原本两人一点关系也没有，结果全校师生都认定大魔是她男友。

　　其实那不过是他们第二次见面，第一次是一星期前，大魔骑着摩托兜风时经过司徒颖就读的学校门口，两人有过一面之缘。彼时大小姐的魔鬼身材已初具规模，校服经专人改过，该收腰收腰该露腿露腿，齐耳的短发别样清纯，一颦一笑中却带着股让全校女老师都嫉妒的妩媚。她不经意的回眸一笑，让大魔一见钟情再见倾心。

　　从小到大讨好司徒颖的男生为她打架的男生也不算少，但平时她在学校里总是规规矩矩的，男生们便都扮同样规矩的良家学子，不敢唐突佳人。偏偏大魔敢粗着嗓子问她要电话号码，还敢一把搂着她的腰把她扔上自己的摩托，然后在同学们惊讶的目光中轰然而去。

　　好奇跟好感只差一个字。大魔的生活就是打架，喝酒，夜不归宿。司徒颖觉得这种生活太爽了。

　　那年月最流行的港片是《古惑仔》，陈浩南和山鸡是风靡全国的帅哥，大小姐幻想自己就像小结巴一样跟大魔去闯荡江湖，杀出一片天地。大小姐身在闺房十几年，骨子里最感兴趣的却是江湖，司徒老爷子解放前是江相派当年名震北方的大师爸，辈分比老韩还高，只因隐退得早才改做正行，老爷子的一身侠气终生不改。司徒家族里性子最像老爷子也最得老爷子宠爱的就是司徒颖，所以这次她是真动了心。

　　两个人交往了一个多月，按说应该是感情最好的阶段，可大魔却在她生日前要出远门，虽然说好她生日当天一定赶回来，但还是让司徒颖很不开心。她还试着为他解释，这可能是制造浪漫惊喜的前奏，欲扬先抑，也许生日那天会有意想不到的礼物出现。结果，意想不到的事真的发生了。

　　从来只有人等她，没有她等人的。

　　此刻的司徒颖站得有些累了，把背靠在坚硬的大理石墙面上，一双眸子却亮晶晶，她很生气。

　　没人敢这样让她等，这绝对是第一次，而这第一次居然是在她生日，简直罪不可恕！

B

　　时间已经走得很慢了，现在已经超过约定时间一刻钟了，放映厅里传出动听的插曲，不管他来不来，司徒颖都不会等下去了。

　　她做出了分手的决定，而且要在他打电话来道歉时斩钉截铁地说出来。

　　撕碎的电影票扔得洋洋洒洒，她昂着头走出了影城的大门，究竟是回去上课，还是继续一个人的精彩，这是个问题。看着满街的行人，她忽然有些饿了，生气最消耗能量，饿着肚子可不行，余怒未消的她打算去最近的快餐店吃点什么，刚走出几十米却发现马路对面的肯德基里坐着大魔，再仔细一看，大魔身边还有个女生，越看越面熟，那人正是她的同桌王晓菁。两人卿卿我我谈笑风声，手里的薯条你喂一口我喂一口，好不亲昵，惹得旁边的小朋友纷纷侧目。

　　事实摆在眼前。

　　大魔劈腿了，看他们的状态这肯定不是第一次见面。司徒颖冷静下来才想到也许大魔这几天根本就没走，而是找了个借口跟别人约会去了。哼！一定是因为自己拒绝了他那些过分亲热的要求，而王晓菁这个贱人正好主动送上门！

　　王晓菁是司徒颖的同桌，全班女生都排斥她，没人愿意跟她同桌，司徒颖觉得她可怜才跟她坐一起的。她绝对是百分之千的不良女生，能留在这里读书的原因是她跟这所私立高中校董沾亲带故。那校董也不是什么好人，学校里有几分姿色的女老师大都被他染指。

　　王晓菁每天涂脂抹粉打扮得像要去搞援交，司徒颖跟她的唯一话题就是衣服和化妆品，另外她还欠司徒颖三千八百块，这就是她们之间的全部交情了。她每次借钱总是拍着胸脯说，司徒颖是她唯一的闺蜜加姐妹加债主，有什么要帮忙的尽管开口。没想到这个把义气挂着嘴边的好姐妹，居然跟自己的男人打得火热。

　　这口气司徒颖可咽不下。

　　要是普通女人的话不是哭哭啼啼寻死觅活，就是冲上去跟狗男女拼个你死我活，但大小姐司徒颖可不是一般人。既然决定了要对这对狗男女下手，首先要做的第一件事是稳住形势。司徒颖虽然很生气但绝不会不冷静，矛盾级别越高越要保持冷静，只有在对方不冷静的情况下才有先机，才能先发制人——这是司徒老爷子的原话，当时是教她如何跟小朋友打架，不过后来她发现这个规则很多情况下都适用。老爷子还说过，不论单挑群挑，知己知彼才能百战百胜，所以这第二件事，就是要摸透狗男女的底。第一件事并不难，虽然大魔对司徒颖开始冷淡了，但毕竟还没完全挑明，尚有转机。接连几天大魔都没打电话过来，司徒颖算准狗男女肯定要背着她周末约会，所以当天告诉大魔要送他一份大礼，庆祝相识两个月。本来大魔已经打算要谈分手了，一听有好处立马放了王晓菁的鸽子，其表面仗义实则势利的本性暴露无遗。

司徒颖把大魔领到一家车行，当当当当！银灰色的篷布拉开后一辆全新正版的铃木征服者GSX250摩托呈现眼前。

"DOHC双凸轮顶置四气门油冷双缸发动机，每个气缸各有两个进气阀，导向进气系统，马力强劲性能稳定，最重要的是现在已经停产了，每一辆都是绝版。怎么样，这份礼物喜欢吗？"司徒颖抄起双手，观察大魔的表情。

"亲爱的，你真是太好了。"大魔眼珠子都快掉出来了，抱着司徒颖使劲亲了两口。这车他看中很久了，可惜价钱太辣手，一直没舍得。

"小意思，只要你对我好，这算不了什么。"司徒颖有意地透露身家。世界上的问题有千万种，最有效最迅捷的办法往往是钱，在她的人生观里，钱能解决的就不是问题。

这话的效果立竿见影，大魔把视线重新放在大小姐身上，有点小聪明的大魔开始揣摩话里的意思，声音也柔和许多，"这几天没陪你，不生我的气吧。"

"我像那种小气的人吗？"司徒颖俏皮地笑笑，大方地拉住大魔的手，弄得他心里痒痒的。

年轻人的感情本就反复无常，比六月的天还多变。在大魔看来，一定是自己的魅力征服了这位小姐，而另一方面，他心里也有比较，交往过的这么多女生中，只有司徒颖最大方也最漂亮，最难得的是她从不像其他女生问长问短还伸手要钱。

想法变了，表现自然不一样。大魔对司徒颖上心多了，虽然她还是守身如玉，可在大魔的心里这已经不再是问题，他甚至因此而对她另眼相看。对司徒颖热了，另一方面对王晓菁肯定就冷了，这样正合司徒颖的心意，对待三心二意的男人先要把他给彻底收回来，后面的好戏才方便演下去。

C

王晓菁这几天很郁闷，刚刚打得火热的帅哥莫名其妙地冷落了自己，不接电话了，她找上门去也爱答不理。眼巴巴地看着大魔每天在校门口接司徒颖放学，她心里就像爬了一万只蚂蚁。

全世界的漂亮女人都有一个共同点，那就是只能自己甩男人，不能男人甩自己。

如果是以前，王晓菁肯定要想办法把大魔搞回自己身边，就算是给他下迷药，诱他吸毒，谎称怀孕这样的事她都干得出。但这次她只生了两天闷气就作罢了，因为她又有了新的目标。治疗失恋的最好办法就是另一段新的恋情。

某天上午刚做完课间操，王晓菁正晃着腿叼着棒棒糖敌视司徒颖的背影，操场外有人叫她去传达室，说是有快递。包裹里是最新款的手机和一封信，信的一开头很肉麻地称呼亲爱的洛丽塔，后面的内容表明对方是个喜欢年轻小女生的中年人，他想跟王晓菁先交往一段时间，等了解深入了两人再见面。

那年头大多数人只能用BP机，手机还算比较高档的通讯工具。能送得起手机的中年男人，一定是有钱又体面的，比起那个虚有其表的大魔来说，更合王晓菁的胃口。

王晓菁很快就把大魔抛到了九霄云外，跟神秘大叔谈起了短信恋爱。两人几乎每天都要通上数十条短信，内容无所不包，其肉麻程度令人发指。王晓菁经常把这些短信拿出来炫耀，司徒颖只是笑，什么也不说。

半个月后，大叔发来短信邀请她暑假去日本迪斯尼，王晓菁乐坏了，对方提出周末的晚上见一面，她想也不想就答应了，还把自己打扮成日系援交女生，穿着刚到大腿根的百褶短裙，下面配着尚未及膝的白色棉袜和黑色平跟皮鞋，头上歪歪地扎了个马尾，眼影和口红的颜色娇艳欲滴。

早早来到酒吧，她熟门熟路地要了杯长岛冰茶，等待的时候设想着大叔的外貌，从风流倜傥到猥琐可疑，她给每个外貌等级都划分了不同的现金消费档次，从卡地亚到施华洛世奇不一而足。可分量十足的长岛冰茶也喝完了，大叔迟迟未见，只是发了几条短信说自己有事，要她再等等。

长岛冰茶度数不低，王晓菁早已醉眼蒙眬，酒吧里情投意合的男女们已经勾肩搭膊地先后离去，大叔还是没有出现。就在王晓菁决定放弃的时候，眼前出现了一名柳眉倒竖的中年美妇。她睁大眼睛朝美妇看去，越看越觉得眼熟。

"大婶，你盯着我干什么？"王晓菁打了个酒嗝，胃里隐隐翻涌。

啪！一个响亮的耳光落在她脸上，冰凉的痛感在滚烫的脸颊留下清晰的巴掌印，王晓菁立刻清醒了，惊讶地看着眼前的女人，惊呼："表婶？为什么打我呀？"

没错，站在王晓菁面前的女人就是她的表婶，也就是校董叔叔的正房太太。

"打的就是你，小小年纪不学好，居然勾引起表叔来了！"王晓菁的"装傻"无疑给表婶正待爆发的怒火上浇了把油。

"勾引表叔？表婶你一定是误会了，表婶……你别这样……"王晓菁话还没说完，脸上又挨了更响亮的一巴掌，表婶疯了似的扑上来揪她的头发，还把她如花似玉的小脸蛋摁在红砖墙上，很有点不把她弄毁容就不罢休的狠劲。

王晓菁也不是吃素的，虽然对方是长辈，但这明摆着的冤枉她可不干，更何况论起实战经验来表婶还不一定是她这号小太妹的对手，一出手就朝着表婶的领口去了，哗啦一声，表婶的衬衣给撕破半边，白花花的嫩肉红艳艳的内衣立刻暴露在围观者眼中。

王晓菁是想在气势上压倒表婶，让她知难而退，并不想给她造成真的身体伤害，可她错误地判断了中年妇女的心理承受能力。表婶从没这么丢人过，当旁人发出刺耳的叫好声和口哨声时，她像头凶猛的母狮子般爆发了。

看客们不停地叫好，现场版女子角斗太精彩了，所有保安都冲了上来，还是不能把纠缠厮打的两个女人分开。如果不是最后有人拨了110，一切还不知会怎样结束。

D

这种事是解释不清的，表叔和王晓菁一口咬定是对方送了自己手机并对自己示爱，可凭着二位的口碑谁信呢？王晓菁永远也想不到，捉弄自己的就是第二天去公安局保释她的好姐妹司徒颖。她以最快的速度办理退学，又跟司徒颖借钱买了张去香港的飞机票，临走时，她还说要嫁给黑社会老大而且再也不会回来。

这个恶作剧其实很简单，司徒颖买了两个手机，分别以爱慕校董大叔的小女生身份和钟情小女生的神秘大叔身份写出两份情书，然后寄给王晓菁和她的表叔。那位校董司徒颖早就看不惯，选他客串不过是搂兔子顺便打了把草。

后面的事不用详细解释也能猜到，这段不伦之恋从短信传情到见面约会的程度，王晓菁自鸣得意地向司徒颖炫耀。司徒颖第一时间通知了校董太太，当然是匿名，不过她没忘记把二位约会的地点准确地说了出来。

忍受了多年怨气的校董太太终于不能再沉默了，搜出了老公的手机，查到上面那些肉麻得很有技术含量的短信。她以离婚相挟，让老公留在家里自己单刀赴会，足足等了一晚上，又发送了好几条短信才最终敢相信跟老公约会的居然是她早就看不惯的表侄女。校董太太想起老公说他根本不知道对方是何身份，便认定是王晓菁主动送的手机，进而有了血腥暴力的那一幕。

当司徒颖把这事告诉自己大哥后，大哥有些担心地问："你下手也太狠了点，万一那个贤良淑德的表姊崩溃了，真的离婚了怎么办？"

"离婚了才好，跟着那种老公能有什么幸福？自己心烦一辈子，变黄脸婆，老公在外面风流快活？这事让我们校董出名了，他现在每天乖乖回家吃饭，他老婆谢我还来不及呢。"司徒颖开心地吃着红豆冰，笑得像个纯情少女，不，那时候的她的确还是少女，只不过是不太纯情。

"那个叫大魔的呢，放过他？"大哥还是不放心。

"他？当然要慢慢地玩。"大小姐脸上露出与年龄不相称的老谋深算，大哥只有见到这种表情时才会彻底放心，妹妹绝对是天使与恶魔的混合体。

三天后的夜里，大魔刚跟一帮兄弟吃完宵夜，准备先去加点油再送司徒颖回家。

"大魔，你说坐公交车是什么感觉？会不会很浪漫？"两个人手挽着手等加油的时候，司徒颖忽然冒出一句。

"你不会从没坐过公车吧？"大魔惊奇地问道，心里却暗自认定这才是真正的名门大小姐，居然连公车都没坐过。

"当然没有。"司徒颖摇摇头，她说的是实话。

"其实我也没坐过，要不我们去浪漫浪漫？"为了博得好感大魔撒了个谎，他小时候家境一般，近几年老爸的生意才有了起色。

"太好了！希望还赶得上末班车。"司徒颖的兴奋和娇憨像足私奔的小公主。

大魔把摩托车停在加油站，跟司徒颖手拉着手去路边等公交车。幸好这个时间还不算太晚，没过多久，一辆半新不旧的公交车懒洋洋地驶向了站台。

已经是末班车了，乘客不多，稀稀拉拉地只有五六位，晚间的风带着厚重的寒意，没人愿意开窗。司机为了排解无聊开着交通电台的广播，女主持人的声音很好听，这个时间段播放的也正好是怀旧老情歌，两个年轻人手牵着手坐在最后一排。

司徒颖轻轻地靠在大魔的肩上，窗外昏黄的路灯投下迷蒙的光线，在她脸上涂了一层金色，美轮美奂。心无城府的青春粉嫩，眼神中却有着超越年纪的温柔，这种完美的反差，很吸引男人，不经意中流露出的稚气和纯真，简直必杀！有种类似浪漫的东西在大魔心里涌动，他的心跳加快，沉默了好一会儿，终于问出一句深藏心里很久的话来。

"你家的生意到底有多大？"归根结底丫就一俗人。

"问这干吗？这跟我们的感情有关系吗？"司徒颖敏感地离开大魔的肩膀。

"我对你是认真的，只是希望悬殊不会太大，没有其他的意思。"这个解释是大魔早就想好的。

"悬不悬殊无所谓，反正我喜欢你，你也喜欢我不就行了。"想套话，还嫩了点，司徒颖马上就反应过来并且巧妙地回避了问题。

"那倒也是。"大魔讪笑道，看着身边的小少女，不知她是真单纯还是扮无知，"不过……"

大魔还想说些什么，却被前排的一个男乘客的剧烈咳嗽打断了。那人满脸痛苦，好半天也没咳出痰来，倒把脸憋得通红，差点喘不上气。他跌跌撞撞地朝司机走去，请求对方停一下车，帮他打个电话叫救护车。

"对不起各位，这位乘客病了，耽误大家几分钟在这里停一下，这里离市立医院不远，120很快就到。"司机是个热心肠，不仅马上停车还真的帮那位咳嗽的乘客去打电话了。

车上人不多，虽然大家面露不快但也没人马上下车，毕竟这趟是末班车，而且距离终点站还有好几站的距离，另外还有个很重要的原因，除了司徒颖和大魔外，都不是因为玩浪漫来坐公交车的，大家都是没钱人。

司机去路边的IC卡电话亭里打免费120去了，这个电话打得特别久，司机说话间还不停地抬头看自己的车，脸上露出紧张的神色。等到他再上车时，做的第一件事居然就是把车门牢牢关上，然后面色凝重地通知大家："对不起各位，咱们可能都要被隔离了。"

咳嗽男整个人歪着靠在车窗上，痛苦地张大嘴，像条濒死的鱼，动也不动。

"隔离？什么意思？"

"别开玩笑了，赶紧让那家伙下去开车走吧。"

"师傅您赶紧点，我还赶着上晚班呢。"

刚才一直沉默的乘客们这下集体爆发了，司徒颖第一次坐公车觉得很新鲜，瞪大眼睛看这伙人吵来吵去。司机也不解释，使劲地抽烟显得有些心烦，只是把广播声调大了些，试图压制住旁人的声音。

说来也巧，刚刚还在唱着歌的电台里一下就没了声音，主持人的声音变得有些急促："各位听众请注意。各位听众请注意。现在插播一条紧急新闻，刚刚接到卫生部的通知，最近有一种尚未确认的病毒性感冒已经由国外传入我国。如果您的周围有发烧，咳嗽，头痛，乏力，腹泻等其他感冒症状的病人，请让他们及时就医。如果您最近接触过这样的病人，也请赶快就医，如果您需要乘坐火车飞机或者相对封闭的交通工具，请一定戴上口罩。据可靠消息，这种可怕的感冒潜伏期为两天至一个星期，甚至可能更短，且极易传播，目前尚未发现可以有效控制病情的药物，请各位听众严加防范……"

主持人还没说完就有人忙着开窗，清冷的晚风吹了进来，带走了好不容易积蓄起来的一点点暖空气，却带不走大家摆在眼前的恐惧。这趟车的始发站可是火车站，没准咳嗽男就是在火车上被传染的。

大家的注意力全在咳嗽男身上了，他有些畏冷，把身子蜷成一团不停地颤抖着，咳嗽也时断时续。靠近他的两名乘客像屁股下有火，赶紧换到了距离最远的最后一排。换位行动迅速波及另外两名并不那么近的乘客身上，他们也骂骂咧咧地坐到了后面，并且一边走一边把车窗全都打开。

"亲爱的，如果真被隔离可就太好了，不用上课还可以跟你在一起！"司徒颖居然开心地在大魔脸上亲了一下。大魔哭笑不得，这可是病啊，现在还无药可医。

没过多久，三辆呼啸着的救护车就赶到了，被隔离防护服全副武装的医护人员先把那位已经快要晕倒的咳嗽男用担架抬上了车，然后命令所有乘客配合他们的工作，说是去医院后会有人帮忙联系家属。

好端端的浪漫之夜居然遇上这种事，大魔心里很不是滋味，不过看着乐得傻笑的司徒颖他也没办法，只好一起上了救护车。

E

救护车七拐八拐地在黑暗中开了很长一截路，最终停在一栋灰不溜秋的大楼前。站在楼下，黑洞洞的大门里看不出什么名堂，七零八落的窗口中透出几丝昏暗的光，隐约中还有些陈腐的霉味散发出来，说不清道不明的不祥之气笼罩了每个人的心。

"这是什么地方？你们不说清楚我们可不进去。"一名急性子男乘客愤怒地质问。

"刚才我们为那位患者已经做了初步诊断，他很可能感染了那种厉害的病毒性感冒。这里是卫生部门设立的临时隔离区，请大家理解，配合我们的工作。"戴着口罩完全看不清面孔的医生用冰冷的声音解释。

"我身体好着呢，你们别想吓唬我，我要回去！我要回去！"一位男乘客咆哮着，试图推开阻拦的护士，他嘴里喷出阵阵酒气，让大家全都皱起了眉头。他身高将近一米九，而且体格粗壮，四五个小护士根本拿不住他。混乱的时候人总是很容易受别人影响，另一名中年妇女也有些失控，拼命地嚷着要回家。两人一左一右地跟医护人员对抗起来，眼看大个子就要冲破防线，医生果断地打开医药箱，拿出支注射器，吸入某针剂后趁大个子不注意一下扎在他的侧颈。

"你们——"大个子痛苦地捂着脖子，几秒钟后软绵绵地倒在了地上。

中年妇女倒吸一口凉气，老老实实地住了手，再也不敢动粗。麻醉剂虽然扎在大个子身上，却好像也扎进了每个人心里，除了不知死活的大小姐外。

"天啊，还有麻醉剂，太刺激了，好像在拍电影！"司徒颖小声地凑在大魔耳边，那不合时宜地欣喜若狂绝对天真过头。大魔的心揪得紧紧的，这栋楼和这些人全都透着古怪，究竟什么时候才能走啊。

进入大楼后，每三个人一间病房，病房里还有单独的小卫生间，病房门上还有一个小窗口，从外面可以随时观察里面的情况。除司徒颖和大魔外，那个大个子也被安排住进这间病房。相比其他房间的那些还在发牢骚的乘客，已经昏迷不醒的大个子算最安静的了，大魔虽有些不快，但也没有更好的选择。

司徒颖对一切都感觉新鲜，高高兴兴地换上病号服，非常配合地抽血测血压量体温，还有过敏史之类的询问。

"请问，什么时候可以打电话给家里人？"看着那扇带小窗口的门，大魔有种蹲大牢的感觉，他想尽早离开这里。

"对不起，目前没有接到通知，马上就要准备床位迎接下一批隔离病人了，我们很忙，有消息会尽快告诉你。"小护士委婉地解释，然后飞快地离开。病房门关上后，只听咣当一声，进而传来钥匙在锁孔里转动的声音，门被反锁了。

"喂，你们这是干什么？为什么要锁门？"大魔急了，拼命踹门，可门包了层钢板，除了弄疼脚外根本纹丝不动。

"别紧张，你不觉得很刺激吗？我可不想出去，也不想跟家里人联系，就这样只有我们两个人，你说多浪漫。"司徒颖在卫生间里对着镜子欣赏自己穿病号服的模样。

浪漫个屁！大魔心里狠狠地骂了一句，话到嘴边却咽了下去，他越来越认定大小姐脑残。

大概是两人都累了，又或者是房间里还睡着第三个人，总之大魔憧憬已久的浪漫之夜最终变成了各自躺在各自的病床上，和衣而眠。司徒颖很满意他的表现，第一次主动吻了他一下才笑眯眯地上床。

虽然大家都躺到了床上，可大魔怎么也睡不着，楼下不停地传来救护车开进开出的声音，走廊上的脚步声也没有停过，还有护士们交谈的声音，全都混在一起不可抵挡地钻进大魔耳朵里。他听到了很关键的几句，病人越来越多，这里的床位很快就要不够用了。

难道那种病真这么厉害？大魔第一次意识到问题的严重性。

在床上翻来覆去许久，也不知几点了，迷迷糊糊中护士们进来过一次，查房顺便检查体温。大魔和司徒颖的体温倒没事，大个子却出了问题，他一直安安静静地躺着动都没动，可体温却蹿到了三十九度。

没搞错吧，大魔心里纳闷着，却不敢靠近大个子，更不敢摸一摸他是否真的发烧。

"哎呀，又多了一个，得赶快汇报给主任。"小护士打完退烧针后的自言自语被大魔听了进去。

什么叫又多了一个？回想起大个子在公车上是最靠近咳嗽男的一个，后来他换了位置后就坐在自己身边，大魔再也睡不着了，整宿地翻来覆去，喝了许多水，还是止不住渴。

F

第二天早上小护士再来测体温，又有新的状况出现了：大魔三十八度，司徒颖三十八度二，大个子的体温已经升到了四十一度，那是非常危险的温度。为了确诊，护士又给大家抽了一次血。

真的病了吗？为什么自己一点感觉都没有？大魔摸摸额头，并没感觉到热度，只是有些口干。

主任亲自来查房了，问了很多问题，不停地叹着气，临走时还说："你们不要有心理负担，这么年轻，抵抗力还是很强的，注意休息，只不过是感冒，很快就会好起来的。"

傻兮兮的司徒颖居然还很开心，"真的病了，这下可以名正言顺地请病假不上课了。"

"你就不怕死？他们说这种病现在没有药可以治。"昨晚的事来得太快，还有些措手不及，现在大魔已经深刻意识到问题的严重性，而且开始感觉到头晕乏力，还有心律不齐的症状了。

"不就是感冒吗？我才不信真的会死人。就算要死，跟亲爱的你死在一起我也乐意。"司徒颖大大咧咧地搂着大魔撒娇。

"别傻了，还是想想怎么出去吧。"大魔烦躁地挣脱司徒颖的手，实在没心思开玩笑。

司徒颖没得到甜蜜回应不开心，闷闷不乐地回到自己的病床上，两人良久无话。

这个白天格外漫长，病号饭很不合胃口，期间护士和主任又来查了好几次房，每次都是七八个人把大个子围得严严实实，做完各种检查后他们脸上的表情始终不容乐观，又给大个子注射了两次退烧药。那烧却怎么也退不下来，天擦黑后，主任下令把呼吸机和心跳监控仪给搬了进来。大个子只能任人摆布，连眼皮都不能翻了。

他真的会死吗？能不能给我们换个病房？大魔急得像热锅上的蚂蚁，可没人回答他的问题。他大着胆子掀开遮挡在大个子床边的白色隔离布，大个子的脸因为高烧红彤彤的，呼吸机在咕咚咕咚地工作，心跳监控仪有气无力地滴滴叫着，如果不是这两台机器，大个子死了也没人知道。

忽然，大个子咳嗽起来，仪器显示心跳加剧，他一定是很不舒服，居然睁开了眼睛，一把扯下了插在嗓子里的呼吸机，径直坐了起来。他的眼睛因充血而通红，眼圈乌青，整个人的皮肤也蜡黄蜡黄的，很吓人。

"我要出去，我要出去。"大个子含糊不清地喊着，跌跌撞撞地冲到门前，拼命砸门。生病最耗体力，比起昨晚，现在他的拳脚别说拼不过那些护士，恐怕连三岁小孩都比不上。司徒颖怕得躲到床上，用毯子盖住自己。大魔也知他病情严重，不敢靠近。

嚷嚷声还是传了出去，几名护士冲进来，按着又给他注射了一支麻醉剂，然后主任过来听了听他的肺部，说是要送去做个胸透，把他放上担架床给推了出去。

大魔很为自己担心，那种不妙的感觉愈加严重了，他把脸贴在小窗口上，努力看着外面，可走廊上除了医务人员外，他没见到一个病人。那几个跟自己一起进来的病人呢？有没有人发病？那个咳嗽男呢？是死是活？听护士们说，这种病最明显的症状就是两个，第一个是高烧不退，第二个就是干咳。

咳咳！咳嗽声冒了出来，现在这种境况下，大魔最害怕的就是咳嗽。他干干地咽了口口水，确定并不是自己咳后长长地舒了口气，一定是太紧张了，有些幻听。

咳咳！咳嗽声再次响起。大魔一回头，司徒颖满脸通红地趴在床上，吃力地咳着，"我觉得好热！大魔，你帮我跟他们说，不管给多少钱都可以，一定要让我家里人来一趟。"

天哪，她真的中招了？大魔心下一沉，立刻绷紧了神经，"你先别下床，躺着，别消耗体力。"

不下床并不是因为体谅她，而是他怕司徒颖靠近自己把更多病毒带给自己。虽说这事的确离谱，不过已经摆在眼前了，不容他不信。好在大小姐自己开了口，只要她肯买单，没准自己也能跟着沾光，他抱着一线希望，盼着查房的护士早点来。

走廊上的护士也越来越少，好半天都没人过来，大魔眼巴巴地守着，生怕错过机会，也不敢靠近司徒颖旁边的病床。

人越急越口干舌燥，他不停地喝水可还是感觉脚底下像是踩着炭火，有股热烘烘的气流自下而上直逼面门，脸滚烫，手心冒汗。一定是发烧了！昨晚的自己还生龙活虎，现在却头晕眼花，并且有越来越虚弱的趋势。就在大魔就要虚脱时，一名护士进来了。简直是天助，这次只有一名护士进来，她是来测体温的。

"小姐，请您一定要帮个忙，不论多少钱都可以，帮我们联系家里人好吗？"大魔死死抓住护士的手腕，就像抓住救命的稻草。

"姐姐，我好想妈妈，求求你了……"司徒颖躺在床上喘起了粗气，话还没说完豆大的眼泪就淌了出来。

"你们别这样，这个……这个……会好起来的。"小护士肯定遇到了不止一个这样的病人，不为所动，马上拒绝了。

"求您了，姐姐，你开个价吧，我家有钱，一万块怎么样？帮我打个电话，通知他们一声就行。"司徒颖眼泪汪汪楚楚可怜地哀求道。

"这……"小护士心动了，一万块，几乎是她一年的纯工资收入。

"五万！两个电话，还有我家的。我保证，你打完电话后，很快就会收到钱。"大魔心生一计，在护士耳边小声说道。当然是让司徒家的人买单，以司徒家的财力一万和五万没多大区别。

"好吧，我试试。"看在钱的份上，小护士勉为其难地说。

两小时焦急的等待后，小护士带来了一个好消息和一个坏消息。

好消息是两通电话很顺利，司徒家的人早就担心坏了，大小姐已经失踪了整整二十四小时，差点就要去报案了，他们也答应明天银行一开门就给她的账户转入五万块，而且愿意付出一切代价把司徒先弄回去。

坏消息则是：根据血液样本分析，那辆公车上的带病患者体内的病毒已经发生了变异，公车内的其他几名乘客连同大魔和司徒颖全都感染并迅速发作了。这种变异后的病毒传播性更强，更无药可医，另外大个子已经下了病危通知书，很可能熬不过二十四小时。

"你的意思是，我们现在回去也是死路一条？"大魔熬了整整二十四小时没有休息，双眼通红地瞪着护士。

"恐怕是的。"护士轻轻点了点头，"而且你们还很可能把病传染给家人。"

"这不可能。"大魔气恼地把双手揪住头发，恨不得这一切只是个噩梦。

"你可以不信，没人愿意这是真的。"护士不太满意大魔的态度，她顿了顿，认真地说，"我还有一个不太确切的消息，这是目前唯一的希望。"

"说吧姐姐，钱不是问题。"司徒颖弱弱的声音，说出来的话却比大魔有分量得多。

"今早上经过主任办公室的时候，偷听到主任在打电话，原来这种病是从美国传过来的。那边现在已经研制出了初级抗体，这是目前唯一能治疗变种病毒的抗体，不过疗程非常缓慢，而且价钱也不便宜。咱们这里可能要先弄一批过来进行保守治疗，不过适用对象是本市的领导和部分医护人员。"护士面无表情地把话全部说完了。

"操！"大魔极不冷静地对着墙壁砸了一拳，病魔不仅侵犯了他的身体更开始入侵他的精神。

"姐姐，你能帮我弄到吗？"司徒颖相信护士不会平白无故说出那番话来。

护士沉吟良久，终于开出了最后的价码："现在这种情况下，你们能信任我我很荣幸，不过我也请你们理解，做这么危险的事随时可能断送这份工作，所以我希望，能换来一辈子的保障。"

"您开个价吧。"关键时刻，还是大小姐说了算。

G

不知道等了多久，紧张和虚弱让大魔双腿发软站立不稳了，但他还是不敢靠近司徒颖，更不敢睡在大个子睡过的病床上，只能弓着身体靠在门后打起了瞌睡，可屁股底下总觉得有团火在烧，汗水已经完全湿透了头发，怎么也睡不踏实，看来自己真的感染了那种变异的病毒。

"让开让开，别挡路。"走廊上忽然一阵喧哗，有担架车和好些人的脚步声同时经过。一定是出状况了，大魔强打起精神站起来，扒在小窗口往外看。几名穿得严严实实的护士推着一辆担架车正好打门口过，车上的人已经用白布盖了起来，因为病人身体太长太壮，以至于白布单盖住了脚却盖不住头。那是一张可怕的脸，整个脸都变成了近乎焦糖黄的颜色，而且肿胀不堪，像是刚刚从熏腊肉的架子上摘下来的猪头，嘴角微微裂开，鼻孔和嘴角处还留有醒目的血渍。

推车的护士发现了大魔注视的注视，赶紧把白布扯了扯，盖住了病人的整个头。这个动作表明，车上的人已经是死者。

大魔吓坏了，那是大个子！他记得那张鲜活的脸孔，两天前的那个晚上他跟护士们打了起来，昨晚，他还在这间房里插着呼吸机抢救，现在，他已经死了！

死了！真的死了！

大魔的手脚不自觉地抖了起来，他很想哭，嗓子里像塞了团棉花，忽然痒了起来，然后他就咳了，这一咳就再也止不住，像是要把心肝肺全都给吐出来。

"大魔，你怎么了？来，喝点水吧。"司徒颖好心好意地端着水递过来，此时的她也有些体力不支了，脚步像踩着棉花。可大魔这时候已经被吓坏了，不仅打翻了水杯，还把自己关进了卫生间。

"亲爱的，别担心，就算我们死在一起，不也很好吗？"司徒颖温柔地敲着门。

"滚！别跟我说话，你这个扫把星！"大魔用嘶哑的嗓子歇斯底里地吼着，他已经失控了。如果不是为了陪司徒颖玩浪漫，如果不是上了那辆公车，一切都不会变成现在这样。

等待的时间总是过得特别缓慢，两个人不说话的时候更是度日如年。大魔为了帮自己降温，冲了很久的冷水，终于觉得不那么热了，可现在把被子裹着也还觉得冷，而且头更痛了，全身没有一个地方舒服。

护士终于赶在出人命前来了，她帮两位打了退烧针，虽然效果甚微，聊胜于无，另外她还带来一些外面的消息：大个子已经死了，他是第十个，其他每间病房都有人病危，呼吸机都不够用了，整个隔离区一片混乱。明天一早交班时，会有十来分钟的管理空白，她可以过来带两人逃出去。已经跟司徒家联系好了，到时候会有车来接。

"可是那些药呢？不是说你还能弄到美国来的药吗？没有药我们回去也是等死。"大魔虽然身体很不舒服，可心里一直记着这茬。

"药我只能给你们弄到两小瓶，还得想办法，多了肯定会被发现，而且这种药保质期极短，必须十天内服完。疗效有限也比较慢，好在比较安全，已经通过了美国的药检。"护士不放心地盯着两个年轻人，"我可押上了自己的前途，以后每十天送一次药，见面太危险，把钱打到我的账户就行。你们也不用怕我会携款逃跑，比较公平。"

"好吧，也只能这样了。真的吃了那些药就会好了吗？"司徒颖扶着晕乎乎的头问道。

"效果我不能保证，每个人的身体状况都不一样。"护士想了想，又补充道，"这段时间你们可别再出去了，在家静养，按时服药，多吃些水果，观察一阵子再看吧，要是实在不行，再回来。"

"我宁可死在家里，也不想回来了。"大魔对大个子的死相印象深刻。

H

一切安排妥当，只待天明。

小护士走后两个年轻人一夜无语。司徒颖显然在重新考虑两人的关系，因为大魔的粗暴和口不择言完全暴露出他的自私，大魔也在低落期，对生死的忐忑让他无暇顾忌大小姐的情绪。

天空渐渐展露光彩的一面，交班时间很快到了。有钱能使鬼推磨，小护士早早来到病房门前，轻轻打开门，叫上两位年轻人。一身的病号服实在惹人注目，小护士带来了他们来时穿的衣服和口罩，换好衣服后，领着二位小心翼翼地避开其他人，飞快地下了楼。

走出大门，清冷的空气让两个年轻人为之一振，萎靡不振立刻被求生的渴望代替。小护士在后院的墙角下准备好一副绳梯，让他们翻墙出去。

"你家的哥哥就在外面等着。千万不能跟别人说起我是谁，也不能说自己来过隔离区，否则查起来的话，我的工作就完了，你们的药也就完了。"小护士一边帮助两位手脚乏力的年轻人登上绳梯，一边认真地说，"记住，钱一定要提前一天打到我账户，每次一人份的药五万块，最好两人分开打，数目太大会引起注意。"

"放心吧，肯定分开打，我们又没什么特别关系。"司徒颖别有深意地瞥了大魔一眼，这个说自己是扫把星的家伙，不可能再当她的男朋友了。

大魔显然意识到了这一点，小算盘打空了，不过能活着回家已经很幸运，他现在来不及想以后的事，反正家里人肯定会帮他摆平。

"这小子是谁？"司徒家的七哥看着跟妹妹一起上车的人，有些怀疑。

"不是很熟，一个病房的。"司徒颖眼皮抬都不抬，没好气地说。

"请在前面的路口把我放下就可以了。"大魔从没这么客气过，他发现这位大哥越看越面熟，虽然二十多岁的样子，但眉目间英气逼人。记得老大曾带着包括自己在内的一帮小弟去给某位江湖辈分极高的大哥拜过门子，那天老大一反常态地毕恭毕敬，所以他记忆犹新。越想越觉得眼前这位和辈分极高的那位就是同一个人，难道司徒家还做黑道买卖？这问题可不是他现在该想的了，能活着走出隔离区就该庆幸。

大魔这几天受了惊吓，没吃好没睡好，再加上大半夜地冲了冷水，真感冒了。一回家就病倒了，大门不出二门不迈，按照医嘱按时吃药按时睡觉，长这么大第一次这么乖过，连他妈都觉得这场病来得再合适不过。

"你打算给这小子吃多久的安眠药？"司徒颖的大哥是帮她安排一切的人，那栋大楼是他刚买下的旧医院，拆迁前也算派上了用场，那些医护人员和病人都是托朋友请来的临时演员。北京有个专门的临时演员市场，每天都有数以百计的人在那儿等着开工，为了让这场戏效果更好，还雇佣了专业的化妆师和舞美师，大个子的死人妆就是化妆师的杰作，另外在大魔他们待的那间病房里，整个地板都被挖开铺设了地暖。把温度调高，那屋子就跟桑拿房没什么两样，在里面待久了都会以为自己真发烧了。而所谓特效药就是安眠药，大魔吃完就睡，也不用担心他出去祸害别家闺女。

"吃上一年半载的没问题吧，现在新闻也报道了，这场病越来越严重了，不由他不信，咱们正好往下演。我看不能光给吃安眠药了，以后可以搞搞中西医结合疗法嘛，什么乌鸡白凤丸六味地黄丸归芍调经片什么的轮着给他吃，最好吃出个内分泌失调。"司徒颖说的病就是非典，曾席卷全球，这个时候刚刚流传到中国。司徒颖有三个哥哥在国外，一个哥哥在香港，所以她能在第一时间得知即将流行超级传染病的消息。

"你还真下得了手。"大哥忍不住笑了。

"有什么下不了手的，咱们司徒家的人能随便欺负吗？没要他小命就算不错了。"大小姐跷着二郎腿，拍了把桌子，那派头好像自己是大姐头。

"这个月他们家已经给你的银行户头存了十五万了，足够支付咱们雇的那些临时演员和场地费了。听说，他爸的公司一年最多赚个一两百万，你真让他吃上半年的药，他们家今年可得喝西北风了。"

"哥，你到底是帮我还是帮外人啊？当初我买摩托车送他也是花了钱了吧，咱们收回来再加点利息应该吧？他们家生了儿子不好好教有错吧，他们教不好我来帮忙收点学费也应该吧？没让他爸妈登门道谢我已经很客气了。"司徒颖算起账来比黑社会还黑。

"小姑奶奶，只要你开心，爱怎么玩怎么玩。"大哥也说不过司徒颖，不过他愿意为了妹妹做任何事情。

"大哥，虽然咱们这一出是挺带劲的，可我还是觉得不够解恨。"司徒颖还是意犹未尽。

"你要怎么个解恨法？"

"暂时还没想好，等我想好了告诉你。"

大半年后的某天，新闻里已经通报了非典疫情得到控制的消息，在家憋得快起霉的大魔第一次走出家门，打算去附近的超市买几瓶啤酒。此时的他已经不再是半年前那个俊朗不羁的浪子型帅哥了，乱七八糟的药物让他内分泌失调，直接后果就是体重迅速增加，长期的嗜睡让他双眼无神行动无力。刚走出不到一百米，他就遇到了几个混混，莫名其妙地挨了一场围攻，直揍得他胳臂脱臼小腿骨折浑身青紫哭爹喊娘，混混们才假装认错了人，扔下一百块说了句不要找了就扬长而去。

当司徒颖百无聊赖地看完那段录像后，很不满意地叹了口气："早知道他是这副鬼样子就不要让人去打了，真丢脸。"

至此，司徒颖的气才算消了些，大魔在医院里又住了半年才出院，他想遍了所有对头也没想出自己得罪的是谁。经过一整年的折腾，他的锐气不复从前，再也不是那个人比较帅说话比较拽开车比较快的大魔了，倒也从此不再混日子，跟着他老爸学做生意去了。

另外再提一下那位自动自觉跑到香港去的王晓菁，有人传说在澳门某赌场附近的酒店门口见过她，彼时的她还是那么美丽动人，只不过没有勾上黑社会老大，而是变成了职业站街女，在某次与其他站街女抢地盘的斗争中因为表现突出，被路过的某老大看中，再后来去了日本，改行成为泥浆女摔跤手。

还有一位的经历跟大魔比起来也有过之而无不及。此人叫唐潇，司徒颖大学时代交往的男友，人如其名，盛唐风度潇洒出众，如果他当初通过了司徒颖的真爱考验，现在一定很幸福，没准已经成为了司徒家的驸马爷，要风得风要雨得雨。为了考验唐潇是否真爱自己，司徒颖隐瞒了真实身份，只说父母是普通的退休工人，根本没钱买房，一切都得靠自己打拼。

倘若情郎对自己是真爱，自然不会在乎这些，这一点却是司徒颖最在乎的。可惜他最爱的是钱，瞒着司徒颖另外勾搭一位高干小姐。被司徒颖发现后，略施小计就让他身败名裂，事后还以恩人的面目出现，借了几千块"血汗钱"给他，此人至今未能翻身。

综上所述，得罪大小姐是很不明智的。她的光荣事迹数不胜数，恕不赘述。

图书在版编目(CIP)数据

盗亦有道/何许人著. —上海:上海人民出版社,
2011
(老千)
ISBN 978 - 7 - 208 - 10398 - 6

Ⅰ. ①盗… Ⅱ. ①何… Ⅲ. ①长篇小说-中国-当代
Ⅳ. ①I247.5

中国版本图书馆 CIP 数据核字(2011)第 231850 号

出 品 人 邵　敏
责任编辑 邵　敏　方蔚楠
封面装帧　天行云翼·宋晓亮

盗亦有道
何许人　著

世纪出版集团
上海人 A 出版社出版
(200001　上海福建中路 193 号　www. ewen. cc)
世纪出版集团发行中心发行
上海商务联西印刷有限公司印刷
开本 720×1000　1/16　印张 15　插页 1　字数 178,000
2011 年 12 月第 1 版　2011 年 12 月第 1 次印刷
ISBN 978 - 7 - 208 - 10398 - 6/I · 950

www.ingramcontent.com/pod-product-compliance
Lightning Source LLC
Chambersburg PA
CBHW080821020726
47501CB00009B/2360